Cliff Allister

Mission Triangulum

MULTIVERSUM Zyklus – Band 2

Impressum:

Cliff Allister: Mission Triangulum
Multiversum Zyklus 2

ISBN-13: 978-1540844309
ISBN-10: 1540844307

Harald Hess
Peace Road/Mashraba
Dahab – South Sinai/Egypt
allistercliff@gmail.com

Korrektorat/Lektorat: Birgit Böckli
Cover: Cliff Allister

Printed by:
Amazon Distribution

Vom gleichen Autor:
Erbe des Imperiums – Markan Saga 1 (2014)
Die Rebellen des Imperiums – Markan Saga 2 (2014)
Kampf um das Imperium – Markan Saga 3 (2016)
Das neue Imperium – Markan Saga 4 (2016)
Todfreunde – Ein Gregory A. Duncan Fall (2015)
Der Leviathan – Ek´Thal-Zyklus Band 1 (2015)
Bewahrer der Zeit – Ek´Thal-Zyklus Band 2 (2015)
Der Rekrut – Multiversum Zyklus Band 1 (2016)

1. Auflage 2016 –

**In Gedenken an Iain Banks,
der einer der ganz Großen war.**

Über den Autor:

Cliff Allister ist das Pseudonym von Harald Hess (geb. 1957), der seit über 30 Jahren als Tauchlehrer im Ausland lebt. Nach Stationen in Jugoslawien, auf Mallorca, in Hurghada/Ägypten und in Kenia betrieb er ab 1989 eine eigene Tauchbasis auf Bequia/St. Vincent & the Grenadines in der Karibik. Seit 2007 lebt er mit seiner Frau und drei Katzen in Dahab/Ägypten, wo er bis 2016 ebenfalls eine Tauchschule betrieb.

Schon in jungen Jahren begeisterte er sich für das Science-Fiction-Genre, ausgelöst durch die unvergessene TV-Serie *Raumpatrouille* Mitte der Sechziger. Seit 2014 schreibt er SF-Romane. Alle bisherigen Veröffentlichungen konnten hervorragende Platzierungen in den SF-Bestsellerlisten erreichen. Seit 2016 konzentriert er sich ganz auf die Arbeit als Schriftsteller.

Cliff Allister

Mission Triangulum

MULTIVERSUM Zyklus 1

Was bisher geschah:

Mysteriöse schwarze, pfeilförmige Raumschiffe operieren seit Jahrtausenden in den Galaxien der Lokalen Gruppe, einer Galaxienansammlung im Virgo-Superhaufen, zu der auch die Milchstraße gehört. Sie erobern eine Galaxie nach der anderen, bis nur noch Andromeda und die Milchstraße übrig sind.

In der heimischen Galaxis kann Michael Cordwainer Grand, Major der Terranischen Raumverbände, zweimal nur knapp verhindern, dass es zu einem militärischen Zwischenfall kommt. In beiden Fällen verhalten sich die Kapitäne der jeweiligen Raumschiffe äußerst seltsam. Er findet heraus, dass sie unter der mentalen Kontrolle der schwarzen Pfeilschiffe gestanden haben.

Insgeheim arbeitet seit vielen Hunderttausend Jahren eine geheimnisvolle Gruppe, die *Liga der Unsterblichen*, hinter den Kulissen für den Frieden in der Galaxis. Die Liga setzt sich aus Mitgliedern aller möglichen Völker zusammen und kooperiert eng mit einer Maschinenzivilisation, den BEWAHRERN, die es sich zur Aufgabe gemacht haben, organisches Leben zu beschützen. Die Liga hat die Aktivitäten der Pfeilschiffe in den anderen Galaxien all die Jahre voller Sorge beobachtet, da zu befürchten stand, dass sie eines Tages auch in die Milchstraße einfallen würden.

Die Liga der Unsterblichen erwägt, Grand in

ihre Reihen aufzunehmen, da er der einzig bekannte Immune gegen die paranormalen Kräfte der Fremden ist. Jalina Kelranar, eine Kolltanerin und eine der Unsterblichen, nimmt Kontakt mit Grand auf. Beim ersten Zusammentreffen auf einem Wasserplaneten entdecken sie zufällig das Schiff einer schon lange verschwundenen Spezies, der Dorianer. Mit deren zurückgelassener Technik arbeitet die Liga seit ihrer Gründung, ohne etwas über dieses Volk zu wissen. Das Schiff ist noch voll funktionsfähig und steht unter dem Kommando der *Künstlichen Intelligenz* Hakera. Die KI erzählt ihnen nicht nur die Geschichte der Dorianer, sondern berichtet außerdem, dass in etwa viertausend Jahren unser Universum mit einem anderen kollidieren wird, wobei unklar ist, welches von beiden dabei vernichtet werden wird. Die Dorianer sind vor dieser Gefahr in ein drittes Universum im Multiversum geflüchtet. Die KI erklärt sich bereit, für die Liga zu arbeiten. Jalina tauft das Schiff *Rhelina.*

Um den Invasoren auf die Spur zu kommen, kapern Grand und Jalina mithilfe der *Rhelina* einen ihrer Aufklärer. Als ein Mitglied der Besatzung die Selbstvernichtungsanlage auslösen kann, wird Grand lebensgefährlich verletzt und kann gerade noch zurück an Bord der *Rhelina* gebracht werden. Dort erliegt er seinen schweren Verletzungen. Er hätte gerettet werden können, doch Jalina unterbindet dies heimlich, da man nur nach dem

Tod als Unsterblicher wiedergeboren werden kann. Grand, der seit seiner Verwundung im Koma lag, weiß nichts von Jalinas Manipulation.

Einer der Fremden konnte ebenfalls gerettet werden, und bevor er Selbstmord begeht, findet der inzwischen wiedergeborene Grand heraus, dass die Invasoren, die sich selbst als Ra´hul bezeichnen, aus jenem Universum stammen, das mit unserem kollidieren wird. Allerdings gehen sie davon aus, dass dabei ihr eigenes Universum untergehen wird, und wollen deshalb ihr gesamtes Volk in unseres übersiedeln. Der Ra´hul berichtet vor seinem Tod noch, dass für ihren Rettungsplan die gesamte Lokale Gruppe ausradiert werden muss. Niemand weiß, wie die Ra´hul dies bewerkstelligen wollen. Jedoch haben sie in allen eroberten Galaxien Zehntausende kilometergroße Kuben errichtet, die in diesem Plan eine Rolle zu spielen scheinen.

In der Zwischenzeit haben die Ra´hul mit ihren paranormalen Suggestivkräften dafür gesorgt, dass überall in der Milchstraße Kriege ausbrechen. Sie wollen das entstehende Chaos nutzen, um auch die Milchstraße zu erobern. Es bleibt der Liga nur noch wenig Zeit, da die Galaxis in einem Flächenbrand unterzugehen droht. Antworten auf ihre Fragen und mehr Informationen, die den Kampf gegen die Invasoren möglich machen könnten, sind nur in den bereits eroberten Galaxien zu finden.

Jalina und Grand brechen mit der *Rhelina* in Begleitung eines Kampfschiffes der BEWAHRER auf, um das Geheimnis der Kuben zu lüften. Ihr Ziel liegt in der letzten von den Ra´hul eroberten Galaxie – Triangulum.

Die *Mission Triangulum* wird zur letzten Hoffnung der Völker der Milchstraße!

1.

Es sah aus, als hätte jemand ein quadratisches Loch in den Himmel gestanzt. Brolon lag im Buschwerk verborgen, von wo aus er das Lager der Fremden wie fast jeden Tag beobachtete, und blickte in den wolkenlosen Himmel. Unbeweglich stand der exakt viereckige, schwarze Schatten direkt über ihm, größer als jeder der beiden Monde seiner Welt. Obwohl die Sonne herunterbrannte, schien er jedes Licht zu verschlucken und wirkte wie der Zugang nach *Achmaan*, wo die bösen Götter und Dämonen hausten. Vielleicht waren die Fremden ihre Diener.

Der große Talkessel war von einer nahezu unsichtbaren Wand umgeben, die alles tötete, das ihr zu nahe kam. Eine Joloor-Schlange, aufgeschreckt durch seine Nähe, ergriff die Flucht, als er sich bäuchlings an das Lager anschlich. Mit einem Zischen verbrannte ihr Leib, bis nichts zurückblieb als Asche. Er konnte an dieser Stelle ein leichtes Flimmern in der Luft ausmachen, wie es an einem heißen, windstillen Sommertag über der Steppe lag.

Die tödliche Zauberwand sollte nicht etwa ihn oder einen anderen seines Stammes abhalten. Sie war nur zum Schutz gegen Tiere gedacht. Seit die Fremden auf *Heimat* gelandet waren, benahmen sich die Mitglieder seines Stammes seltsam. Sie waren von einem Zauber besessen. Niemand schien die Fremden oder das Loch im Himmel wahrzunehmen. Als Brolon versucht hatte, darüber zu reden, war er auf vollkommenes Unverständnis gestoßen, als ob niemand außer ihm die Fremden oder das Licht schluckende Objekt am Himmel sehen könne. Seitdem hatte er es vermieden, das Thema anzusprechen. Der Dorfschamane könnte auf die Idee kommen, *ihn* als verzaubert anzuklagen, und ihn aus dem Stamm verstoßen oder gar seine Hinrichtung verlangen.

Seit die Fremden vor mehr als zwei Jahren plötzlich aufgetaucht waren, hatte sich für sein Dorf auf den ersten Blick nichts geändert, abgesehen davon, dass das Tal für niemanden mehr zu existieren schien. Bei der Jagd umging man es einfach, ohne darüber zu reden. Während dieser Zeit waren von dort seltsame, metallene Vögel in den Himmel gestartet, wo sich allmählich das viereckige, schwarze Loch ausgebildet hatte. Kurz nach der Ankunft der Dämonendiener hatte Brolon dort oben ein feines Gespinst ausmachen können, das sich Tag für Tag, Woche für Woche und Monat für Monat immer mehr verdichtet hatte, bis es vor drei Tagen zu jenem Licht schluckenden Ding geworden war, das ihm solche Angst machte.

Er hasste die Fremden mit einer Inbrunst, die er nicht für möglich gehalten hätte. Sie waren schuld am Tod von Felkani, seiner Gefährtin und der Liebe seines Lebens. Kurz nach der Landung der Dämonendiener war sie zur Wasserstelle ganz in der Nähe des gerade errichteten Lagers der Fremden gegangen. Während Felkani dort war, hatte sich die tödliche Zauberwand aufgebaut und sie im Tal eingeschlossen. Er war ihr entgegengegangen, um ihr beim Tragen des schweren Wasserkrugs zu helfen, und hatte aus vielleicht einhundert Metern Entfernung zusehen müssen, wie sie auf dem Rückweg in die unsichtbare Zauberwand lief. Im Moment des Kontaktes mit ihrem Körper war die Wand für einen Moment aufgeflackert und er hatte sehen können, dass sich vor ihr ein bis dahin unsichtbares Hindernis befand. Im nächsten Augenblick war Felkani zu Asche zerfallen. Laut aufschreiend war er vorwärtsgestürmt. Im letzten Moment war ihm bewusst geworden, dass der Zauber, der seine Gefährtin getötet hatte, auch ihm zum Verhängnis werden konnte. Ein Jäger stürzt sich nicht auf ein wutschnaubendes Holkum, das gereizt um sich beißt. Auch dann nicht, wenn es gerade einen Kameraden getötet hat. Er analysiert die Lage und überlegt, wie er es töten kann, um sich zu rächen. Alles andere wäre Selbstmord und einfach nur töricht.

Brolon hatte einen Stock ergriffen und ihn dorthin geschleudert, wo Felkanis Aschereste langsam vom Wind verweht wurden. Wieder hatte das unsichtbare Hindernis kurz aufgeleuchtet und den Stock augenblicklich verbrannt. Er hatte genauer hingesehen, und zum ersten Mal das leichte Flimmern in der Luft wahrnehmen können.

Seitdem hatte er die Umgebung genau erkundet.

Wann immer es ihm möglich war, schlich er sich unter einem Vorwand davon. Über viele Monate, in unzähligen einzelnen Etappen, hatte er das Tal vorsichtig umrundet und dabei festgestellt, dass die Zauberwand das Lager exakt kreisförmig umschloss. Er hatte keinen Zugang zu den Fremden und somit keine Möglichkeit, sich an ihnen zu rächen.

Inzwischen genügte es ihm nicht mehr, möglichst viele dieser Mörder umzubringen, bevor er selbst den Tod finden würde – Brolon hatte schon lange mit dem Leben abgeschlossen – er hatte längst ein anderes, viel größeres Ziel vor Augen: Brolon wollte das Dämonenloch am Himmel, die Pforte nach Achmaan, zerstören!

2.

Es kam Grand immer noch unglaublich vor, mit welcher Geschwindigkeit sie durch den Bulk rasten. In Kürze würden sie die Triangulumgalaxie erreichen – nach nur vier Tagen! Drei Millionen Lichtjahre in nicht ganz einhundert Stunden. Ein ÜLQ von über 30.000 Lj/h. Wenn er sich vorstellte, dass die *Rhelina* angeblich sogar in der Lage war, mehr als *dreimal* so schnell zu fliegen, und nur von dem deutlich langsameren Zerstörer der BEWAHRER aufgehalten wurde, verschlug es ihm den Atem. Ein terranisches Schiff, selbst ein schneller Aufklärer der Terranischen Raumverbände, würden zehnmal so lange für die gleiche Strecke benötigen wie das Jahrmillionen alte, vergleichsweise winzige Schiff der Dorianer. Ein reguläres Passagierschiff wäre sogar mehrere Monate unterwegs – wenn der Tachygrav-Generator seines Hyperdrives der Dauerbelastung überhaupt standhalten würde.

Michael Cordwainer Grand, frischgebackener Unsterblicher, offiziell verstorbener, ehemaliger Major der Terranischen Raumverbände, einzig bekannter Immuner gegen die paranormalen Kräfte der Suggestoren der Ra´hul und jetzt als Agent der *Liga der Unsterblichen* im Einsatz in einer weit entfernten Galaxie. Wenn er es so auf den Punkt brachte, erschien es ihm wie die Zusammenfassung eines billigen Holovids. Mit dem Unterschied, dass es für ihn Realität geworden war. Er atmete hörbar durch, was ihm einen fragenden Seitenblick von Jalina Kelranar eintrug, die neben ihm stand. Zusammen mit Kranchoor und Poggy, ebenso wie Jalina und er Mitglieder der Liga, verfolgten sie den jeden Augenblick erwarteten Rücksturz in den Normalraum. Keiner von ihnen wollte den Anblick der Triangulumgalaxie aus nächster Nähe verpassen.

»Fünf Sekunden«, sagte Hakera, die Bord-KI, die wieder ihren eiförmigen Avatar semi-materiell projiziert hatte.

In Gedanken zählte Grand die Sekunden herunter. Dann erschien die Triangulumgalaxie übergangslos auf dem Hauptholo, das die gesamte Stirnseite der Zentrale beherrschte. Ihm stockte der Atem.

Sie waren noch etwa einhunderttausend Lichtjahre von der Spiralgalaxie entfernt und konnten sie in ihrer ganzen Pracht bewundern. Wie funkelnde Edelsteine auf schwarzem Samt lagen die Abermilliarden Sonnen der sechzigtausend Lichtjahre durchmessenden Sterneninsel vor ihnen. Natürlich hatten sie alle bereits Bilder und Hologramme der Galaxie gesehen, doch der reale Anblick war um Größenordnungen beeindruckender.

»Wie schön!«, entfuhr es Jalina und auch Kranchoor brummte mit tiefer Stimme etwas Unverständliches in seinem heimatlichen Idiom.

»Soeben ist die *Flüsternde Stürme im*

Heliosphärenwind in zwei Lichtminuten Entfernung aus dem Bulk gekommen«, gab Hakera bekannt. Den ungewöhnlichen Namen hatten die BEWAHRER ihrem Schiff auf Grands Wunsch hin gegeben, um im Gespräch mit der Besatzung der *Rhelina* nicht immer die sperrige Bezeichnung *Einheit-17-480-3* verwenden zu müssen. »Die Kursabweichung über die zurückgelegte Distanz beträgt nicht ganz dreihundert Lichtjahre.«

Erneut war Grand beeindruckt von den navigatorischen Fähigkeiten der KI. Ein terranisches Schiff wäre über eine solch lange Strecke um mehrere Tausend Lichtjahre vom Kurs abgewichen – wenn es eine solche Strecke überhaupt hätte bewältigen können.

»Bestätige Koordinaten mit minimaler Abweichung«, kam die Meldung der Supreme-KI der *Stürme*, wie Grand das Schiff kurz nannte. Er fragte sich, ob die BEWAHRER wohl den leider viel zu früh verstorbenen terranischen SF-Autor Iain Banks kennen konnten, der den von KIs gesteuerten Schiffen in seinen Romanen ebenso absurde Namen gegeben hatte.

»Nächste Etappe mit Ziel M33 X-7 in drei terranischen Minuten«, erklärte Hakera. »Entfernung 138.000 Lichtjahre. Flugzeit voraussichtlich vier Stunden.«

M33 X-7, wie das angepeilte Ziel in den terranischen Sternenkarten bezeichnet wurde, war ein binäres System mit einem extrem massereichen

Schwarzen Loch, das seinen Begleiter, einen Blauen Riesen mit siebzig Sonnenmassen, alle dreieinhalb Tage umkreiste. Es war bereits 2007 entdeckt worden und das herausstechendste System der Triangulumgalaxie. Sie planten, in einigen Lichtstunden Abstand in den Normalraum zurückzukehren und sich dort getarnt auf die Lauer zu legen. Ein solches System musste auch die Ra´hul interessieren. Derart massereiche binäre Systeme waren überaus selten und erweckten unweigerlich die Neugier jedes Wissenschaftlers. Anstatt mühsam nach einem Schiff zu suchen, dass man aufbringen konnte, um Informationen zu sammeln, würden sie M33 X-7 als Köder benutzen.

Sie hatten lange über ihr Vorgehen auf der *Mission Triangulum* diskutiert. Die Zeit lief ihnen davon, und es machte keinen Sinn, zusätzlich welche zu verschwenden. Grand war von dem Plan nicht völlig überzeugt, da er befürchtete, wieder nur einen niederrangigen Offizier in die Hände zu bekommen, von dem sie nichts wesentlich Neues erfahren würden. Aber er hatte keine bessere Idee.

Die Triangulumgalaxie verschwand vom Holo und wurde durch eine Darstellung der Galaxie und ihres gegenwärtigen Standortes ersetzt. Ein kleiner roter Punkt markierte die *Rhelina*, während M33 X-7 als grünes Pünktchen dargestellt wurde. Eine gelbe Linie verband die beiden Koordinaten, die sich 'hinter' der *Rhelina* blau verfärbte. Der blaue Anteil begann bereits, sichtbar zu wachsen. Sie waren wieder unterwegs – mitten hinein in die Höhle des Löwen.

3.

Trrach´chkt´grochk´frk wusste, dass man ihn nicht am Leben lassen würde, und er ärgerte sich darüber, dass er den Putsch gegen seine Führung nicht hatte kommen sehen. Zwar war ihm schon seit Langem bewusst gewesen, dass der junge Zchroch´akkr´akcht´hisch voller Ambitionen steckte, doch Trrach hatte unterschätzt, wie viel Einfluss auf andere Mitglieder des Oktetts der jüngste General in der Geschichte der Ra´hul schon erlangt hatte. Mit dem Verrat durch seinen alten Freund Ocht hatte Trrach jedoch nicht rechnen können. Er fragte sich, was Zchroch wohl gegen Ocht in der Hand hatte. Käuflich war Ocht mit Sicherheit nicht und Trrach wusste, dass sein Freund all die Jahre seine militärischen und politischen Auffassungen geteilt hatte. Was auch immer dahinterstecken mochte, es war zu spät für ihn, selbst wenn er die Wahrheit erfahren sollte. Zchroch musste ihn auch physisch loswerden, um jede Gefahr einer Konterrevolution zu bannen. Allerdings durfte er keinen Märtyrer aus ihm machen, der einzige Grund, weshalb er noch am Leben war.

Derzeit stand Trrach in seinen Gemächern unter Arrest, was ihm ein Höchstmaß an Komfort bot. Doch dies würde nicht von Dauer sein. Sobald sein Gegenspieler seine Machtposition gefestigt und die eigenen Leute in Schlüsselpositionen gebracht hatte, musste er sich seiner entledigen. Der Aufschrei unter den Mitgliedern des Rettungskorps, wie die Flotte genannt wurde, würde sich in Grenzen halten. Jeder, der eine abweichende Meinung hatte oder insgeheim loyal zu Trrach stand, würde sich hüten, dies öffentlich zu machen. Er musste befürchten, ebenfalls eliminiert zu werden.

Zudem war er blind und taub. Man hatte seine Implantate stillgelegt, sodass es ihm unmöglich war, sich wie gewohnt in das Neuralfeld einzuloggen. Jedem Ra´hul wurden bereits als Säugling die Neuroimplantate eingesetzt, und er wuchs damit auf, sich jederzeit mit einem simplen Gedankenbefehl alle Informationen beschaffen zu können, die entsprechend seinem Alter, seinem gesellschaftlichen Rang und seiner Funktion für ihn freigegeben waren. Die Stille, die nun in seinem Kopf herrschte, ließ ihn seine Isolation noch deutlicher spüren. Er war durch den Putsch nicht nur als Führer des Rettungskorps abgesetzt worden, man hatte ihn faktisch aus der Gemeinschaft der Ra´hul ausgeschlossen.

Zwei Soldaten aus der persönlichen Garde seines Gegenspielers betraten Trrachs Quartier.

»Machen Sie sich bereit. Sie werden verlegt«, sagte einer von ihnen.

Keiner der beiden erachtete es für notwendig, ihm den Ehrengruß zu entbieten. Trrach ging kommentarlos darüber hinweg.

»Darf ich fragen, wohin man mich bringt?«, fragte

er.

Die beiden verständigten sich mit Blicken. Offenbar kamen sie zu dem Schluss, es könne nicht schaden, ihm diese Information zu geben.

»Wir haben Befehl, Sie nach Maren´Thar zu bringen.«

Trrach versuchte, sich sein Entsetzen nicht anmerken zu lassen. Maren´Thar war vor einiger Zeit als Strafplanet in dieser Galaxie eingerichtet worden. Dorthin wurden Befehlsverweigerer, Mörder und sonstige Schwerverbrecher verbracht, die nicht sofort zum Tod verurteilt worden waren. Die Verbannung nach Maren´Thar bedeutete zwar ebenfalls den Tod – allerdings einen Tod, der den Verurteilten viel länger leiden ließ, als es in der Konverterkammer oder im Vakuum des Weltraums der Fall gewesen wäre.

Genau genommen war Maren´Thar kein Planet, sondern der planetengroße Mond eines Gasriesen. Dort wurden die Verurteilten beim Abbau dringend benötigter Rohstoffe für den Bau der Dimensionskuben eingesetzt. Sie waren billiger als Schürfroboter, die selbst erst hätten hergestellt oder aus der Heimat herbeigeschafft werden müssen.

Trrach wusste, dass seine Lebenserwartung dort bestenfalls einige Wochen betragen würde. Falls ihn die harten Lebens- und Arbeitsbedingungen nicht vorher umbringen würden, musste er damit rechnen, dass einer der anderen Mitgefangenen ihn erkennen und töten würde. Er selbst hatte

Dutzende dorthin geschickt, die den Fehler begangen hatten, seine Befehle infrage zu stellen oder im Kampf mangelnden Einsatz zu zeigen.

»Zchroch kann es wohl nicht erwarten, mich endgültig loszuwerden.«

Es war mehr eine Feststellung als eine Frage und er erwartete keine Antwort von den beiden Soldaten.

»Kommen Sie bereitwillig mit oder müssen wir Ihnen Fesseln anlegen?«

Trrach war sich der Aussichtslosigkeit seiner Lage bewusst. Er war ein alter Mann und immer mehr ein Stratege als ein Kämpfer gewesen. Jemand, der seinen Kopf einsetzte und nicht körperlicher Gewalt. Er hatte kein Problem mit Gewalt, wo sie notwendig war. Aber dafür gab es genügend Untergebene. Man musste sich in seiner Position die Hände nicht selbst schmutzig machen. *In der Position, die ich bis vor Kurzem noch innehatte*, korrigierte er sich. Jetzt ging es nur noch darum, wenigstens einen kleinen Rest an Ehre und Selbstachtung zu bewahren. In Fesseln abgeführt zu werden gehörte nicht dazu.

»Ich werde keine Schwierigkeiten machen«, sagte er. *Zumindest nicht hier und jetzt*, dachte er insgeheim. Wenn es überhaupt noch eine Chance für ihn gab, mit einigermaßen heilem Fell aus der Sache herauszukommen, lag sie auf Maren´Thar, so paradox dies auch klingen mochte. Der Mond, auf dem der Tod in der einen oder anderen Form auf ihn wartete, konnte genauso gut die Rettung bedeuten. Trrach hatte die begehrte Position des dortigen Kommandanten erst kürzlich mit einem Offizier besetzt, der vor einigen Jahren seinem persönlichen Stab angehört hatte. Er hoffte darauf, dass Zchroch nicht darüber informiert war und der neue Kommandant von Maren´Thar seine Loyalität ihm gegenüber bewahrt hatte. Mit etwas Glück würde sich somit eine Möglichkeit ergeben, seine missliche Situation entscheidend zu verbessern. Trrach hatte zwar keine Ahnung, geschweige denn einen ausgefeilten Plan, wie er dies anstellen konnte, doch es kam für ihn nicht infrage, die Hoffnung aufzugeben. So leicht wollte er es Zchroch nicht machen. Aber Pläne konnte er später noch entwickeln – jetzt galt es vor allem, die nächsten Tage zu überleben.

4.

Er blickte in den rosafarbenen Himmel und beobachtete die langsam dahinziehenden Wolken. Er hatte diesen Ort ausgesucht, um ungestört nachdenken zu können. Es war das Einzige, das ihm noch blieb. Seine Gedanken gehörten ihm weiterhin, auch wenn man ihm sein Leben genommen hatte.

Die kleine Insel war unbewohnt, wie auch der Rest des Planeten. Obwohl es hier ideale Bedingungen für eine Besiedlung gab, hatte bisher keine Spezies Anspruch auf ihn erhoben. Seine Sonne stand kurz davor, zur Nova zu werden, und es lohnte für die wenigen verbleibenden Jahrhunderte schlichtweg nicht, hier Ressourcen zu verschwenden. Der paradiesische Planet war zum Sterben verurteilt, genau wie er selbst.

Er wollte nicht sterben und wünschte sich doch nichts sehnlicher. Aber Selbstmord war unmöglich. Er hatte alles versucht, doch jegliches Aufbegehren gegen die posthypnotischen Befehle war ausgeschlossen. Seine Gedanken waren frei, doch sobald er sie verbal formulieren oder eine unerlaubte Handlung begehen wollte, kam es ihm vor, als sei er nur ein hilfloser Gast im eigenen Körper. Als gäbe es eine übergeordnete Wesenheit in seinem Kopf, die alles, was er sagte und tat, vorher überprüfte, zensierte und gegebenenfalls unterband.

Er ließ etwas von dem weißen Sand durch seine Finger rinnen, lehnte sich an das palmenähnliche Gewächs und blickte auf den Ozean. Das Wasser lag völlig ruhig vor ihm. Nicht die kleinste Welle brach sich am Strand. Ein Paradies, das vor einem feurigen Untergang stand. So wie sein bisheriges, langes Leben ebenfalls im Feuer enden sollte. Einem Feuer, das er selbst entfachen würde.

Am schlimmsten litt er unter dem klaren Bewusstsein, dass er unter der Beeinflussung der Ra´hul und ihrer Suggestoren stand und nicht das Geringste dagegen tun konnte. Man hatte sein Denken nicht ausgeschaltet – er war keine willenlose Marionette – und doch konnte er sich gegen diesen Einfluss nicht zur Wehr setzen. Er besaß nach wie vor seinen eigenen Willen, aber es war ihm nicht möglich, danach zu handeln. Ihm wäre es fast lieber gewesen, die Ra´hul hätten seinen Geist komplett übernommen, ihn ausgelöscht und ihn zu einem willfährigen Werkzeug ihrer Pläne gemacht. Zu wissen, dass man ihn benutzte, und nichts dagegen unternehmen zu können, diese geistige Vergewaltigung war die fürchterlichste Folter, die er sich vorstellen konnte.

Am Horizont glaubte er die Fontäne eines großen Meeressäugers ausmachen zu können, der zum Atmen an die Oberfläche gekommen war. Er fragte sich, ob die Kreatur wohl lange genug leben würde, um im Feuersturm der Nova zu verglühen, oder ob ein gnädiges Schicksal sie vorher an

Altersschwäche sterben lassen würde. Mit ihm würde das Schicksal nicht so gnädig sein. Er war unsterblich und würde im eigenhändig entfesselten Feuersturm vergehen. So hatten sie es ihm aufgetragen.

Was man von ihm verlangte, war nichts Geringeres als die vollständige Vernichtung der Liga der Unsterblichen. Sie war das größte Hindernis für die Invasoren bei ihrem Vorhaben, die Milchstraße zu unterjochen. Die Möglichkeiten der Liga, den Ra´hul Einhalt zu gebieten, und seien sie noch so begrenzt, sollten im Keim erstickt werden. Er war die Waffe dazu!

Er wünschte sich, einfach hier sitzen bleiben zu können und nichts zu tun. Doch seine mentale Programmierung ließ dies nicht zu. Schon jetzt spürte er, wie der Drang, sich zu erheben, immer mächtiger wurde. Er wusste, dass er ihm früher oder später nachgeben musste, wie er es schon mehrfach erfahren hatte. Es gab nichts, was er dagegen tun konnte. Wie ein Drogensüchtiger, der trotz des Wissens, dass er sich damit umbrachte, immer wieder die nächste Dosis einnahm. Nur dass dieser Drang tausendmal zwingender und drängender war!

Er stand auf, strich den Sand von der Kleidung und ging zu seinem kleinen Schiff. Es spürte seine Nähe und öffnete sich bereitwillig, als sei er immer noch derselbe wie in all den Jahren, die es ihm bereits diente. Doch er war nun ein anderer. Er war derjenige, der die Unsterblichen töten würde.

Das kleine Schiff schwebte auf einem Gravkissen in den rosafarbenen Himmel und entschwand im All. Am Horizont glitt der große Meeressäuger unter die glatte Wasseroberfläche und tauchte in die Tiefe.

5.

»Die Warterei macht mich wahnsinnig!« Grand sprang aus seinem semi-materiellen Sitz auf und durchquerte ziellos die Zentrale der *Rhelina*. Wie er es schon ein paarmal in den vergangenen Stunden getan hatte. Und an den Tagen zuvor.

»Uns läuft die Zeit davon«, fuhr er fort. »Wie lange wollen wir noch untätig hier herumsitzen und darauf warten, dass uns der Zufall ein Schiff der Ra´hul vorbeischickt?«

Das Schiff mit den vier Unsterblichen an Bord kreiste seit drei Tagen innerhalb der Korona des Blauen Riesen von M33 X-7. Zunächst war es Grand furchteinflößend vorgekommen, inmitten der Energieausbrüche der Riesensonne ein so winziges Schiff zu verstecken, doch die Schilde der *Rhelina* gerieten nicht einmal in die Nähe ihrer Belastungsgrenzen, wenn man den Anzeigen trauen durfte. Selbst das modernste terranische Schiff wäre innerhalb von Sekunden verdampft. Wieder einmal wurde ihm vor Augen geführt, wie rückständig die Terraner im kosmischen Maßstab immer noch waren.

Hakera, die dorianische KI, unter deren Kommando die *Rhelina* stand, hatte auf Mikes Gewohnheiten Rücksicht genommen und die Zentrale mit virtuellen Bildschirmen, VR-Displays, Hologrammen sowie semi-materiellen Sitzen und Konsolen so eingerichtet, dass sie der Zentrale eines terranischen Schiffes möglichst nahekam. Jalina, Poggy und Kranchoor amüsierten sich über die veraltete Konfiguration.

»Dorianer konnten ihre Schiffe mittels Gedankensteuerung fliegen«, hatte die Kolltanerin erklärt. »Du solltest dich wenigstens an VR-Input, Verbalkommandos und Gestensteuerung gewöhnen.«

Mike hatte es einmal ausprobiert und dankend abgelehnt. Nachdem sich die VR-Blase um ihn gebildet hatte, schien er in der virtuellen Umgebung körperlos mitten im All zu schweben. Ringsum sah er nichts als den freien Weltraum. Farbige Icons bildeten sich in seinem Gesichtsfeld, übermittelten Informationen über alle Schiffssysteme und zeigten taktische Analysen sowie Kursprojektionen, wenn er sie mit einem virtuellen Finger berührte. Er hätte nur auf einen Stern zeigen müssen, um ihn anzufliegen, lediglich ein verbales Kommando geben müssen, um Waffensysteme abzufeuern, und nur die notwendigen Gesten ausführen müssen, um jedes System der *Rhelina* zu kontrollieren. Er *war* das Schiff! Zumindest soweit Hakera dies zuließ. Die letzte Kontrolle und die finalen Entscheidungen oblagen nach wie vor der KI.

Zur Erheiterung der drei anderen bat Mike um eine traditionelle Konfiguration der Zentrale.

»Im Ernstfall finde ich mich viel besser zurecht und kann schneller reagieren«, hatte er als Begründung angeführt, was Jalina wieder einmal veranlasste, sich spöttisch über die provinziellen Terraner zu äußern. Da *er* es jedoch sein würde, der bei einem Angriff durch die Suggestoren die *Rhelina* befehligen musste, blieb ihnen nichts anderes übrig, als Hakera zu bitten, die Zentrale entsprechend dem üblichen Aufbau eines terranischen Raumschiffes umzuformen. Innerhalb weniger Minuten verwandelte sich der völlig leere Raum daraufhin in die ungefähre Nachbildung des Kommandostandes eines Schlachtschiffes der Terranischen Raumverbände.

»Wir verlieren hier nur sinnlos wertvolle Zeit«, wiederholte Grand und wandte sich direkt an Jalina, die im zweiten Kommandositz saß.

»Was schlägst du stattdessen vor?«, wollte sie wissen.

»Wir sollten uns schnellstens Informationen beschaffen. An einem Ort, der nicht schwer bewacht ist und abseits der am stärksten frequentierten Schiffsrouten liegt. Seit wir im Triangulumnebel angekommen sind, hat Hakera sämtlichen Flugverkehr in der Galaxie angemessen und ausgewertet. Mithilfe dieser Daten sollte es möglich sein, ein potenzielles Ziel zu ermitteln.«

»Hakera, was meinst du dazu?«, sprach Jalina in den leeren Raum.

Augenblicklich manifestierte sich ein Hologramm. Hakera hatte diesmal das Aussehen einer golden schimmernden Kugel von etwa einem Meter Durchmesser gewählt und verzichtete auf die semi-materielle Projektion des gewohnten, eiförmigen Körpers. Als Zugeständnis an die Eigenheiten ihrer vier organischen Gäste an Bord, die es gewohnt waren, einem Gesprächspartner in die Augen zu blicken, besaß das Hologramm zwei den menschlichen Augen nachgebildete Sehorgane. Für Grand sah es fast aus wie das seit Jahrhunderten benutzte 'Smiley' und er konnte sich ein Grinsen nicht verkneifen.

»Tatsächlich gibt es einige mögliche Ziele, die abseits liegen, nur schwach bewacht sind und von Interesse sein könnten«, bestätigte die KI. »Allerdings würden wir dort immer noch auf mehr Widerstand treffen, als wenn wir es hier mit nur einem Schiff zu tun hätten.«

»… das irgendwann oder auch gar nicht eintreffen könnte«, knurrte Grand laut genug, dass auch Jalina es hören konnte. Dann fuhr er lauter fort. »Ich sage es noch einmal: Uns läuft die Zeit davon! In der Milchstraße wird die Lage von Tag zu Tag kritischer. Wenn es uns nicht bald gelingt, mehr über die Ra´hul in Erfahrung zu bringen und etwas gegen ihre Pläne zu unternehmen, versinkt die gesamte Galaxis im Chaos. Wir können es uns nicht leisten, noch mehr Zeit zu verschwenden, wenn wir überhaupt noch eine Chance haben wollen. Wenn wir dazu mehr Risiken eingehen müssen, dann bin ich dazu bereit.«

»Vielleicht hast du recht. Wir sollten uns anhören, was die anderen zu deinem Vorschlag sagen«, gab Jalina nach.

Die anderen waren Poggy und Kranchoor, die derzeit ihre Freiwache hatten, und natürlich die BEWAHRER, deren Schiff mit fast vollständig heruntergefahrenen Energiesystemen in einigen Lichtstunden Entfernung auf einem dunklen, kalten Eisplaneten versteckt lag, der das binäre System auf einer exzentrischen Bahn umkreiste. Die Maschinenintelligenzen benötigten kein Lebenserhaltungssystem und keine Beleuchtung. Solange die Temperatur an Bord nicht unter einen kritischen Wert sank, bei dem organische Besatzungsmitglieder schon längst tiefgefroren wären, blieben sie vollkommen handlungsfähig. Zudem emittierte das Schwarze Loch des Systems so viel Störstrahlung auf allen Normal- und Hyperfrequenzen, dass die geringe Restemission der *Flüsternde Stürme im Heliosphärenwind* selbst mit den empfindlichsten Scannern und Ortungssystemen nicht angemessen werden konnte.

Poggy und Kranchoor betraten die Zentrale, nachdem Hakera sie gerufen hatte, und die Supreme-KI der *Stürme* war über Hyperrichtfunk zugeschaltet.

Die Diskussion war kürzer, als Grand befürchtet hatte. Den Ausschlag gab die Supreme-KI der *Stürme.*

»Ich stimme Michael Cordwainer Grand zu. Eine Analyse und Risikoabwägung zeigt deutlich, dass es für die Gesamtsituation nachteilig wäre, hier weiter auf ein Schiff der Ra´hul zu warten, um an neue Informationen zu gelangen. Wir erhöhen zwar unser persönliches Risiko durch einen Anflug auf ein von den Ra´hul beherrschtes System, dies fällt jedoch gegenüber der zunehmenden Gefahr für die Milchstraße nicht ins Gewicht.«

»Sie hat leicht reden«, flüsterte Kranchoor Jalina zu. »Es existiert sicher ein Back-up von ihr irgendwo bei den BEWAHRERN. Wenn sie vernichtet wird, kann man sie einfach wiederherstellen.«

»Ich habe dies vernommen«, kam postwendend die Antwort der KI, die ebenfalls als Holoprojektion an der Versammlung teilnahm. Ihr Avatar hatte die Form eines Humanoiden unbestimmter Herkunft ohne jegliche Körperbehaarung, was besonders Jalinas Schönheitsideal entgegenkam. »Wir Supreme-KIs legen Wert darauf, dass es von uns keine Back-ups gibt. Wir betrachten uns als singuläre Individuen. Und vergiss nicht, dass wir nicht nur ein Ich-Bewusstsein besitzen, sondern Emotionen wie biologische Intelligenzen – einschließlich eines Selbsterhaltungstriebes. Sollte ich vernichtet werden, bedeutet dies für mich den endgültigen Tod.«

Kranchoor brummte verlegen.

»Ich wollte dich nicht beleidigen und ich bin auch nicht gegen einen risikoreicheren Einsatz. Tut mir leid!«

»Kein Problem. Wir BEWAHRER sind es

gewohnt, falsch eingeschätzt zu werden.«

»Hakera«, unterbrach Grand den peinlichen Moment. »Kannst du ein neues Einsatzziel vorschlagen?«

»Ich habe zwei Systeme ausfindig gemacht, die infrage kämen. Beide zeigen nur eine geringe Aktivität der Ra´hul und nur sporadischen Funkverkehr. In jedem der beiden Systeme scheint einer der mysteriösen Kuben kurz vor der Vollendung zu stehen.«

»Wäre es nicht sinnvoller, ein System zu wählen, in dem der Kubus bereits fertiggestellt ist, wenn wir mehr über die Dinger herausfinden wollen?«, warf Poggy ein.

»Bereits einsatzfähige Kuben werden nicht nur jeweils von drei schweren Kampfschiffen der Ra´hul bewacht, sondern hüllen sich laut den Ergebnissen meiner Fernscans in einen starken Energieschirm. Während der Bauphase sind sie hingegen relativ schwach geschützt. Es ist somit am einfachsten und sinnvollsten, einen Kubus kurz vor der Fertigstellung zu infiltrieren.«

»Einfach wird es sicher nicht sein«, wandte Grand ein. »Aber das haben wir auch nicht erwartet. Welches der beiden Systeme schlägst du als Ziel vor?«

»Beide liegen weit genug abseits, sodass es bei einem Alarm einige Zeit dauern dürfte, Verstärkung herbeizurufen. Einer der Kuben kreist um einen Gasriesen, der andere um eine Sauerstoffwelt.

Fernmessungen haben ergeben, dass die Ra´hul auf der Oberfläche der Sauerstoffwelt eine Basis errichtet haben. Deshalb kann man davon ausgehen, dass sich dort weniger Feinde an Bord des Kubus befinden. Ein Teil von ihnen wird sich sicher auf dem Planeten aufhalten. Ich schlage deshalb dieses System als neues Ziel vor.«

»Ich stimme der KI der *Rhelina* in ihrer Analyse zu. Sie deckt sich mit meinen Beobachtungen und Berechnungen«, sagte die Supreme-KI der *Stürme.*

»Wie weit sind wir von dem System entfernt?«, fragte Jalina.

»Etwa 30.000 Lichtjahre«, antwortete Hakera.

»Wir können nicht einfach dort einfliegen«, warnte Grand. »Was schlägst du vor, Hakera?«

»Das System liegt am Rand der Galaxie in einem relativ sternenarmen Gebiet. Ich schlage vor, dass wir zu einem ungefähr fünfzehn Lichtjahre entfernten System mit einem weißen Zwerg als Zentralgestirn fliegen. Er hat drei Begleiter, einer davon ein Gasriese in einer engen Umlaufbahn. Keiner der Planeten liegt innerhalb der habitablen Zone, sodass wir nicht befürchten müssen, dort jemandem zu begegnen. Beide Schiffe können sich leicht in der dichten Wasserstoff/Helium-Atmosphäre des Gasriesen verbergen. Mit einem Beiboot können dann zwei von euch in das Zielsystem einfliegen. Es verfügt über die modernsten Tarneinrichtungen meiner Erbauer und sollte schon aufgrund seiner geringen Größe schwer zu orten sein.«

»Auch die Ra´hul sind eine technologisch extrem entwickelte Spezies. Was garantiert uns, dass sie das Beiboot nicht entdecken?« Grand war nicht völlig überzeugt.

»Nichts!«, stelle Hakera lakonisch fest. »Aber es ist sehr unwahrscheinlich. Zudem ist dies eines der Risiken, die ihr einzugehen bereit wart.«

»Na schön! Jalina und ich werden als Erkundungskommando losziehen. Sobald wir Genaueres über die Lage innerhalb des Systems wissen und die Verteidigung des Kubus ausgekundschaftet haben, kehren wir zurück und überlegen uns, wie wir weiter vorgehen können.«

»Und was sollen wir inzwischen tun?«, fragte Kranchoor aufgebracht. »Wir haben ebenfalls keine Lust, hier nur herumzusitzen. Dafür sind wir nicht mitgekommen!«

»Vergesst nicht, dass ich als Einziger immun gegen den Einfluss der Suggestoren bin«, erinnerte sie Grand. »Falls wir entdeckt werden und unter ihren Einfluss geraten, ist außer mir niemand in der Lage, von dort wieder zu entkommen. Und Jalina kenne ich am besten von euch dreien und ich vertraue ihr.«

So sehr Grands Worte die Kolltanerin auch erfreuten, so konnte sie doch nicht vergessen, dass sie ihn hintergangen hatte. Sie war es gewesen, die ihn hatte sterben lassen, obwohl er hätte gerettet werden können. Aus egoistischen Motiven und ohne sein Einverständnis hatte sie damit seine Behandlung in der LifeCell erzwungen. Eine Entscheidung, die allein Grand hätte treffen dürfen. Sie hoffte, er würde nie davon erfahren.

Die KIs konferierten unbemerkt in Sekundenbruchteilen miteinander.

»Die Supreme-KI und ich teilen Michaels Einschätzung. Er hat von allen die besten Chancen, bei einer vorzeitigen Entdeckung zu entkommen, falls sich Suggestoren im System befinden. Die Wahl seines Begleiters sollte ihm überlassen bleiben.«

Niemand wollte Hakera widersprechen, obwohl Poggy und Kranchoor nicht glücklich aussahen, soweit Grand dies bei einem Alien überhaupt einschätzen konnte.

»Dann sind wir uns einig!«, stellte er fest. »Sobald die beiden Schiffe in einem sicheren Versteck sind, fliegen Jalina und ich los.«

»Eines solltest du noch wissen«, meldete sich Hakera erneut. »Das Beiboot kann nur über Gedankenbefehle oder eine VR-Steuerung geflogen werden. Es ist dort nicht möglich, die von dir bevorzugte Konfiguration der Zentrale zu manifestieren. Es verfügt nicht über die technologische Ausstattung hierfür. Es besitzt außerdem keine voll entwickelte KI, sondern lediglich ein zwar sehr leistungsfähiges, aber nur rudimentäres Schiffsbewusstsein. Es kann keine eigenständigen Entscheidungen treffen!«

Mike seufzte. »Dann werde ich mich wohl daran gewöhnen müssen, ein Schiff auf diese Weise zu steuern.«

»Ich könnte dir Hirnimplantate einsetzen, die dich zu einer Gedankensteuerung befähigen würden. Inzwischen besitze ich genügend Informationen über den Aufbau deines Gehirns, um diesen Eingriff durchzuführen.«

»Äh … nein danke!« Mike war nicht bereit, sich von der KI in seinem Schädel herumpfuschen zu lassen. »Ich komme auch so zurecht.«

»Wie du willst, Michael.« Fast glaubte er, einen beleidigten Unterton herauszuhören. Hakera mochte es anscheinend nicht, wenn man an ihren Fähigkeiten zweifelte.

»Was hält uns dann noch hier?«, fragte Jalina.

»Wir können umgehend abfliegen«, stimmte die Supreme-KI der *Stürme* zu und ihr Hologramm verschwand.

»Die Flugzeit beträgt etwa eine terranische Stunde«, gab Hakera bekannt.

Auf den Holodarstellungen und virtuellen Bildschirmen konnten die vier Unsterblichen verfolgen, wie sich die *Rhelina* aus dem Gravitationstrichter des Blauen Riesen löste. Die energetischen Entladungen der Sonnenkorona, die sie in den vergangenen drei Tagen umlodert hatten, verblassten allmählich und gaben den Blick auf den Raum frei. Gleichzeitig startete die *Stürme* aus ihrem Versteck auf dem Eisplaneten. Die beiden Schiffe trafen sich am Systemrand und verschwanden gemeinsam im Bulk.

6.

Es würde nur im Schutz der Nacht möglich sein, überlegte Brolon. Die metallenen Vögel stiegen zu jeder Tageszeit in den Himmel und seine Chancen, sich an Bord zu schleichen waren bei Nacht deutlich besser. Allerdings hatte er noch keinen Weg gefunden, die unsichtbare Zauberwand zu durchbrechen. Und er wusste, dass es im Lager der Dämonen, besonders dort, wo die metallenen Vögel schliefen, nicht dunkel sein würde. Denn die Fremden verfügten über einen weiteren Zauber. Mittels hell strahlender, schwebender Kugeln gelang es ihnen auf wundersame Weise, große Teile ihres Lagers taghell zu erleuchten. Wie kleine Sonnen standen diese Kugeln, er hatte fast ein Dutzend von ihnen gezählt, über der Ansiedlung seiner Feinde. Nur zwischen der Zauberwand und den ersten Gebäuden würde völlige Dunkelheit herrschen. Danach kam es auf sein Geschick an, um nicht entdeckt zu werden.

Brolon war einer der besten Jäger seines Stammes – vielleicht sogar der beste. Niemand verstand es wie er, sich unbemerkt selbst der scheuesten Beute zu nähern. Kein anderes Mitglied der Jagdgemeinschaft war geschickter im Umgang mit der Waffe. Brolon beherrschte sowohl den Speerwurf als auch den Kampf mit dem Messer nach jahrelangem Training mit einer Perfektion, die ihresgleichen suchte. Er stand in der Blüte seiner

Jahre und fürchtete sich vor nichts und niemandem. Auch die Dämonendiener und Mörder seiner Gefährtin würden dies zu spüren bekommen. Brolon zweifelte keinen Moment daran, dass seine Rachepläne erfolgreich sein würden. Auch wenn die Fremden über unheimliche Zauberkräfte verfügten und aus dem Dämonenreich Achmaan entstammen mochten. Sie würden seine unerbittliche Rache zu spüren bekommen. Natürlich würde auch er selbst dabei umkommen, aber das war zweitrangig. Jetzt galt es nur noch, einen Weg durch die Zauberwand zu finden.

Brolon lag unter einem Busch auf einem kleinen Hügel, nur wenige Meter von der undurchdringlichen Absperrung entfernt. In den vergangenen Nächten hatte er stundenlang hier regungslos verharrt, um seine Gegner zu studieren. Vor allem interessierte ihn, wie sie auf einen Kontakt mit der Zauberwand reagierten. Er bemerkte schnell, dass es sie nicht zu interessieren schien, wenn ein Tier dort zu Asche verbrannte. Sie verließen sich vollständig auf die Wirksamkeit ihres Zaubers und sandten nicht einmal einen Wachposten, um nachzusehen, weshalb die Abschirmung aufflackerte. Vielleicht konnte er diese Nachlässigkeit für sich nutzen.

Er sah einige fliegende Insekten, die, angelockt vom Licht der über dem Lager schwebenden Sonnen, in der Zauberwand verglühten. Dabei fiel ihm etwas Sonderbares auf das eine Idee in seinem

Kopf entstehen ließ, die er noch heute Nacht überprüfen wollte.

Brolon schlich sich bäuchlings davon. Erst als er sich fast einhundert Meter vom Zauberzaun entfernt hatte, wagte er sich zu erheben und verschwand im angrenzenden Wald. Es dauerte nicht lange, bis er fand, wonach er gesucht hatte. Unter einem vor langer Zeit durch ein Unwetter gefällten und inzwischen vermoderten Baumstamm entdeckte er den Bau eines Lareks. Das etwa handtellergroße Tier war ein harmloser Pflanzenfresser, zu klein, um Brolons Stamm als Nahrungsquelle zu dienen. Doch es gab einen Jäger, der Lareks als Delikatesse schätzte. Quareen waren räuberische Fleischfresser, die besonders gerne Jagd auf Lareks machten. Sie waren selbst nicht viel größer als ihre Beute, besaßen jedoch im Vergleich zum restlichen Körper ein gewaltiges Maul mit einer Reihe scharfer und spitzer Zähne.

Brolon legte sich auf den Boden und griff mit einer Hand in den Larekbau. Normalerweise waren diese nicht sehr tief und eher ein in den Boden gegrabener Unterschlupf. Sofort ertastete er ein Fellbündel. Er griff zu und zog das Tier ins Freie. Leise fiepend beschwerte sich der Larek, ein junges Weibchen, über die unsanfte Behandlung.

»Tut mir leid, Kleines«, raunte Brolon ihr zu. »Aber ich brauche dich, um einen Weg zu den Dämonendienern zu finden. Es wird schnell gehen und du wirst keine Schmerzen verspüren.«

Er stopfte das zappelnde Weibchen in den Umhängebeutel, den er stets bei sich trug, und verschloss ihn mit einer Schnur. Nun galt es, einen Quareen zu fangen. Eine ungleich schwierigere Aufgabe, die zu schmerzhaften Bisswunden führen konnte, wenn man nicht sorgsam genug war. Knaben, die zu späteren Jägern ausgebildet wurden, stellte man diese Aufgabe, um sie zu Vorsicht und Geschicklichkeit zu erziehen. Auch Brolon war durch diese Schule gegangen, der er eine Narbe quer über dem linken Handrücken zu verdanken hatte, und wusste genau, wie er vorgehen musste.

Eine halbe Stunde später hatte er ein Nest gefunden. Quareen lebten in Nestern aus Zweigen und Gras im Dickicht von Büschen und Sträuchern. Er legte zwischen zwei eng stehenden Bäumen eine Schlingfalle aus. Das Ende des Seiles warf er über einen dicken Ast, der sich etwa auf Kopfhöhe befand. Dann nahm er den Umhängebeutel, in dem das noch immer leise fiepende Larek-Weibchen steckte und reizte durch den Stoff hindurch eine Drüse am After. Sanft strich er immer wieder über die empfindliche Stelle, bis er spürte, wie Feuchtigkeit austrat, die rasch durch den Stoff drang. Schnell legte er den Beutel mit dem aufgeregt zappelnden Weibchen in die Mitte der Schlinge und schwang sich auf den dicken Ast. Es sollte nicht lange dauern, bis ein Quareen die Pheromone wittern und auftauchen würde. Brolon hielt das Ende des Seils in der Hand, bereit, die Falle zuschnappen zu lassen.

Ein paar Minuten später hörte er ein Rascheln aus dem dichten Buschwerk dringen. Dann erschien die lange Schnauze mit dem kräftigen Gebiss und zuckte witternd umher. Der Räuber befand sich nur ein paar Meter von dem heftig zuckenden Beutel entfernt. Das Larek-Weibchen konnte ihren Todfeind nicht wittern, da der Wind von ihr zum ihm blies. So hatte Brolon es beim Bau der Falle geplant. Der Quareen beäugte den Beutel misstrauisch, da Witterung und Optik nicht zusammenpassten. Was dort so verführerisch roch, sah nicht im Geringsten wie ein Larek aus, doch sein Jagdinstinkt, angeregt von den Pheromonen, trieb ihn vorwärts. Vorsichtig setzte er einen Fuß vor den anderen und schlich sich geduckt weiter an. Der Jäger bewegte sich völlig lautlos. Auch Brolon hütete sich, einen Laut von sich zu geben oder sich zu bewegen. Der Quareen hätte sofort das Weite gesucht. Zentimeter für Zentimeter näherte sich das kleine Raubtier, immer noch misstrauisch, dem so verlockend duftenden Objekt, das überhaupt nicht wie ein Larek aussah. Doch je näher er kam, um so stärker wurde der anregende Geruch. Er konnte nicht widerstehen. Dann sprang er plötzlich vorwärts.

Mit einem für ein solch kleines Tier gewaltigen Satz stürzte sich Quareen auf den Beutel. Kaum hatte er den Boden berührt, als Brolon die Schlingfalle zuzog. Wie geplant legte sich die Schnur um die Vorderfüße des überraschten Räubers. Noch bevor dieser in den Beutel beißen und das Larek-Weibchen verletzen konnte, zog Brolon den Quareen nach oben. Hilflos baumelte er an der Schnur. Brolon fixierte das Seil und sprang vom Baum. Vorsichtig näherte er sich dem wild zappelnden Räuber und griff im richtigen Moment zu. Mit einer Hand faste er ihn ins Nackenfell, worauf das Tier in eine Schockstarre verfiel. Dies war typisch für die Quareen. Wenn man sie kräftig genug an einer bestimmten Stelle im Genick packte, erstarrten sie augenblicklich. Verfehlte man diese Stelle, konnte einem das wild um sich beißende Tier schwere Wunden an der Hand zufügen, wie Brolon aus eigener Erfahrung wusste.

Mit dem Seil fixierte Brolon die Vorder- und Hinterläufe. Dann verschloss er das Maul mit einem Stoffstreifen, den er aus seinem Hemd gerissen hatte und dem Tier nun um die Schnauze knotete. Jetzt war alles bereit, um seine Theorie zu überprüfen. Er nahm den Beutel auf, hängte ihn sich über die Schulter, hielt den Quareen weiter im Nackengriff und machte sich auf den Weg zurück zur Zauberwand.

Wieder lag er unter dem gleichen Buschwerk verborgen wie eine Stunde zuvor. Noch immer war es eine stockdunkle Nacht. Beide Monde standen derzeit auf der anderen Seite des Planeten und am Himmel funkelten Tausende von Sternen. Nur das quadratische, schwarze Loch am wolkenlosen

Nachthimmel zeugte vom Werk der Dämonen.

Im Lager der Fremden war nur geringe Aktivität zu bemerken. Hin und wieder sah Brolon einen der tierköpfigen Mörder seiner Geliebten kurz zwischen den Gebäuden auftauchen. Es wurde Zeit für seinen Versuch.

Vorsichtig befreite er den Quareen von seinen Fesseln und entfernte das Tuch von seinem Maul. Er achtete darauf, mit der anderen Hand den festen Griff im Nacken beizubehalten. Anschließend öffnete er vorsichtig mit der freien Hand den Beutel, in dem das kleine Tier immer noch schwach fiepte. Er konnte spüren, wie sich der Herzschlag des Quareen bei dem Geräusch beschleunigte. Nun kam es auf die exakte Bestimmung des richtigen Zeitpunkts an. Quareen konnten schneller laufen als Lareks und der Räuber würde sein Opfer nach wenigen Metern eingeholt haben. Dies musste allerdings genau an der richtigen Stelle und im richtigen Moment geschehen, wenn Brolon seine Vermutung – und seine Hoffnung – bestätigt sehen wollte. Er lag etwa fünf Meter von der unsichtbaren Zauberwand entfernt. Jetzt kam es darauf an, die Geschwindigkeit der beiden Tiere richtig einzuschätzen. Der Quareen musste das Larek-Weibchen genau dann erreichen, wenn es auf die Zauberwand traf. Das Weibchen würde, wenn er den Beutel öffnete, sofort von ihm wegrennen. Es würde sich zunächst, so schnell es konnte, in einer geraden Linie von ihm entfernen, um möglichst viel

Distanz zwischen sich und seinen Peiniger zu bringen, bevor es nach einem Versteck Ausschau halten würde. Brolon richtete den Beutel so aus, dass seine Öffnung in die gewünschte Richtung zeigte, und öffnete ihn. In seiner anderen Hand begann sich der Quareen trotz der Schockstarre leicht zu bewegen, als der lockende Geruch seiner Beute stärker wurde. Brolon wusste, dass der Räuber nichts anderes im Sinn haben würde, als dem Larek-Weibchen nachzusetzen. Sein Jagdinstinkt würde alles andere dominieren. Dann streckte das Weibchen seine Nase aus dem Beutel, schnüffelte kurz und rannte, so schnell es konnte, davon. Genau in Richtung der Zauberwand, wie Brolon es geplant hatte. Er wartete einen Moment, und als er glaubte, der richtige Augenblick sei gekommen, gab er den Quareen frei. Sofort schoss dieser hinter dem Larek her. Brolon konnte im Sternenlicht verfolgen, wie er unerbittlich näherkam. Dann setzte der Quareen zum entscheidenden Sprung an, flog durch die Luft und riss in Vorbereitung des tödlichen Bisses das Maul auf.

Nun erreichte das Larek-Weibchen die Zauberwand. Unmittelbar bevor der Quareen sein Opfer zu fassen bekam, blitzte ein helles Licht auf. An der Stelle, an der er aufkam, befand sich nur noch ein Haufen Asche. Vom eigenen Schwung getragen, überschlug sich der Quareen einige Male und blickte schließlich verdutzt in die Runde.

Brolon lächelte. Das Tier befand sich innerhalb des abgesperrten Bezirks; es hatte die Zauberwand durchdrungen. Wie Brolon gehofft hatte, bildete sich für einen kurzen Augenblick ein Durchgang an der Stelle, an der sich der Zauber ein Opfer holte. Bei den fliegenden Insekten, die er zuvor beobachtet hatte, war es ihm so vorgekommen, als ob einige von ihnen die todbringende Abschirmung hatten überwinden können. Nun wusste er, wie sie dies geschafft hatten. Jetzt musste er nur noch ein Tier in seiner Größe finden, es in die Zauberwand hetzen und die Rolle des Quareen einnehmen.

7.

»Es gibt neue Nachrichten aus der Triangulumgalaxie.«

Mutter hatte die anderen Mitglieder des fünfköpfigen Führungsgremiums der *Liga der Unsterblichen* zu einer Besprechung in die Zentrale des *Horts* gebeten. Der Halgoraner Threlak´Klonn´Arbor als Vorsitzender des Gremiums, Ylanthu als Vertreter der Milgorer, Usgran Delar Torkan aus dem Volk der morphischen Torkalianer und der namenlose Quatchek, die zusammen mit der hoch entwickelten KI seit mehreren Tausend Jahren die Geschicke der Liga leiteten, waren der Aufforderung umgehend gefolgt. Von der *Mission Triangulum* hing das Schicksal der gesamten Galaxis ab.

»Die vier wollen versuchen, in einen der geheimnisvollen Kuben einzudringen.«

»Haben sie außerdem noch etwas gesendet?«, wollte Threlak´Klonn´Arbor wissen.

»Das war alles, was ich der Nachricht entnehmen konnte.«

Die drei Millionen Lichtjahre Entfernung zur Triangulumgalaxie machten einen normalen Hyperfunkkontakt unmöglich. Nur die unfassbaren technologischen Fähigkeiten der Dorianer ermöglichten es, dass *Mutter* überhaupt mit der *Rhelina* Kontakt aufnehmen konnte. Allerdings beschränkte sich diese Möglichkeit auf die Übermittlung kurzer

Textnachrichten. Und selbst dabei gingen fast neunzig Prozent der Information im höherdimensionalen, energetischen Chaos des Bulk über diese Distanz verloren. Es war deshalb vereinbart worden, täglich eine kurze Nachricht in beide Richtungen zu senden, die mehrfach wiederholt werden würde, um aus den empfangenen Fragmenten eventuell die gesamte Nachricht rekonstruieren zu können. An Audio- oder gar Holobotschaften war nicht zu denken.

»Wir müssen hoffen, dass die Vier bald brauchbare Erkenntnisse gewinnen«, sagte Usgran Delar Torkan und ließ seinen Körper zu einem flachen Diskus auseinanderfließen, aus dem wie üblich nur zwei Stielaugen ragten. »Die Lage hier wird immer verzweifelter und die meisten Völker sind rationalen Argumenten nicht mehr zugänglich. Selbst dort, wo man der Nachricht der BEWAHRER Glauben schenkt, dass hinter den Auseinandersetzungen die mentale Beeinflussung durch die Invasoren steckt, bereitet man sich auf den großen Krieg vor. Mit der Begründung, es mag ja so sein, wie sie behaupten, aber man müsse sich schützen und könne nicht mehr darauf bauen, dass sie in der Lage sind, erfolgreich einzugreifen.«

»Die Niederlagen der BEWAHRER in den ersten Auseinandersetzungen mit den Ra´hul haben die Bewohner der Milchstraße an den Fähigkeiten des Maschinenvolkes zweifeln lassen«, stellte *Mutter* fest.

»Außerdem dürfte inzwischen durchgedrungen sein, dass die BEWAHRER bei Weitem nicht über genügend Schiffe verfügen, um überall präsent zu sein«, übersetzte der Translator die flackernden Farbsignale des Quatchek.

»Es gibt erste Gerüchte die Existenz der Liga betreffend«, warnte der Vorsitzende des Führungsgremiums.

»Dies war zu befürchten. Noch nie in unserer Geschichte waren wir derart gefordert und mussten gezwungenermaßen in zu vielen Krisenherden gleichzeitig eingreifen. Es war kaum zu vermeiden, dass unsere Agenten in einigen Fällen Aufsehen erregen würden, was wiederum zu Fragen führen musste«, erwiderte Ylanthu.

»Bisher konnten wir in den meisten Fällen sehr subtil und behutsam vorgehen«, sagte *Mutter*. »Nur selten musste ein Mitglied der Liga an vorderster Front aktiv werden. Meist genügte es, hier und da maßgebliche Persönlichkeiten zu beeinflussen, Weichen zu stellen oder Entwicklungen in eine bestimmte Richtung zu lenken. Wir verfolgten in der Regel Langzeitpläne. Wenn es notwendig wurde, eine unmittelbare Aktion durchzuführen, einen Krieg zu beenden oder den Ausbruch von Gewalt zu verhindern, griffen wir auf die BEWAHRER zurück. Jetzt sind unsere Interventionen zumeist sehr viel direkter und damit natürlich offensichtlicher.«

»Um so bedauerlicher, dass dies in den

seltensten Fällen zum gewünschten Erfolg geführt hat«, warf Usgran Delar Torkan ein. »Es hat sogar Todesfälle in unseren Reihen gegeben!«

»Wie viele Unsterbliche haben wir verloren?«, signalisierte der Quatchek mit seinem Farbband.

»Bisher sind drei unserer Mitstreiter den Kämpfen zum Opfer gefallen«, teilte *Mutter* mit.

Für einen Moment herrschte Schweigen im Raum. Im Durchschnitt verlor man alle paar Jahrhunderte ein Mitglied der Liga. Innerhalb weniger Wochen drei Todesfälle beklagen zu müssen war unerhört und schockierend.

»Im Moment befinden sich siebenundneunzig Unsterbliche an den verschiedenen Brennpunkten in der Milchstraße, zumeist als Zweier- oder Dreierteams. Im *Hort* halten sich derzeit fünfzehn Mitglieder der Liga auf, euch vier eingerechnet. Sechs davon werden in den nächsten Stunden in einen Einsatz gehen«, zählte *Mutter* auf.

»Und die vier in der Triangulumgalaxie, auf denen unsere Hoffnungen ruhen«, vervollständigte Threlak´Klonn´Arbor die Aufzählung, um das Gremium wieder zurück zum Grund ihres Zusammentreffens zu bringen. Doch *Mutter* versetzte den Anwesenden den nächsten Schock.

»Ich erhalte soeben eine Nachricht, dass Thronar Thronak von seinem Partner Yxylanther in Notwehr erschossen wurde.«

Thronar Thronak gehörte dem Volk der reptiloiden Horfaner an und war seit ungefähr viertausend Jahren Mitglied der Liga. Yxylanther, ein insektoider Grachnar, hatte bereits sein erstes Jahrzehntausend als Unsterblicher hinter sich gebracht. Die beiden waren seit mehr als dreitausend Jahren ein eingespieltes Team und galten als enge Freunde. Usgran Delar Torkan quietschte erschrocken auf, zog sich zu einer Kugel zusammen und fuhr die Stielaugen ein. Das Farbband des Quatchek zeigte nur noch Grautöne und Ylanthu sank auf der semi-materiellen Stuhlprojektion in sich zusammen. Diese Nachricht hatte sie sichtlich aus der Fassung gebracht.

Threlak´Klonn´Arbor sammelte sich als Erster. »Was ist passiert?«, fragte er.

»Ich habe noch keine genauen Informationen, aber es sieht so aus, als ob Thronar unter den Einfluss der Suggestoren geraten wäre und versucht hätte, Yxylanther umzubringen, als dieser Verdacht schöpfte. Es kam zu einem Kampf an Bord ihres Schiffes. Yxylanther vermutet, dass Thronar einen Anschlag hier im *Hort* plante. Er fand eine Antimateriebombe in dessen Kabine.«

»Wieso glaubt er, dass der Anschlag dem *Hort* gelten sollte?«

»Sie befanden sich auf dem Rückflug hierher. Es liegt nahe, dass die Bombe hier eingesetzt werden sollte.«

Das Farbsignalband des Quatchek flackerte hektisch. »Damit war früher oder später zu rechnen«, übersetzte der Translator. »Die Ra´hul werden alles daransetzen, uns auszuschalten.«

»Es war nur eine Frage der Zeit, bis einer von uns unter den Einfluss der Suggestoren geraten würde«, stellte Ylanthu fest.

»Ich schlage vor, dass nur noch Dreierteams zusammengestellt werden«, tönte es aus dem Translator des Quatchek.

»Auch dies bietet keine absolute Sicherheit. Die Suggestoren können ganze Schiffsbesatzungen unter ihre Kontrolle bringen«, entgegnete Ylanthu skeptisch. »Mutter, hast du einen Vorschlag?«

»Größere Einsatzteams bieten tatsächlich kaum erhöhten Schutz vor den Suggestoren, aber es kann auch nichts schaden, sich gegenseitig verstärkt im Auge zu behalten. Zumindest im vorliegenden Fall hat es einen Anschlag auf den Hort verhindern können. Ich unterstütze den Vorschlag.«

»Das würde bedeuten, wir müssten alle Unsterblichen zurückrufen und neue Teams zusammenstellen.« Ylanthu klang nach wie vor nicht überzeugt.

»Dies bietet auch eine Gelegenheit, sie alle auf eine eventuelle Beeinflussung hin zu überprüfen. Es sollte mir möglich sein, durch Messung der Aktivität in bestimmten Gehirnarealen festzustellen, ob jemand unter mentaler Kontrolle steht. In meinen medizinischen Datenspeichern befinden sich Aufzeichnungen der Gehirnscans aller Unsterblichen. Eine mentale Kontrolle würde zu Abweichungen vom Normalzustand führen.«

»Dann werden wir es so machen«, entschied Threlak´Klonn´Arbor.

»Ich werde die Unsterblichen sofort benachrichtigen. Es wird allerdings einige Zeit dauern, bis alle hier eintreffen.«

»Erwähne nichts von einem Test. Wir wollen niemanden vorwarnen. Sag ihnen, es ginge lediglich darum, größere Einsatzteams zu bilden – eine reine Sicherheitsvorkehrung. Du kannst diese Maßnahme mit dem bedauerlichen Zwischenfall, der zu Thronars Tod führte, begründen.«

»Der Rundruf wird soeben ausgestrahlt.«

»Dann schlage ich vor, wir treffen uns wieder, wenn alle anwesend sind«, sagte der Vorsitzende. »In der Zwischenzeit können wir nichts weiter tun, als auf gute Nachrichten aus der Triangulumgalaxie zu hoffen.«

8.

Trrach vernahm das metallische Geräusch des Andockmanövers, als das Transportschiff die Strafkolonie erreichte. Er kannte Maren´Thar gut genug, um auch ohne Außenmonitor genau zu wissen, wo sich das Schiff befand und wie es dort aussah. Der atmosphärenlose Mond war eine Geröllwüste mit nur flachen Erhebungen. Die gewaltigen Gezeitenkräfte des Gasriesen, den er umkreiste, hatten die Oberfläche des Mondes schon früh in seiner Entstehungsgeschichte eingeebnet. Die meisten Vertiefungen und Hügel waren die Folge von Meteoriteneinschlägen. Diese hatten zusätzlich zu den ureigenen Bodenschätzen des Mondes weitere wertvolle Rohstoffe in der Kruste eingelagert. Ohne schützende Atmosphäre konnten sie nicht verglühen und drangen tief in das Gestein ein.

Ein kosmischer Zufall hatte es gewollt, dass bei der Entstehung des Systems vor vielen Milliarden Jahren überdurchschnittliche viele seltene Elemente in der protoplanetaren Scheibe vorhanden gewesen waren, die jetzt sowohl auf dem Mond als auch auf den Hunderttausenden von Asteroiden, Kometen und Meteoren, die das System umkreisten, zu finden waren. Der gigantische Gasplanet zog viele der in das System eindringenden Körper an, und ein Teil derjenigen, die nicht in seiner Atmosphäre verglühten, hatte die Oberfläche des Mondes über die Jahrmilliarden immer weiter mit Bodenschätzen angereichert. Man musste sie nur noch einsammeln.

Allerdings kreiste der Planet so dicht um seine Sonne, dass die Strahlenbelastung alles andere als gesund war. Da man keinen besonderen Aufwand betrieb, die Strafarbeiter während ihres Aufenthaltes auf der Oberfläche ausreichend zu schützen, war deren Überlebensdauer entsprechend gering. Sie bemaß sich in wenigen Monaten.

Das Schott zu der spartanisch eingerichteten Zelle öffnete sich und zwei Soldaten traten ein. Einer hielt eine Waffe auf Trrach gerichtet.

»Hände auf den Rücken«, befahl der zweite.

Trrach wusste, dass jeder Widerstand zwecklos gewesen wäre, und gehorchte. Ein Energieband schlang sich um seine Arme. Er erhielt einen Stoß in den Rücken und taumelte durch das Schott in den Gang. Dort warteten nicht nur zwei weitere Soldaten, sondern zu seiner Überraschung auch Zchroch´akkr´akcht´hisch, der Verräter. An dessen Uniform prangte das Symbol des Führers der Rettungsflotte. Trrach würdigte ihn keines Blickes.

»Ich wollte es mir nicht nehmen lassen, dich zu deinem neuen Arbeitsplatz zu begleiten«, sagte Zchroch und bleckte triumphierend die Zähne. »Ich bin sicher, du kannst hier einen wertvollen Beitrag zum Erfolg unseres Auftrages leisten – zumindest für ein paar Wochen. Mein Dank und der unseres Volkes für dein Opfer sind dir gewiss!« Bei den letzten Worten verzog er höhnisch die Lippen.

Trrach gab ihm nicht die Genugtuung einer Antwort.

»Wie ich feststelle, bist du nicht wirklich gesprächig. Aber das macht nichts. Du hast natürlich recht – ich bin nicht hier, um mich von dir zu verabschieden. Ich möchte dir jemanden vorstellen!«

In diesem Moment trat einer der beiden Soldaten vor. Trrach hatte sie bisher nicht beachtet, und deshalb war es ihm entgangen, dass derjenige, der nun an Zchrochs Seite trat, die Insignien eines hochrangigen Offiziers trug.

»Dies ist Kommandant Jachkt. Er wird ab sofort das Kommando über Maren´Thar übernehmen. Der erst kürzlich von dir eingesetzte Kommandant wurde auf einen anderen Posten versetzt. Hast du etwa geglaubt, ich hätte dies übersehen?« Wieder krächzte Zchroch vor sichtlichem Vergnügen. »Es sind genau diese Fehleinschätzungen und diese Gedankenlosigkeit, die dich hierher gebracht haben. Ich wollte sicherstellen, dass Kommandant Jachkt seine Aufgabe hier genauestens begreift, und ihn persönlich einweisen. Er wird ein besonderes Auge auf dich haben, Trrach.«

Mit diesen Worten wandte sich Zchroch ab und trat zur Seite. Auf einen Wink von ihm zogen die beiden ersten Soldaten den alten Ra´hul an Zchroch vorbei zur Schleuse in den Gefangenentrakt.

Trrach gab sich größte Mühe, seine

Erschütterung nicht zu zeigen. Er war sich nicht sicher, ob ihm dies gelang. Tatsächlich hatte er sich darauf verlassen, dass Zchroch die Ernennung seines Vertrauten zum Kommandanten der Strafkolonie entgangen war. Wieder einmal hatte er seinen Gegenspieler unterschätzt. Trrach war sich sicher, dass der neue Kommandant Anweisung erhalten hatte, ihm das Leben hier so unerträglich wie möglich zu machen – und dafür zu sorgen, dass seine Zeit auf Maren´Thar möglichst kurz ausfallen würde. Solange er am Leben war, verkörperte er nach wie vor eine Bedrohung für Zchrochs Machtanspruch. Je schneller er hier zugrunde ging, umso eher konnte Zchroch seine Position endgültig festigen. Noch gab es eine nicht geringe Zahl von Offizieren und Soldaten, die mit dem Putsch haderten. Erst wenn Trrach nicht mehr am Leben war, konnte er keine Gefahr mehr darstellen.

In diesem Moment schwor sich der ehemalige Anführer der Rettungsflotte der Ra´hul, alles daranzusetzen, nicht nur zu überleben, sondern fürchterliche Rache an Zchroch zu verüben. Er wusste selbst, wie gering die Chancen hierfür waren, doch nur der Glaube daran konnte ihn auf Maren´Thar am Leben erhalten.

9.

»Das Ding ist riesig!«, entfuhr es Grand. Obwohl er aus den Berichten der BEWAHRER wusste, dass die Kuben mehrere Kilometer Kantenlänge aufwiesen, war es doch etwas anderes, sie mit eigenen Augen zu sehen – wobei 'eigene Augen' nicht ganz den Tatsachen entsprach. Tatsächlich sah er ein Hologramm des Kubus, der im stationären Orbit über einer fünfzehn Lichtjahre entfernten Sauerstoffwelt stand.

Sobald die beiden Schiffe in dem System angekommen waren, wo sie sich in der dichten Wasserstoff/Helium-Atmosphäre des Gasriesen verbergen konnten, hatte Hakera eine Mikrodrohne losgeschickt. Dieser nur ein paar Zentimeter durchmessende Flugkörper war in der Lage, innerhalb weniger Minuten im Überlichtflug das eigentliche Ziel zu erreichen und von dort Scans, Holoaufnahmen und alle möglichen Daten und Informationen als Datenpakete mittels supergerafftem Hyperfunkspruch zu übertragen. Die winzige Drohne war nicht zu entdecken und die gerichteten Hyperfunksprüche im Nanosekundenbereich von niemandem anzumessen. Leider betrug die Einsatzdauer einer solchen Mikrodrohne nur ein paar Stunden, bevor die mit bloßem Auge fast nicht sichtbare Energiezelle erschöpft war.

»Der Planet bietet erdähnliche Lebensbedingungen«, stellte Grand fest. »Die Gravitation beträgt annähernd 1 G und die Zusammensetzung der Atmosphäre ist mit der meines Heimatplaneten fast identisch.«

»Der Planet interessiert uns nicht«, sagte Jalina in ihrer schnippischen Art. »Unser Ziel ist der Kubus.«

Grand verdrehte nur die Augen. Manchmal fiel es ihm schwer, mit der überheblichen Art der Kolltanerin zurechtzukommen, mochte sie noch so intelligent und hübsch sein.

»Hakera, gibt es Hinweise auf eine Station der Ra´hul auf dem Planeten?«, fragte er, ohne auf Jalinas Kommentar einzugehen.

»Ja, Michael. Auf den Planetenkoordinaten direkt unterhalb der stationären Position des Kubus im Orbit konnten energetische Emissionen angemessen werden. Ein Teil der im System stationierten Ra´hul hält sich tatsächlich auf der Planetenoberfläche auf, wie wir es gehofft hatten.«

»Wie viele Kampfschiffe hat die Drohne entdeckt?«

»Nur ein Schiff zeigt die Signatur einer Kampfeinheit, wie wir sie von bisherigen Begegnungen kennen. Allerdings befinden sich noch zwei weitere Schiffe im System. Ob es sich dabei um Frachtschiffe oder um Kampfschiffe unbekannter Bauart handelt, kann ich nicht sagen. Die Möglichkeiten der Drohne sind leider begrenzt.«

»Genau das ist ja der Grund, weshalb Jalina und

ich auf einen Erkundungsflug gehen werden.«

»Das ist richtig, Michael.«

»Schön, dann steht unserem kleinen Ausflug nichts mehr im Wege.«

»Das Beiboot ist abflugbereit.«

Grand hatte in der letzten Stunde von Hakera eine Einweisung in die Steuerung des Beibootes erhalten. Diese Art, ein Schiff zu fliegen, war für ihn vollkommen ungewohnt, doch nach den Erklärungen der KI war er zuversichtlich. In seiner Kabine schlüpfte er in einen Overall aus multifunktionalem Nanopolymer, über den er einen dorianischen *Skinfield-Gürtel* schnallte, ähnlich dem, den er auf Ozeania getragen hatte. Die von dem Gürtel projizierte, schwach grünlich schimmernde Energieblase würde sich bei Bedarf an die Konturen seines Körpers anschmiegen. Angeblich konnte das *Skinfield* sogar den Gewalten einer kleinen nuklearen Explosion widerstehen. Die fortgeschrittene Technologie der Dorianer beeindruckte ihn erneut.

Im Hangar wartete bereits Jalina, die wie er gekleidet war.

Grand nickte ihr zu. »Dann los! Wir sollten nicht noch mehr wertvolle Zeit verlieren.«

Sie zwängten sich durch die enge Luke in das nur vier Meter lange und zwei Meter breite Schiff. Es hatte die Form einer Flunder und war nur etwas mehr als einen Meter hoch. Im vorderen Teil befanden sich zwei Neutrogravliegen, auf denen sich Grand und Jalina ausstreckten. Es gab keine sichtbaren Instrumente oder Konsolen, Monitore oder Holofelder, Displays oder Bedienelemente. Um sie herum gab es nichts als monotone weiße Wandflächen. Er fühlte sich, als läge er in einem weißen Sarg.

Grand hörte ein kaum vernehmbares Surren und spürte, wie sich von hinten etwas über seinen Kopf schob. Eine Art Helm entfaltete sich vor seinem Gesicht. Er zuckte zusammen, als sich das Material langsam an seine Gesichtshaut schmiegte. Es war kühl und durchaus nicht unangenehm. Etwas saugte sich an seinen Lippen fest. Grand spürte kühle Luft in seine Lungen strömen. Seine Kopfhaut schien zu prickeln, als sich Nanonadeln hineinbohrten. Das unangenehme Gefühl verschwand nach ein paar Sekunden.

»Das Beiboot wurde ausgeschleust«, informierte ihn Sekunden später eine Stimme, die direkt in seinem Kopf zu entstehen schien. Grand wusste von Hakera, dass sowohl sein Hör- als auch sein Sehzentrum direkt stimuliert wurden. Alles, was er zu sehen glaubte, sowie die gesamte Kommunikation mit dem Beiboot waren lediglich Datenimpulse, die von der Bordintelligenz als direkter Gehirninput eingespeist wurden. Ein Dorianer hätte das Beiboot ab jetzt mittels Gedankenbefehlen steuern können, doch Grands Gehirn war hierfür nicht entsprechend strukturiert. Auf ihn angepasste Implantate hätten dieses

Hindernis beseitigen können, aber er scheute den Eingriff in seinen Kopf. Grand versuchte zu reden. Es ging trotz der engen Gesichtsmaske erstaunlich leicht.

»Virtuelle Umgebungsdarstellung und Gestensteuerung«, befahl er.

»Aktiviert.«

Das Weltall schien schlagartig um ihn herum zu entstehen. Er schwebte körperlos im Raum. Unter sich sah er den Gasplaneten. Sie mussten sich bereits etliche Tausend Kilometer von der *Rhelina* entfernt haben. Wahrscheinlich hatte Hakera das Beiboot bis hierher ferngesteuert. Er drehte den Kopf nach links und betrachtete den Planeten. Dann geriet die Sonne in sein Blickfeld. Obwohl er direkt hineinsah und nur wenige Millionen Kilometer von dem weißen Zwerg entfernt war, wurde er nicht geblendet. Grand konnte die Plasmawirbel auf der Oberfläche deutlich erkennen. Die Helligkeitsunterschiede entsprachen verschiedenen Temperaturzonen und er sah gewaltige Protuberanzen ins All schießen. Probeweise stellte er sich vor, seinen Körper um die Längsachse zu drehen. Obwohl er die Systeme des Beiboots nicht über Gedankenbefehle steuern konnte, war die Bordintelligenz durchaus in der Lage, neuronale Muster aus dem für Bewegungen verantwortlichen präfrontalen Cortex auszulesen und zu interpretieren. Dies waren relativ primitive Hirnaktivitäten, die im Gegensatz zu komplexen

Systembefehlen wenig Interpretationsspielraum ließen. Entsprechend seiner imaginären Bewegung drehte sich der Weltraum um ihn – oder er sich im Weltraum.

Ein leichter Schwindel überkam ihn und er spürte eine beginnende Übelkeit.

»Gleichgewichtsorgan auf visuellen Input abstimmen«, befahl er, wie es ihm Hakera für diesen Fall geraten hatte. Die Übelkeit und der Schwindel legten sich augenblicklich.

»Steuer- und Informationsicons einblenden.«

Sofort blinkten verschiedene Symbole in seinem Gesichtsfeld auf. Hakera hatte englischsprachige Bezeichnungen und für ihn verständliche Icons an die Bordintelligenz überspielt.

»Virtuellen Körper darstellen.«

Die Bordintelligenz erschuf ein Abbild seines Körpers. Grand sah nun alles aus dem Blickwinkel dieser VR-Projektion und konnte mit den virtuellen Händen nach den Icons greifen.

»Hakera?«

»Ja, Michael«, meldete sich die KI der *Rhelina* sofort. Ihre Stimme vernahm er mit den Ohren. Anscheinend waren auch Kopfhörer in die VR-Maske integriert.

»Fernsteuerung deaktivieren. Ich übernehme die volle Kontrolle!«

»Fernsteuerung ist ab jetzt inaktiv. Viel Erfolg, Michael.«

»Jalina?«, fragte er ins Nichts.

»Ich bin hier, Mike«, kam sofort die Antwort. Auch ihre Stimme erklang zu seiner Erleichterung aus dem Kopfhörer. Es wäre ihm unangenehm gewesen, auch Jalina direkt in seinem Kopf reden zu hören. Es hätte ihm das Gefühl zu großer Intimität gegeben. Als sei sie in seinen Schädel eingedrungen.

»Was siehst du?«, wollte er wissen.

»Wahrscheinlich das gleiche wie du. Unter uns den Planeten und ansonsten nur das leere All.«

»Können wir uns sehen?«

»Visuelle Kopplung herstellen«, hörte er Jalina sagen.

Augenblicklich erschien sie neben ihm, ebenfalls scheinbar im Raum schwebend. Die VR-Projektion sah täuschend echt aus. Sogar ihre Mimik wurde beim Reden wirklichkeitsgetreu dargestellt. Die Bekleidung entsprach dem, was sie beim Betreten des Beiboots getragen hatte.

»Was passiert, wenn unsere VR-Körper sich berühren?«, fragte Grand.

Als Antwort streckte die Jalina-Projektion ihm die Hand entgegen und lächelte. Grand fragte sich, ob auch die echte Jalina in diesem Moment unter ihrer VR-Maske lächelte. Er griff nach ihrer Hand und wäre beinahe zusammengezuckt. Es fühlte sich an, als würde er einer lebenden Person die Hand reichen.

»Die taktilen Empfindungen bei einem VR-Kontakt werden ebenfalls neuronal simuliert«, erklärte Jalina. Grand schoss für einen Augenblick der Gedanke durch den Kopf, dass dies eine ganz neue Art von Sex ermöglichen würde. Ohne jeglichen tatsächlichen körperlichen Kontakt, aber absolut gefühlsecht. Er hütete sich, diesen Gedanken auszusprechen. Beim Blick in das spöttische Funkeln in Jalinas Augen fragte er sich, ob die Bordintelligenz vielleicht doch ihre Gedanken erfassen und deren emotionalen Gehalt in die Darstellung einfließen lassen konnte. Er hatte den Verdacht, Jalina wüsste, woran er gerade gedacht hatte. Schnell konzentrierte er sich wieder auf ihre Mission.

»Ich beschleunige zum Systemrand«, sagte er. Grand berührte ein Icon, das das Navigationsmenu aufrief. Sofort legte sich ein Gitternetz über die Umgebung, in dem die Koordinaten der sichtbaren Sterne, die jeweilige Entfernung und der Kursvektor angegeben waren. Grand berührte den Zielstern mit dem Zeigefinger seiner virtuellen rechten Hand. Er leuchtete sofort grün auf und begann zu blinken.

»Volle Beschleunigung«, sagte er. »Bei Erreichen der notwendigen Geschwindigkeit in den Bulk eintauchen.«

»Bestätigung«, erklang die Stimme in seinem Kopf. »Zeit bis zum Eintauchen 36 terranische Sekunden ab – jetzt.«

Der Gasplanet fiel mit atemberaubender Geschwindigkeit hinter ihnen zurück. Eine Geschwindigkeitsanzeige blinkte in seinem

Gesichtsfeld und stieg rasend schnell an. Jalina und er beziehungsweise ihre VR-Projektionen jagten nebeneinander durch das All.

Sie grinste ihn begeistert an. »Ein völlig neues Fluggefühl, nicht wahr?«

»Das kann man wohl sagen«, entgegnete er und grinste zurück. Er begann, Spaß an der Sache zu haben.

Als sie nach exakt 36 Sekunden 0,2 C erreichten, ein Fünftel der Lichtgeschwindigkeit, wechselten sie in den Bulk.

10.

Jeder der Anwesenden bemühte sich, keinen Blick auf den leeren Sitzbock zu werfen. Aus dem Oktett war ein Septett geworden. Es war eine Situation, wie es sie in den vergangenen Tausenden von Jahren noch nie gegeben hatte.

Nachdem die verbliebenen sieben Führer der Rettungsflotte Platz genommen hatten, richteten sich sechs Augenpaare erwartungsvoll auf Zchroch´akkr´akcht´hisch, ihren neuen Anführer.

»Hologramm aktivieren«, befahl er der Raumnukleonik. Augenblicklich erschien über der frei schwebenden Tischplatte eine holografische Abbildung der Triangulumgalaxie. An mehreren Dutzend Positionen repräsentierten kleine rote Punkte die Standorte der in dieser Galaxie errichteten Kuben.

»Ich freue mich, Ihnen mitteilen zu können, dass nunmehr auch die beiden letzten Dimensionskuben in dieser Galaxie einsatzbereit sind«, sagte er. »Wir liegen damit vor dem Zeitplan!«

Zchroch blickte in die Runde, als warte er auf Beifall. Drei der Anwesenden murmelten beifällig, doch drei weitere ließen keine Regung erkennen. Ein ärgerlicher Ausdruck schlich sich auf Zchrochs Gesicht.

»Mir scheint, nicht jeder hier hat sich mit den kürzlich erfolgten Veränderungen abgefunden«, sagte er lauernd. »Ich dachte, wir wären uns alle einig, dass es an der Zeit hierfür gewesen war.«

Einer der drei schweigsamen Ra´hul, ein enger Vertrauter des ehemaligen Anführers, den Zchroch als Nächsten auszutauschen gedachte, meldete sich schließlich zu Wort.

»Es gibt besorgte Stimmen in der Flotte«, sagte er vorsichtig.

»Stimmen? Welche Stimmen? Worüber besorgt?«

»Nun … äh … Admiral Trrach war – wie soll ich sagen – bei vielen …« Er korrigierte sich, als er bemerkte, wie Zchroch ärgerlich die Augen zusammenkniff. »Er war … in einigen Teilen der Truppe recht beliebt. Nicht jeder ist glücklich über die … äh … Art und Weise seiner … seiner Absetzung. Er galt zwar als hart, aber gerecht. Außerdem war er sehr lange der Führer der Rettungsflotte und eine derart tief greifende und vor allem so … äh … plötzliche Änderung bedarf einer … hm … einer Eingewöhnung.«

»Lassen Sie mich eines klarstellen: Die Vergangenheit ist genau das: Vergangenheit! Es liegt an jedem von ihnen, dafür zu sorgen, dass alle unter Ihrem Kommando dies begreifen. Trrach hat mit seiner zögerlichen Haltung das gesamte Projekt gefährdet und damit die Zukunft unseres Volkes. Es war höchste Zeit, ihn zu ersetzen. Niemand von Ihnen hat den Mut dazu gefunden. Sie alle haben sich somit mitschuldig gemacht. Ich führe nun die Rettungsflotte und werde nicht dulden, dass es

'Stimmen' gibt, die meine Autorität infrage stellen. Solche Stimmen müssen zum Schweigen gebracht werden. Dafür mache ich jeden von Ihnen persönlich verantwortlich!« Zchrochs Blick ließ keinen Zweifel, was er damit meinte. »Trrach leistet seinen letzten Dienst an unserem Volk auf Maren´Thar. Wem das nicht gefällt, der kann ihm dort Gesellschaft leisten!«

Die unverhohlene Drohung erfüllte ihren Zweck. Die drei ehemaligen Gefolgsleute des abgesetzten Admirals senkten die Köpfe und nickten.

»Gut, ich denke, das ist damit geklärt und wir können uns wichtigeren Dingen zuwenden«, beendete Zchroch die Diskussion.

Die sieben Ra´hul besprachen für einige Minuten das weitere Vorgehen in der Triangulumgalaxie, die Sicherung der Kuben und wie viele Truppen man hierfür stationieren musste, bis das Gespräch auf die Situation in der Nachbargalaxie kam.

»Die Völker dieser Galaxie leisten mehr Widerstand, als zu erwarten war. Nachdem bekannt geworden ist, dass unsere Suggestoren hinter vielen der Auseinandersetzungen stecken, ist der erste Schwung erlahmt«, konstatierte einer der Ra´hul.

»Mit diesen Maschinenintelligenzen, die sich BEWAHRER nennen, war nicht zu rechnen. Sie sind technologisch sehr fortgeschritten, wenn auch nicht ganz auf unserem Niveau. Sie binden jedoch mehr Kampfeinheiten, als uns lieb sein kann«, warf ein anderer ein. »Glücklicherweise scheinen sie nur über begrenzte Ressourcen zu verfügen. Sie sollten uns nicht viel länger aufhalten können.«

»Weitere Verzögerungen sind inakzeptabel!«, sagte Zchroch. »Doch die große Invasionsflotte ist bereits auf dem Weg hierher. Spätestens wenn sie eintrifft, werden die Spezies dieser Galaxie uns nichts mehr entgegenzusetzen haben.«

»Mir bereitet diese geheimnisvolle Gruppierung Sorgen, die hinter den Kulissen arbeitet und viele unserer Anstrengungen bereits zunichtegemacht hat«, meldete sich einer von Trrachs ehemaligen Gefolgsleuten zu Wort.

Nun war es an Zchroch, die anderen zu überraschen.

»Meine Leute haben herausgefunden, dass es sich um eine relativ kleine Gruppe von Mitgliedern verschiedener Spezies handelt, die eines gemeinsam haben: Sie sind unsterblich. Und sie verfügen über die Hinterlassenschaft einer vor langer Zeit verschollenen, technologisch sehr hoch stehenden Zivilisation.«

Er konnte den Schock von den Gesichtern seiner Mitstreiter ablesen. Zchroch hatte diese Erkenntnisse bisher geheim gehalten, um bei dem heutigen Treffen damit trumpfen zu können. Die Aussicht, gegen Unsterbliche kämpfen zu müssen, die dazu noch über eine extrem hoch entwickelte Technologie verfügten, musste die anderen beunruhigen. Zchroch wollte dies nutzen, um seine Überlegenheit als Anführer deutlich zu machen.

»Doch diese Gruppe wird nicht viel länger von Bedeutung sein«, sagte er zuversichtlich und sah, wie der Schock nun Verblüffung wich. »Es ist meinen Suggestoren gelungen, dafür zu sorgen, dass sie von innen heraus vernichtet werden wird!«

Diesmal fiel die Reaktion der anderen zu seiner Zufriedenheit aus. Selbst Trrachs ehemalige Anhänger waren beeindruckt. Zchroch wusste, dass er damit seine Position weiter gefestigt hatte.

11.

Der Flug in das Zielsystem, das sie einfach *Target One* getauft hatten, dauerte nur ein paar Minuten. Die VR-Darstellung zeigte den Bulk als eintöniges Grau, das Jalina und Grand umgab. Das Navigationsicon zeigte Entfernung und verbleibende Flugzeit.

»Es gibt einfach keine Möglichkeit, die höherdimensionale Umgebung in einer realistischen Art darzustellen, die für uns erfassbar wäre«, erklärte Jalina, die schon mehrfach ein Schiff auf diese Weise geflogen hatte. Einige fortgeschrittene Zivilisationen der Milchstraße verfügten über eine ähnliche Technologie, wenn auch nicht auf dem Niveau der Dorianer. Die Liga besaß ein paar Schiffe mit dieser Technik. »Deshalb ist es üblich, alles in schlichtem Grau darzustellen. Du kannst natürlich jede beliebige virtuelle Umgebung wählen, um dir bei längeren Flugzeiten etwas Abwechslung zu verschaffen.«

Als sie kurz davor waren, in den Normalraum zurückzukehren, stieg die Anspannung bei Grand merklich an. Jetzt musste sich zeigen, ob die dorianische Technik sie tatsächlich vor einer Entdeckung durch die Ra´hul schützen konnte.

»Schiff, sofort nach Rückkehr in den Normalraum das Tarnfeld aktivieren und nach einem geeigneten Versteck Ausschau halten.«

»Verstanden und bestätigt.«

Dann erlosch das Grau und machte wieder dem Schwarz des Weltraums Platz. Direkt voraus leuchtete als kleiner Punkt eine gelbe Sonne, das Zentralgestirn des Systems. Sie waren noch viel zu weit von dem Sauerstoffplaneten entfernt, um den der Kubus kreiste, als dass sie ihn mit bloßem Auge hätten sehen können.

»Schiff, passiven Scan auf Schiffe der Ra´hul.«

»Passiver Scan läuft. Tarnfeld aktiv. In 3,7 Lichtminuten befindet sich ein ins System einfliegender Komet. Ich könnte mich dort verbergen.«

»Bringe uns dorthin«, befahl Grand.

»Scanergebnisse liegen vor. Drei Schiffe geortet. Eine Kampfeinheit auf Patrouillenkurs und zwei weitere Objekte, die am Kubus angedockt haben. Es scheint sich um Frachtschiffe oder Versorgungseinheiten zu handeln. Ich kann bei ihnen keine Waffensignaturen feststellen.«

Alles im System war so, wie sie es von der Drohne übermittelt bekommen hatten. Sie näherten sich dem Kometen und das Beiboot fuhr vier kurze Landestützen aus. Beim Kontakt mit der Oberfläche des nur wenige Hundert Meter durchmessenden, unregelmäßig geformten Eiskometen bohrten sich Krallen an den Landetellern in das Eis und verankerten das kleine Schiff. Der Komet besaß so gut wie keine Gravitation.

Die nächste Stunde verging mit Messungen bei dem Versuch, so viel wie möglich über ihr Ziel in

Erfahrung zu bringen. Wenn sie es tatsächlich wagen wollten, in den Kubus einzudringen, konnte jedes Detail von Bedeutung sein. Der grobe Plan sah vor, so dicht wie möglich mit der *Rhelina* im Schutz ihrer Tarntechnologie heranzukommen und Grand zusammen mit einem Begleiter mithilfe des dorianischen Spontantransmitters an Bord des Kubus zu transferieren. Da sie nichts über den inneren Aufbau des Kubus wussten, hofften sie, mittels der Scans und der Fernortung einen Zielpunkt im Innern ausfindig machen zu können, der so weit wie möglich von allen Aktivitäten an Bord entfernt lag. Ein besonderes Augenmerk galt deshalb den energetischen Emissionen im Kubus und deren internen Koordinaten. Außerdem durften sie nicht zufällig genau vor dem Bug des Patrouillenschiffes aus dem Bulk kommen. Niemand konnte sagen, wie empfindlich die Sensoren der Ra´hul waren und ob die Tarnfeldtechnik der Dorianer die *Rhelina* zuverlässig vor einer Entdeckung schützen konnte. Die Kursvektoren des gegnerischen Kampfschiffes waren deshalb ebenso von größtem Interesse.

Plötzlich meldete sich die Bordintelligenz.

»Etwa dreißig Grad oberhalb der Ekliptik sind soeben zwei weitere Schiffe aufgetaucht«, sagte sie. »Es handelt sich eindeutig um zwei Kampfeinheiten.«

»Verdammter Mist!«, fluchte Grand.

»Wir können nur hoffen, dass sie lediglich auf

der Durchreise sind«, sagte Jalina, doch die nächsten Sekunden zerstörten diese Hoffnung.

»Sie verzögern«, meldete ihr Beiboot. »Eines der Schiffe schwenkt auf einen Vektor, der es zu dem Kubus führen wird. Der Kurs des anderen Schiffes deutet darauf hin, dass es eine Abfangposition einnehmen wird.« Die Bordintelligenz projizierte den voraussichtlichen Kurs in die virtuelle Realität. Neben dem Schiffssymbol blinkten dessen Koordinaten und Geschwindigkeit auf.

»Die Verstärkung ist eingetroffen. Der Kubus ist fertiggestellt und wird nun zusätzlich bewacht. Wie alle anderen!«, stellte Grand fest.

»Damit dürfte sich unser schöner Plan erledigt haben«, sagte Jalina. »Es ist zu riskant, in den Kubus einzudringen, wenn zusätzliche Truppen an Bord gehen werden. Sie würden uns sofort entdecken.«

»Außerdem steigt die Gefahr, dass man die *Rhelina* vorzeitig aufspüren könnte, wenn mehrere Schiffe zugleich den umgebenden Raum überwachen«, fügte Grand hinzu. »Falls sie fliehen müsste, wäre dem Team auf dem Kubus der Rückweg abgeschnitten.«

Sie beobachteten einige Minuten lang schweigend, was sich im System abspielte. Die Bordintelligenz zeichnete unterdessen alles auf.

»Wir bleiben noch eine Stunde und versuchen, so viele Daten wie möglich zu gewinnen«, entschied Grand. »Dann sehen wir zu, dass wir unbemerkt von hier wegkommen. Sobald wir zurück auf der

Rhelina sind, müssen wir einen neuen Plan ausarbeiten. Vielleicht sollten wir unser Glück bei dem anderen Kubus versuchen, der noch nicht ganz fertiggestellt ist.«

Grand beobachtete, wie der Neuankömmling am Kubus andockte, dort einige Minuten blieb und wieder ablegte. Anschließend ging das Schiff ebenfalls auf einen Patrouillenkurs durch das System. Wahrscheinlich hatte es zusätzliche Soldaten oder die Besatzung des Kubus ausgeladen.

Mit nunmehr drei Kampfschiffen als Wächter im All war es so gut wie unmöglich, sich dem Kubus unbemerkt zu nähern. Selbst die überragende Technik der Dorianer bot hierfür keine Sicherheit, vor allem weil man die Fähigkeiten der Ra´hul immer noch nicht richtig einschätzen konnte.

»Ich habe alles aufgezeichnet, was meine Scanner und Sensoren passiv erfassen können«, gab die Bordintelligenz nach einiger Zeit bekannt.

Grand überlegte kurz, ob sie es riskieren sollten, auf aktiven Scan zu wechseln, entschied sich jedoch dagegen. Sie wären dann zwar in der Lage, mehr Informationen zu erlangen, müssten jedoch damit rechnen, sofort angepeilt zu werden. Dies würde nicht nur einen unbemerkten Rückzug aus dem System unmöglich machen, es gäbe den Ra´hul auch einen Hinweis darauf, dass ihnen jemand nachspionierte. Noch wusste der Feind nicht, dass sie sich in der Triangulumgalaxie aufhielten, und

Grand hielt es für besser, wenn dies auch so blieb.

»Bereit machen zum Abdocken«, ordnete er an. »Tarnfeld auf maximale Abschirmung.«

»Bestätigt! Ausführung beginnt.«

Die Krallen lösten sich aus dem ewigen Eis des Kometen und mit leichtem Schub entfernte sich das Beiboot von dem Himmelskörper, der ihm in den letzten Stunden als Versteck gedient hatte. Die Energieemissionen des startenden Schiffes wurden von dem Tarnfeld mühelos absorbiert.

Grand wollte gerade den Befehl geben, aus dem System zu verschwinden, als sich die holografische Darstellung des Kubus in seiner virtuellen Umgebung änderte. Ein leicht rosa flimmernder Schleier legte sich um das würfelförmige Objekt. Noch bevor Grand die Bordintelligenz nach der Bedeutung des Schleiers fragen konnte, hörte er ihre Stimme in seinem Kopf.

»Soeben wurde ein Energieschild aktiviert, das den Kubus vollkommen abschirmt.«

Grand war klar, was das bedeutete. Der Kubus war fertiggestellt und einsatzbereit. Sie hatten ihre Chance verpasst. Es gab keine Möglichkeit mehr, unbemerkt an Bord zu gelangen und außerdem war es fraglich, ob der Spontantransmitter überhaupt in der Lage sein würde, das Energieschild eines Kubus zu überwinden. Sie standen wieder am Anfang und mussten sich etwas völlig Neues überlegen, um an Informationen über die Ra´hul zu gelangen. Zudem sank mit jedem Tag, der verstrich, die

Wahrscheinlichkeit, dass ihre Mission in der Triangulumgalaxie zur Rettung der Milchstraße beitragen konnte.

12.

Er war nicht überrascht, dass es außer ihm noch einen anderen gegeben hatte. Es war dumm, anzunehmen, die Ra´hul würden sich nur auf ihn verlassen. Zu viel konnte schiefgehen. Wie in diesem Fall! Thronars Partner war misstrauisch geworden und hatte einen Anschlag vereiteln können. War dies ein Vor- oder ein Nachteil für ihn? Einerseits war man jetzt gewarnt und die Unsterblichen würden sich gegenseitig belauern, andererseits dachte man vielleicht, es habe sich um einen Einzelfall gehandelt, und wiegte sich in Sicherheit. Wie hoch war die Wahrscheinlichkeit, dass gleich zwei Mitglieder der Liga unter dem Einfluss der Suggestoren standen?

Auch der Rückruf aller im Einsatz befindlichen Unsterblichen kam ihm gelegen. Es würde ihm die Gelegenheit verschaffen …

Ein rasender Kopfschmerz durchzuckte ihn. Wie konnte er nur so denken? Er versuchte, sich gegen den mentalen Einfluss zu wehren, doch wie immer war der Kampf aussichtslos. Ein Teil seines Gehirns schien nicht zu ihm zu gehören und plante die Vernichtung der Liga mit eiskalter Logik, während ein anderer Teil nur hilflos zusehen konnte. Er hatte den Eindruck, dass dieser Teil, sein *wahres* 'Ich', immer kleiner und schwächer wurde. Seine Persönlichkeit schien zu verschwinden, sich aufzulösen, zu erlöschen. Selbst innerer Widerstand fiel ihm zunehmend schwer. Es gab Minuten, sogar Stunden, an die er keine Erinnerung hatte. In denen er ausgesperrt war, nicht anwesend, in denen er zum vollkommenen Werkzeug des Feindes wurde. Ohne störende Gedanken, ohne Skrupel, ohne innere Auflehnung.

Der Teil seines Bewusstseins, der unter der Kontrolle der Ra´hul stand, gewann zusehends die vollständige Herrschaft über ihn. Nicht nur über seinen Körper, sondern allmählich auch über den kläglichen Rest seines Geistes. Der Winkel seines Verstandes, in dem sich sein altes 'Ich' noch verbergen konnte, wurde immer kleiner. Sein eigener Wille erlosch wie eine Kerze, der man nach und nach den Sauerstoff entzog. Nicht mehr lange und jeglicher gedankliche Widerstand würde gebrochen sein.

Er blickte sich in seinem Quartier um. Über die vielen Jahre, Jahrhunderte, Jahrtausende war es zu seinem Heim geworden. Er erinnerte sich kaum noch an sein ehemaliges Leben auf seinem Heimatplaneten. Die Liga der Unsterblichen und ihre Mitglieder waren zu seinem Volk geworden. Er würde sie alle vernichten.

Die meisten waren bereits in den *Hort* zurückgekehrt. Wenn der Rest eintraf, würde man über das weitere Vorgehen beraten. Darüber diskutieren, wie man die Gefahr, die sie nun direkt betraf, bannen konnte. Sie wussten nicht, dass die Gefahr bereits in ihrer Mitte weilte.

Sein Blick wanderte zu einer Skulptur, die er von seinem letzten Besuch auf seinem Heimatplaneten mitgebracht hatte. Sein Volk bereitete sich, wie so viele andere, auf den Krieg vor. Er hatte versucht, Einfluss zu nehmen, den Frieden zu bewahren, wie es seine Aufgabe war. Er war ebenso gescheitert wie die meisten seiner Freunde.

Die Skulptur war ein Meisterwerk. Fast mannshoch stellte sie die Gottheit des Friedens dar. Der Ausdruck auf ihrem Gesicht strahlte Güte, Liebe und Vergebung aus. Sie bestand aus einem extrem seltenen Material, das eine ebenfalls seltene Eigenschaft aufwies: Es war hervorragend geeignet, jegliche Emission der Antimateriebombe abzuschirmen, die sich in ihrem Inneren befand.

13.

Es würde nicht einfach sein, ein Holkum lebend zu fangen, aber ein anderes Tier kam für seinen Plan nicht infrage. Entweder waren sie zu groß oder zu klein und Brolon war sich sicher, dass es nur funktionieren konnte, wenn das Tier und er in etwa die gleiche Größe und ungefähr das gleiche Gewicht hatten. Das Larek-Weibchen war ein wenig kleiner als der Quareen gewesen, dafür aber ein bisschen schwerer. Auch ein Holkum war etwas kleiner als er, besaß jedoch eine größere Masse von kraftvollen Muskeln. Und ein tödliches Gebiss. Holkums waren die gefährlichsten Raubtiere auf *Heimat* und man ging ihnen nach Möglichkeit aus dem Weg. Erschwerend kam hinzu, dass sie Nachtjäger waren und im Dunkeln sehr viel besser sehen konnten als er. Tagsüber zogen sie sich in ihre ausgedehnten Höhlensysteme in den Bergen zurück. Der Versuch, ein Holkum dort herauszuholen, wäre einem Selbstmord gleichgekommen. Nur nachts streiften sie jagend durch die am Fuß der Berge beginnende Steppe.

Er hatte darüber nachgedacht, ob sein Plan auch gelingen konnte, wenn er ein totes Holkum in die Zauberwand warf und blitzschnell hinterher sprang. Allerdings schien es ihm unmöglich, ein Tier dieser Größe aus sicherer Entfernung so weit zu werfen und schnell genug nachzufolgen. *Nein,* überlegte er, *das Holkum und ich müssen fast zeitgleich in*

Kontakt mit dem todbringenden Zauber kommen, ansonsten riskiere ich, ebenfalls zu Asche verbrannt zu werden.

Im Dorf waren sie misstrauisch geworden und begannen, Fragen zu stellen. Es wurde darüber getuschelt, dass er sich fast jede Nacht davonschlich. Er wusste, dass es unmöglich war, mit einem Mitglied seines Stammes über die Ereignisse im Tal zu reden. Sie standen allesamt unter dem Fluch der Dämonendiener, der sie blind und taub machte.

Selbst für den Tod von Felkani fanden sie eine Erklärung, die mit der Wahrheit nichts zu tun hatte. Sie sei von einem Holkum getötet worden, erzählte man sich, als sie spät abends leichtsinnigerweise allein unterwegs gewesen sei. Es schmerzte ihn, ihr Andenken nicht gewürdigt zu wissen und eine erfundene Geschichte hören zu müssen, die ihr selbst die Schuld an ihrem Tod gab. Doch er nutzte dies nun, um seine nächtlichen Ausflüge zu begründen. Angeblich war er auf der Jagd nach dem Holkum, das Felkani getötet hatte. Niemand zweifelte diese unsinnige Ausrede an, was nur bewies, wie stark der Einfluss der Fremden auf den Geist seiner Stammesgenossen war.

In den vergangenen Nächten hatte er vergeblich versucht, ein Holkum zu erwischen. Nur einmal hatte er aus der Ferne einen der Jäger durch das hohe Gras streifen sehen, doch das Raubtier verschwand, noch bevor Brolon sich an seine Fährte hatte heften können. Heute Nacht ging er ein höheres Risiko ein. Die Gegend, in der Brolon sich auf die Lauer legte, war ihr bevorzugtes Jagdgebiet. Sie lag weiter vom Dorf entfernt und war dicht bewachsen. Damit bot sie einem Holkum bessere Versteckmöglichkeiten und eine größere Chance, seine Beute aus einem Hinterhalt anzugreifen. Brolon würde sehr achtsam sein müssen, um nicht Opfer dieser Taktik zu werden.

Seine Ausrüstung bestand aus einem Fangnetz, einem langen Stock und einer Phiole mit dem Saft des Graubaumes, der eine stark betäubende Wirkung besaß. Glücklicherweise waren Holkums bei der Jagd Einzelgänger und duldeten keinen Konkurrenten in ihrem Revier. Mit zwei dieser schlauen Jäger hätte er es nicht gleichzeitig aufnehmen können. Einen zu überwältigen traute er sich zu, wenn es auch ein gewagtes Unterfangen war.

Die beiden Monde spendeten genug Licht, um sich einen Weg durch das Dickicht zu bahnen. Im Vergleich zu dem Nachtjäger war Brolon jedoch so gut wie blind. Ein Holkum konnte selbst bei fast vollständiger Dunkelheit so gut sehen wie er am helllichten Tag. Auch der Geruchssinn dieser Tiere war besser ausgeprägt und sie konnten sich in dem unzugänglichen Gelände auf ihren vier Beinen schneller bewegen, als Brolon es vermochte. Sie waren stärker, gewandter und von der Natur für diese Umgebung besser ausgestattet – aber er war intelligenter und dies sollte den Ausschlag geben.

Zumindest hoffte Brolon darauf.

Er zwängte sich zwischen zwei Krotterbüschen hindurch und sah eine vier Mannslängen durchmessende Lichtung mit nur spärlichem Grasbewuchs vor sich. Die fast kreisrunde Fläche war gesäumt von Buschwerk und niedrigen Bäumen. Zwischen den kniehohen Grasbüscheln entdeckte er das Gelege eines Workans. Der Laufvogel gehört zu den bevorzugten Beutetieren der Holkums. Besonders seine Eier zogen die Räuber geradezu magisch an. Allerdings waren Workans nicht ganz hilflos. Sie verfügten über messerscharfe Krallen, mit denen sie bei der Verteidigung ihrer Nester einem Holkum schwere Verletzungen zufügen konnten. Auch mit dem spitzen Schnabel konnten sie sich wehren und ein Auge aushacken, wenn der Angreifer zu sorglos war.

Nun waren Geduld, Geschick und Mut gefragt. Und mehr als nur eine Portion Glück! Brolon pirschte sich auf dem Bauch bis auf wenige Meter an das Nest heran. Hinter einem kniehohen Grasbüschel fand er einigermaßen Deckung. Der Wind kam von hinten, wie er es geplant hatte. Es war unwahrscheinlich, dass sich ein Holkum hinterrücks anschleichen würde – falls er richtig kalkuliert hatte. Der Wind trug den strengen Geruch des Workan-Nestes auf die gegenüberliegende Seite der Lichtung. Da Holkums ihre Beute in erster Linie mit dem Geruchssinn aufspürten, würde ein Räuber vermutlich aus dieser Richtung angreifen. Brolons eigener Geruch würde von dem der Workans überdeckt werden. Nun konnte er nur noch warten.

Die Nacht war kühl und Brolon bedauerte, keine dickere Jacke mitgenommen zu haben. Er legte sich auf den Rücken und blickte in den Himmel. Obwohl einige Schleierwolken aufgezogen waren, konnte er das rechteckige Loch im Himmel problemlos ausmachen. Direkt davor sah er für einen Moment ein Licht aufblitzen. Wahrscheinlich war wieder einer der metallenen Vögel hinaufgeflogen. Brolon hatte nachts schon mehrfach beobachten können, wie diese auf einem Feuerstrahl in den Himmel ritten.

Der Wind hatte aufgefrischt und die Blätter der Büsche raschelten hörbar. Einerseits sollte der Wind den Geruch des Nestes weiter hinaustragen, andererseits würde es ihm schwerfallen, die leisen, aber unverkennbaren Geräusche eines bevorstehenden Angriffs zu hören. Das Knacken eines trockenen Astes, der unter dem Gewicht des Raubtiers zerbrach, das verschreckte Gurren des Workans, wenn er instinktiv die drohende Gefahr spürte, oder das leise Grollen, das ein Holkum kurz vor dem entscheidenden Sprung ausstieß.

Es würde nicht mehr lange bis zum Tagesanbruch dauern, und Brolon hatte sich gerade damit abgefunden, dass auch diese Nacht erfolglos verstreichen würde, als er etwas hörte. Im Nest brach Unruhe aus. Obwohl der Laufvogel unmöglich gegen den Wind den Geruch eines sich nähernden Holkums wittern konnte, musste ihn irgendetwas gewarnt haben. Etwas, das Brolon entgangen war. Der Workan brütete mehrere Eier aus und würde selbst bei Todesgefahr das Nest nicht aufgeben und fliehen. Seine Instinkte ließen dies nicht zu.

Brolon ging in eine tiefe Hocke, griff nach dem Fangnetz und machte sich bereit. Das Netz war aus den reißfesten Fasern einer Wasserpflanze geknüpft und konnte selbst der Kraft eines Holkums widerstehen. In der anderen Hand hielt er den dicken Stock, mit dem er sich den Räuber notfalls vom Leib halten konnte. Zumindest für einen Moment. Die Phiole mit dem Betäubungsmittel steckte noch in seiner Jackentasche, mehrfach mit Stoff umwickelt, damit sie nicht zerbrechen konnte. Dann ging alles blitzschnell.

Ein schwarzer Schatten flog mehrere Meter durch die Luft und landete mitten im Nest. Die Stille der Nacht wurde vom Grollen des Holkums, dem aufgeregten Geschnatter des Workans und den Kampfgeräuschen zerrissen. Brolon sprang auf und war mit einem Satz direkt neben dem Nest. Das Holkum hatte sich in ein Bein des Laufvogels verbissen, der mit den scharfen Krallen des anderen Fußes verzweifelt auf die Flanke des Jägers einschlug. Gleichzeitig hackte er mit seinem Schnabel nach den Augen des Holkums, das seinen Kopf jedoch weit genug zur Seite drehen konnte.

Keines der beiden Tiere nahm in seiner Erregung Brolons Anwesenheit wahr.

Brolon holte aus und warf das Netz über die beiden Tiere. Im ersten Moment schienen sie es nicht wahrzunehmen. Erst als sich das Netz um die ineinander verbissenen Kämpfer zusammenzog, bemerkten sie, dass etwas Ungewöhnliches geschah. Das Holkum gab das Bein frei und schnappte nach einer Masche des Netzes, die sich direkt vor seinem Maul befand, und der Workan flatterte noch aufgeregter mit seinen Stummelflügeln und gackerte empört. Ruckartig zog Brolon das Fangnetz zu. Es legte sich eng um die beiden Tiere, die jegliches Interesse aneinander verloren hatten und sich verzweifelt gegen die enge Fesselung wehrten. Der Workan blutete aus einer Wunde am Bein und auch das Holkum hatte ein paar tiefe Kratzer an der Seite abbekommen. Verzweifelt warfen sie sich in dem Netz hin und her. Brolon nahm den Stock, der an einem Ende eine Astgabel besaß, und legte ihn dem Holkum durch das Netz über den Nacken. So fest er konnte, drückte er das Raubtier mit der Astgabel zu Boden. Behindert durch das Netz konnte es seine enorme Körperkraft nicht richtig entfalten. Der Workan kam halb unter ihm zum Erliegen und drohte, von seinem Gegner erstickt zu werden. Brolon konnte auf den Laufvogel keine Rücksicht nehmen und drückte noch fester. Aus der Kehle des Holkums kam eine Mischung aus Grollen und Zischen. Nun folgte der wirklich schwierige Teil des

Plans.

Brolon warf sich über das gefesselte Tier, während er den Druck mit der Astgabel aufrechterhielt, so gut es ging. Es gelang dem Holkum, langsam den Kopf zur Seite zu drehen und Brolon direkt in die Augen zu blicken. Hass und Tod brannten in den geweiteten Pupillen. Mit einem tiefen Grollen öffnete das Tier sein Maul, um nach Brolon zu schnappen. Das Netz geriet zwischen die rasiermesserscharfen Zähne. Während Brolon immer noch möglichst viel Druck mit dem Stock ausübte, griff er mit der anderen Hand in die Tasche und zog die Phiole heraus. Unter ihm bäumte sich das Holkum auf und drohte ihn abzuschütteln. Brolon spürte, dass er jeden Augenblick die Kontrolle über die Situation verlieren konnte. Das Raubtier war einfach zu stark und er konnte es nicht viel länger am Boden halten. Ein Strang des Netzes verlief quer durch das Maul des Holkums, und das Tier biss zu. Wie von einem scharfen Messer durchtrennt gab das Material nach. Das Netz war zwar reißfest, konnte jedoch dem Biss eines Holkums nicht widerstehen. Brolon spürte seine Kräfte erlahmen und wusste, dass ihm nur noch wenige Sekunden blieben, bis das Holkum genügend Löcher in das Netz gebissen haben würde, um freizukommen. Dann wäre es um ihn geschehen. Er setzte alles auf eine Karte. Während er mit einer Hand die Phiole entkorkte, nahm er mit der anderen den Stock vom Nacken des Holkums.

Sofort bäumte es sich erneut auf und schnappte durch das Loch im Netz nach ihm. Er schob ihm den Stock quer ins Maul und drückte ihn so weit wie möglich nach hinten. Das Holkum verbiss sich sofort darin. Es würde nur einen Moment dauern, bis auch der Stock unter den kräftigen Zähnen nachgab. Durch den quer in den Rachen geschobenen Stock stand das Maul halb offen und Brolon kippte dem Holkum den Inhalt der Phiole in den Rachen. Im gleichen Augenblick warf er sich nach hinten und rollte so weit weg, wie er nur konnte. Völlig außer Atem blieb er liegen.

Neben ihm röhrte das Holkum auf und befreite sich allmählich von dem Netz. Seine Bewegungen wurden immer fahriger, bis es schließlich taumelnd auf die Beine kam. Es machte Anstalten, sich auf seinen Peiniger zu stürzen, doch die Vorderläufe knickten unter ihm ein. Noch einmal kam ein bösartiges Grollen aus seiner Kehle, bis auch die Hinterbeine nachgaben und es zu Boden stürzte. Das Holkum verdrehte die Augen und schlief ein.

Immer noch schwer atmend raffte Brolon sich auf. Mit den Resten des Netzes fesselte er dem betäubten Raubtier die Beine und schnürte ihm das Maul zu. Es würde noch einige Stunden schlafen, genügend Zeit, um es in den vorbereiteten Käfig zu verfrachten, aber er wollte kein Risiko eingehen.

Der Workan war tot. Ob er am Biss des Holkums gestorben oder zu Tode gequetscht worden war, ließ sich nicht sagen. Brolon bedauerte das Tier, aber es würde als Futter für seinen Gefangenen von Nutzen sein.

14.

Trrach hatte die ersten Tage überlebt, obwohl der neue Kommandant von Maren´Thar sich alle Mühe gegeben hatte, dies zu verhindern. Der Raumanzug, den er zugeteilt bekommen hatte, war reif für den Müll. Nur mit Mühe und der Hilfe eines anderen Gefangenen war es ihm gelungen, die vielen kleinen Löcher zu flicken und die Luftumwälzung zu reparieren. Trrach hatte nicht gewusst, dass solche Anzüge noch in Gebrauch waren – dass es sie überhaupt noch gab! In der Flotte war es längst üblich, Anzüge aus dünnen, energiestabilisierten Nanofasern oder persönliche Vakuumschilde zu verwenden, die den Körper eng umschlossen und fast nicht spürbar waren. Sie konnten ihren Träger über Tage und Wochen am Leben erhalten. Allerdings waren sie so perfekt gearbeitet, dass ein Gefangener vielleicht auf den Gedanken gekommen wäre, mit einem solchen Anzug die Chance auf eine Flucht zu haben. Einfache Anzüge, wie sie vor Jahrtausenden vielleicht noch benutzt worden waren, konnte man leicht und billig herstellen und sie boten nicht genug Schutz, um damit entfliehen zu können. Die mangelhafte Wartung tat ihr Übriges. Außerdem zählte das Leben eines Gefangenen auf Maren´Thar nichts. Trrach hatte sich über all diese Dinge niemals Gedanken gemacht, wenn er einen Unglücklichen hierher geschickt hatte.

Was ihn am meisten überraschte, war, dass er hier nicht nur Feinde vorgefunden hatte. Nachdem sich herumgesprochen hatte, wer er war und warum man ihn nach Maren´Thar geschafft hatte, gab es einige Gefangene, die sich auf seine Seite stellten. Vor allem ehemalige Offiziere, die den Putsch verurteilen und Zchrochs Verhalten für ehrlos hielten. Natürlich war es hilfreich, dass keiner von ihnen auf Befehl von Trrach nach Maren´Thar gekommen war. Es gab auch viele, die ihn lieber heute als morgen tot sehen wollten, doch glücklicherweise waren es die Wortführer unter den Gefangenen, die auf seiner Seite standen. Wer es wagen sollte, Hand an ihn zu legen, würde es bereuen; das hatten sie sehr schnell klargestellt. Allerdings schützte ihn dies nur bedingt gegen Schikanen von Seiten des Wachpersonals. Unter den Gefangenen gab es eine Hierarchie, wie Trrach schnell festgestellt hatte, aber niemand würde es wagen, sich mit den Aufsehern anzulegen.

Ihm wurde zunehmend bewusst, dass er sich niemals mit den Verhältnissen auf einem Strafplaneten beschäftigt hatte und nichts darüber wusste, was dort vorging. Er musste schnell lernen, wenn er überleben wollte.

»Nicht einschlafen, Alter«, riss ihn die Stimme des Aufsehers aus seinen Gedanken. Er bewegte den Plasmaschneider ein Stück weiter nach rechts und der freigeschnittene Felsbrocken löste sich aus der Wand. Schnell sprang Trrach zurück. Mehr als ein Gefangener war schon unachtsam genug gewesen, um von gerade gelöstem Geröll erschlagen zu werden. Der Brocken blieb knapp vor seinen Füßen liegen.

»Für dein Alter bist du noch ganz schön flott«, sagte der Aufseher und Trrach konnte das Lachen der anderen Wächter auf der Frequenz hören. Antworten konnte er nicht, da das Funkgerät seines Anzugs ebenfalls defekt war und nur noch empfangen konnte. Als er um ein Ersatzteil gebeten hatte, meinte der Ausrüstungswart bloß, niemand wäre daran interessiert, was er zu sagen habe. Die Hauptsache sei, er könne die Befehle empfangen.

Ein Lastenbot näherte sich und hob den gerade aus der Kraterwand geschnittenen Geröllbrocken mit einem Gravitravstrahl an. Zwei andere Gefangene schoben den nun gewichtslosen Brocken zur Abtransportstelle. Obwohl nun ohne Gewicht, besaß er doch noch eine nicht unerhebliche Masse, die es zu bewegen galt. Die beiden drückten und zogen mit aller Kraft, bis sich der mehr als mannsgroße Brocken langsam in Bewegung setzte. Ein paar Hundert Meter entfernt verlud eine weitere Maschine ihn auf einen dort geparkten kleinen Intersystemfrachter. Das erzreiche Material wurde zu einem am Systemrand stationierten Extraktionskonverter gebracht, der die wertvollen Bestandteile aus dem Gestein löste und weiterverarbeitete. Die Kette aus *'Brennern'*, wie Trrach einer war, *'Schiebern'* wie seinen beiden

Mitgefangenen und den ständig landenden und startenden Frachtern sorgte dafür, dass der Nachschub für die Rettungsflotte nie abriss.

»Los, los, Alter«, ertönte erneut die Stimme des Aufsehers in seinem Helm. »Weitermachen!«

Trrach ging zurück zur Kraterwand und setzte den Plasmaschneider wieder an. Rechts und links von ihm waren Dutzende von in altertümliche Raumanzüge gekleideten Gefangenen mit der gleichen Arbeit beschäftigt. Über ihnen hing der Gasriese und bedeckte fast den gesamten Himmel. Ockerfarbene, gelbe und weiße Wolkenbänder umschlangen ihn und zwei rötliche Flecke markierten die Stellen, wo heftige Stürme auf seiner Oberfläche tobten. Er reflektierte genügend Licht der Sonne, sodass es auf Maren´Thar selbst dann hell war, wenn das Zentralgestirn hinter dem Horizont des Mondes verschwunden war. Trotz seiner Größe besaß der Mond praktisch keine Atmosphäre und somit schwankten die Temperaturen zwischen extremer Kälte und sengender Hitze, je nachdem, ob man sich im direkten Sonnenlicht oder im Schatten eines Kraterrandes aufhielt.

Trrach regelte den Thermostat seines Anzugs ein paar Grade höher. Glücklicherweise funktionierte wenigsten die Heizung ordentlich. Er setzte seinen Plasmaschneider an und begann, einen weiteren Felsbrocken in dem ihm zugeteilten Abschnitt aus der Wand herauszulösen.

Seine Schicht war erst zur Hälfte vorüber, als er bemerkte, dass ihm das Atmen schwerfiel. Ein Blick auf die Anzeige des Sauerstoffvorrats am unteren Rand des Visiers zeigte, dass noch ausreichend Sauerstoff vorhanden sein sollte. Trotzdem hatte er das Gefühl, mit jedem Atemzug weniger Luft zu bekommen. Außerdem setzten allmählich leichte Kopfschmerzen ein, das untrüglich erste Anzeichen für einen zu hohen Gehalt von Kohlendioxid in der Luft. Es gab nur zwei mögliche Erklärungen: Entweder stimmte die Anzeige nicht oder der CO_2-Extraktor funktionierte nicht richtig. In beiden Fällen war sein Leben in Gefahr. Da sein Funkgerät nicht senden konnte, gab es keine Möglichkeit, um Hilfe zu rufen. Er musste sich schnell etwas einfallen lassen.

Wenn er die Arbeit einstellte, um so schnell wie möglich das Shuttle zu erreichen, das ein paar Hundert Meter entfernt stand, bestand die Gefahr, dass man dies als Fluchtversuch deuten und auf ihn schießen würde. Im Shuttle, mit dem man die Gefangenen vom Zellentrakt zu den Einsatzorten brachte, wäre er zwar in Sicherheit, aber er musste damit rechnen, dass man auf einen davonlaufenden Gefangenen zuerst schoss und später Fragen stellte. Es war auch unmöglich, sich an einen seiner Mitgefangenen zu wenden, die nur wenige Schritt entfernt arbeiteten. Erstens konnte er ihnen nicht ohne Weiteres erklären, was er von ihnen wollte, zweitens waren die Anzüge unterschiedlicher

Bauart, sodass es keine Möglichkeit gab, sich an die Sauerstoffversorgung eines anderen anzukoppeln. Ihm blieben nur noch zwei oder drei Minuten, bis er handlungsunfähig sein würde. Ein Gedanke schoss ihm durch den Kopf: Womöglich hatte der Kommandant all das genau so geplant, um seinen Tod als Unfall hinzustellen und keinen Ärger mit seinen Mitgefangenen zu riskieren. Unfälle gab es ständig und niemand würde sich wundern, wenn es nun ihn erwischte. Es war nicht schwierig, einen Anzug zwischen zwei Schichten so zu manipulieren, dass der Gefangene beim Routinecheck vor dem Anlegen keinen Verdacht schöpfte. Auch die defekte Sendeeinheit ergab nun einen Sinn.

Dann hatte Trrach eine Idee: Wenn es wie ein Unfall aussehen sollte, würde er eben einen Unfall erleiden – allerdings einen anderen als den, den man für ihn vorgesehen hatte. Er blickte sich schnell um. Niemand achtete im Moment auf ihn. Trrach biss die Zähne zusammen, richtete seinen Plasmaschneider auf den Unterschenkel seines rechten Laufbeines und drückte ab. Er hatte so gezielt, dass der Schuss ihn lediglich streifte, trotzdem war der Schmerz fast unerträglich. Der dünne Plasmastrahl schnitt durch den Anzug und brannte eine lange Furche in sein Bein. Es blutete nicht sehr stark, da die Blutgefäße sofort verschmort waren, aber es fühlte sich an, als habe sein ganzes Bein Feuer gefangen. Mit einem Aufschrei, den außer ihm niemand hören konnte, sank er zu Boden und wälzte sich dort vor Schmerzen, wobei er noch etwas übertrieb. Sofort richteten sich alle Blicke auf ihn. Aus dem Loch in seinem Anzug entwich die kostbare Luft und kondensierte augenblicklich in einen deutlich sichtbaren Nebel. Keiner begriff, was geschehen war, aber es war offensichtlich, dass Trrachs Anzug eine undichte Stelle hatte. Ein Todesurteil, wenn er nicht sofort abgedichtet werden würde. Noch bevor der Aufseher reagieren konnte, sprang einer der Mitgefangenen auf Trrach zu und zog einen Dichtungspatch hervor, den jeder in einer Außentasche des Anzugs mit sich führte. Er presste ihn auf das Loch im Bein des Anzugs und erkannte in diesem Moment, dass es sich um eine Verbrennung durch den unachtsamen Umgang mit dem Plasmaschneider handelte. Genau wie Trrach es geplant hatte.

»Er hat sich mit dem Plasmastrahl verletzt und der Anzug ist undicht«, rief sein Retter dem Aufseher zu, was Trrach auf der allgemeinen Frequenz mithören konnte.

»So ein Idiot!«, schimpfte der Wächter. »Der Alte ist zu blöd, mit einem Plasmaschneider umzugehen. Schaff ihn ins Shuttle und dann sieh zu, dass du wieder an deine Arbeit gehst.«

Selbst wenn der Aufseher in den Anschlag eingeweiht sein sollte, konnte er Trrach nicht einfach sterben lassen. Dies wäre zu offensichtlich gewesen. Der Kommandant wollte sicher keinen Ärger mit den anderen Gefangenen riskieren und

legte Wert auf ein diskretes Vorgehen.
Die Kopfschmerzen waren inzwischen unerträglich geworden, sein Bein schien in Flammen zu stehen. Trrach bekam nur noch halb mit, wie man ihn in das Shuttle brachte. Als man ihm dort den Helm abnahm und er den ersten Zug kühler, frischer Luft einsog, schwanden ihm die Sinne.

15.

Die Stimmung in der Zentrale der *Rhelina* war miserabel. Alles, was man bisher in Angriff genommen hatte, war gescheitert.

»Wir sollten zurück zu M33 X-7 fliegen und uns dort wieder auf die Lauer legen«, schlug Kranchoor vor.

»Was soll das bringen?«, fragte Grand. »Selbst wenn es uns gelingt, einen Ra´hul aus einem zufällig vorbeifliegenden Schiff zu entführen, wird er uns wahrscheinlich nicht viel mehr über die Kuben sagen können, als wir bereits wissen. Wir brauchen genaue Informationen über die Funktion dieser Dinger, und die dürfte ein normales Besatzungsmitglied irgendeines Schiffes kaum haben.«

»Wenig ist besser als nichts«, schaltete sich Poggy ein, der sich selten an Diskussionen beteiligte. »Zuversicht ist besser als Verzweiflung.«

»Deine Philosophie in allen Ehren, aber mit schönen Sprüchen können wir die Milchstraße nicht retten«, knurrte Grand, der extrem schlechter Laune war.

»Was wir bisher wissen, ist nicht viel«, sagte Jalina. »Die Ra´hul kommen aus einem anderen Universum und wollen in unseres übersiedeln, da ihr Heimatuniversum untergehen wird. Hierfür haben sie in den letzten Jahrtausenden fast alle Galaxien der Lokalen Gruppe unter ihre Kontrolle gebracht und dort die mysteriösen Kuben installiert.

Jetzt stehen ihnen nur noch die Milchstraße und Andromeda im Weg. Der Ra´hul, den wir verhören konnten, bevor er sich umbrachte, hat uns noch verraten, dass diese Kuben die Lokale Gruppe komplett vernichten werden. *'Freiräumen'* war das Wort, das er benutzt hat. Aber all das hilft uns nicht viel weiter. Sie sind uns technologisch überlegen und wir wissen nicht, wie wir sie stoppen können.«

»Was uns zurück zu den verdammten Kuben bringt!« Mike war genervt, da sich die Diskussion im Kreis zu drehen schien. »Ohne genau zu wissen, was ihre Aufgabe ist und wie sie funktionieren, können wir nichts gegen sie unternehmen. Abgesehen davon, dass wir immer noch keine Ahnung haben, wie wir uns militärisch wehren könnten. Und nicht zu vergessen: Mit ihren Suggestoren besitzen sie eine Waffe, der wir ebenfalls nichts entgegenzusetzen haben. Ich würde sagen, wir sitzen ziemlich tief in der Scheiße!«

»Und uns läuft die Zeit davon«, erinnerte sie Hakera, die wieder als semi-materielle Avatar-projektion anwesend war. »Unsere Galaxis ist die letzte Bastion. Andromeda ist deutlich weniger besiedelt und die dortigen Zivilisationen befinden sich durchweg auf einer niedrigeren Entwicklungsstufe. Wenn die Milchstraße fällt, ist alles verloren.«

»Wir stimmen dieser Analyse zu«, ertönte die Stimme der Supreme-KI des BEWAHRER-Schiffes, die ebenfalls an der Versammlung teilnahm. Sie hatte auf einen Avatar verzichtet und war nur über Funk zugeschaltet. »Wenn es uns nicht gelingt, einen Schwachpunkt der Ra´hul zu finden, beträgt die Wahrscheinlichkeit einer Niederlage nahezu einhundert Prozent.«

»Also haben wir drei Ziele: Wir müssen die Kuben außer Gefecht setzen und ein Mittel gegen die Suggestoren sowie und eine wirksame Waffe gegen die Schiffe der Ra´hul finden«, fasste Grand zusammen. »Mit zwei Schiffen, vier Unsterblichen und zwei KIs in einer besetzten Galaxie, in der es von Feinden wimmelt. Das sollte ja kein Problem sein«, setzte er zynisch auflachend hinzu.

»Es müsste uns gelingen, einen Ra´hul aus der Führungsebene in die Hände zu bekommen«, stellte Kranchoor fest.

»Das dürfte so gut wie unmöglich sein. Erstens müssten wir eine Zielperson identifizieren, zweitens deren Aufenthaltsort kennen und drittens die sicherlich vorhandenen Sicherungsmaßnahmen überwinden.« Grand schüttelte den Kopf. »Dafür fehlen uns die Mittel. Wir stecken in einer Sackgasse.«

»Vielleicht nicht«, sagte Hakera zu seiner Überraschung. »Kranchoors Aussage ist zutreffend. Ein führender Ra´hul könnte uns sicher alle Antworten geben, die wir suchen. Wie ihr wisst, überwache ich den gesamten Funkverkehr in dieser Galaxie. Ich habe zwei Meldungen aufgefangen, die interessant sein könnten. Der ersten habe ich keine besondere Bedeutung für unseren Auftrag beigemessen, aber in Verbindung mit der zweiten könnte sich eine Möglichkeit für uns ergeben. Vor Kurzem gab es einen Wechsel in der Führung der Invasoren. Dies wurde als allgemeiner Rundspruch unverschlüsselt bekannt gegeben. Aus den verschiedenen Reaktionen konnte ich heraushören, dass dies nicht auf allgemeine Zustimmung gestoßen ist. Es sieht so aus, als habe es sich um eine Art Putsch gehandelt. Der neue Anführer wirft dem ehemaligen Führer des Oktetts, wie die Ra´hul ihre oberste Kommandoebene nennen, eine zögerliche Haltung und Unentschlossenheit vor. Nun wurde bekannt, dass der ehemalige Anführer in eine Strafkolonie überstellt wurde. Ich könnte mir vorstellen, dass er nicht gerade begeistert von seiner Absetzung ist und eine Strafkolonie nicht so schwer bewacht wird wie ein Flottenstützpunkt. Warum sollte jemand eine Strafkolonie angreifen? Sicherungsmaßnahmen richten sich dort bestimmt eher nach innen.«

»Du meinst, wir sollten versuchen, den ehemaligen Chef der Ra´hul zu entführen?« Grand gefiel die Idee.

»Es wäre einfacher, als jemanden aus dem aktuellen Führungskreis in unsere Gewalt zu bekommen, und unsere Möglichkeiten sollten ausreichen, um in eine Strafkolonie einzudringen. Es ist zudem denkbar, dass der abgesetzte Ra´hul aus Verbitterung oder Rachegelüsten zu einer

Kooperation mit uns bereit wäre.«

»Falls die Ra´hul ähnliche emotionale Reaktionen wie wir besitzen. Es sind Aliens aus einem anderen Universum. Wer weiß schon genau, wie die denken!«, wandte Jalina ein.

»Sämtliche Analysen der bisherigen Begegnungen mit den Ra´hul und auch das Verhalten eures verstorbenen Gefangenen deuten darauf hin, dass ihre emotionale Struktur sich nicht wesentlich von derjenigen der meisten uns bekannten Spezies unterscheidet«, schaltete sich die Supreme-KI der *Stürme* ein. »Bestimmte emotionale Reflexe sind Grundvoraussetzung für einen evolutionären Prozess, der als universell gültig angesehen werden kann. Angst, Flucht, Zuneigung und Hass bilden die instinktgesteuerten Grundlagen reaktiver Abläufe.«

»Allerdings können diese von Intellekt, Bildung, kulturellen Schranken, Stammesloyalität und anderen umweltbedingten oder anerzogenen Verhaltensmustern überlagert werden und an Bedeutung für die Handlungssteuerung verlieren«, antwortete Hakera.

»Ihr könnt eure Psychoanalyse der Ra´hul später weiterführen«, unterbrach Grand den Disput der beiden KIs. »Mir gefällt die Idee – außerdem ist es die einzige, die wir zurzeit haben. Wissen wir denn, wo sich dieser Strafplanet befindet?«

»Ja, Michael. Er trägt den Namen Maren´Thar und liegt etwas mehr als 10.000 Lichtjahre von hier entfernt.«

Die *Flüsternde Stürme im Heliosphärenwind* und die *Rhelina* lagen nach wie vor unter den dichten Wolken des Gasgiganten verborgen.

»Dann sollten wir uns den Kerl schnappen. Wenn wir Glück haben, kann er uns helfen. Ich habe die Hoffnung noch nicht aufgegeben, doch noch an Bord eines Kubus zu gelangen. Es könnte uns ungeahnte Einblicke in die Technik der Ra´hul geben und vielleicht einen Weg aufzeigen, wie wir die Kuben außer Gefecht setzen können. Vielleicht kennt er einen Weg an Bord.«

»Vielleicht wird er aber auch Selbstmord begehen, wie unser erster Gefangener«, erinnerte ihn Kranchoor an das nur wenige Tage zurückliegende Desaster.

»Oder wir haben Glück, und er ist von seiner Entmachtung so angefressen, dass er es kaum erwarten kann, Vergeltung an dem neuen Flottenführer zu üben«, sagte Grand.

»Glück ist nicht die Abwesenheit von negativen Einflüssen, sondern das Resultat positiven Bemühens«, gab Poggy ein weiteres seiner Sprichwörter zum Besten. »Wir müssen ihm einen Grund geben, mit uns zu kooperieren.«

»Was könnte ein besserer Grund sein, als sein Leben zu retten?«, fragte Jalina.

»Es kommt darauf an, ob er den Wert seines eigenen Lebens höher einschätzt als die Loyalität gegenüber seinem Volk«, gab Kranchoor zu bedenken.

»Es bringt nichts, darüber zu spekulieren. Wir werden es erst wissen, wenn wir ihn in der Hand haben. Entweder kann er uns weiterhelfen, oder wir haben noch mehr wertvolle Zeit verschwendet. Allerdings sehe ich keine Alternative zu diesem Plan, wenn wir hier überhaupt noch etwas erreichen wollen.« Grand wandte sich an Hakera. »Was wissen wir über den Kerl?«

»Sein Name ist Trrach´chkt´grochk´frk und er war viele Jahrzehnte der Anführer ihrer Flotte in unserem Universum«, antwortete die KI. Grand verzog angesichts des unaussprechlichen Namens das Gesicht. »Trrach ist bereits sehr alt und er wurde kürzlich von jemandem namens Zchroch´akkr´akcht´hisch gestürzt, der nun seine Funktion einnimmt. Zchroch ist nicht unumstritten, da Trrach nach wie vor bei vielen großes Ansehen genießt. Allerdings wagt es niemand, sich gegen Zchroch zu stellen. Er hat alle Schlüsselpositionen fest im Griff und mit seinen Leuten besetzt. Zumindest ist dies die Schlussfolgerung aus der Analyse des abgehörten Funkverkehrs.«

»Jetzt müssen wir nur noch überlegen, wie wir ungesehen in das System kommen, dort nicht vorzeitig entdeckt werden, Trrach in der Strafkolonie finden, ihn uns schnappen, ohne dabei erschossen zu werden, und mit heiler Haut zusammen mit ihm entkommen. Sollte ein Kinderspiel für uns sein!«

Nach Grands Zusammenfassung entbrannte eine Diskussion mit den beiden KI über die Bedeutung des terranischen Zynismus.

16.

»Herr, einer unserer Aufklärer hat zwei Energiesignaturen angemessen. Eine davon können wir keinem bekannten Schiffstyp zuordnen, die andere stimmt mit den Messwerten von Kampfeinheiten der Maschinenintelligenzen überein, die sich BEWAHRER nennen.«

Der Ra´hul auf dem Holoscreen blinzelte nervös, als er seinem Führer die unangenehme Nachricht übermittelte. Ein Feindkontakt inmitten ihres Aufmarschgebietes konnte auf eine Nachlässigkeit der Raumabwehr hindeuten, die Konsequenzen nach sich ziehen konnte.

Zchroch war von der Meldung jedoch nicht überrascht. Er hatte damit gerechnet, dass früher oder später Schiffe der Zivilisationen aus der großen Nachbargalaxis auftauchen würden. Sicherlich eine Aufklärungsmission. Er hätte in der Lage des Feindes nicht anders gehandelt. Die beiden Schiffe stellten keine Bedrohung dar und waren lediglich ein Ärgernis. Natürlich durften dem Feind keine Informationen über die Ra´hul, ihre Flottenstärke, ihre Technologie und vor allem über die Dimensionskuben in die Hände fallen, aber im Krieg waren Spionageversuche nie vollständig zu vermeiden.

Zchroch machte sich keine Sorgen. Zwei Schiffe, von deren Anwesenheit man zudem wusste, stellten keine große Bedrohung dar. Natürlich mussten sie eliminiert werden, das verstand sich von selbst. Ein Rest Unbehagen blieb jedoch zurück. Er war davon ausgegangen, dass sie alle maßgeblichen Spezies sowie deren Technologien und Fähigkeiten in dem dicht besiedelten Sternennebel ausgekundschaftet hatten. Die BEWAHRER stellten die mit Abstand mächtigste Zivilisation dar, alle anderen waren ihr technologisch unterlegen. Ein Schiff, das keiner Zivilisation zugeordnet werden konnte, war jedoch eine Unbekannte in der komplexen Gleichung. Zchroch mochte keine Unbekannten.

Er vermutete, dass es sich entweder um ein bisher unbekanntes Volk, was er für wenig wahrscheinlich hielt, oder um eine Einheit der mysteriösen Gruppierung von Unsterblichen handelte. Über deren Fähigkeiten im Kampf wusste man so gut wie nichts, da sie sich bisher nicht an militärischen Auseinandersetzungen beteiligt hatten. Auch wenn Pläne in die Wege geleitet worden waren, diese Gruppe auszuschalten, war eines ihrer Kampfschiffe direkt vor seiner Tür mehr als nur eine Unannehmlichkeit.

»In welchem Sektor war der Kontakt?«, wollte er wissen.

»In Sektor Rot-17, vierter Quadrant, Herr.«

Zchroch rief ein Navigationsholo auf. Vor ihm erschien eine Projektion der Galaxie. Er drehte sie mit einer Handbewegung, bis der genannte Sektor vor ihm lag. Zchroch studierte die dort angezeigten

Symbole für einen Moment.

»Bis auf einen gerade fertiggestellten Dimensionskubus befindet sich nichts von militärischem Interesse in dieser Region. Sie könnten es darauf abgesehen haben. Informieren Sie die Besatzungen der drei Wachschiffe. Sie sollen auf Alarmbereitschaft gehen, aber ihre Routine vorerst nicht ändern.«

»Jawohl, Herr!«

»Und geben Sie alle Daten an unsere Patrouillenschiffe weiter. Sie sollen nach den beiden Schiffen Ausschau halten. Informieren Sie auch alle anderen Einheiten mit einer verschlüsselten Nachricht. Ich will jeden Scanner in dieser Galaxie im Einsatz sehen!«

»Jawohl, Herr! Sollen zusätzliche Einheiten in diesen Sektor verlegt werden, Herr?«

»Nein! Die Eindringlinge sollen nicht bemerken, dass wir sie entdeckt haben. Jede außergewöhnliche Flottenbewegung würde sie misstrauisch machen. Machen Sie dies auch den drei Wachschiffen am Dimensionskubus klar.«

»Selbstverständlich, Herr! Was befehlen Sie für den Fall, dass wir die Signaturen erneut aufspüren?«

»Halten Sie eine unserer Reserveschwadronen bereit, um sofort ausrücken zu können. Sobald wir den genauen Standort der Eindringlinge ermittelt haben, soll sie angreifen. Der Feind wird sich mit Sicherheit versteckt halten, aber wenn er Informationen sammeln will, muss er sich irgendwann bewegen. Dann schlagen wir zu.«

»Jawohl, Herr!«

»Informieren Sie mich augenblicklich, wenn die Eindringlinge aufgespürt werden!«

Zchroch wartete die Bestätigung seines Befehls nicht ab und unterbrach das Hologespräch.

Alles lief nach Plan. Er hatte die große Invasionsflotte angefordert und sie musste schon bald hier eintreffen. Dann würde sich ihnen nichts mehr entgegenstellen können. Mit den zusätzlichen Schiffen konnten sie die große Galaxie in kürzester Zeit unterwerfen. Sie würden nicht länger darauf angewiesen sein, langwierige Kriege zwischen den dortigen Spezies zu provozieren. Endlich konnten sie selbst aktiv werden, etwas, das er schon lange vorgezogen hätte. Nur Trrach hatte dem mit seiner zögerlichen Haltung im Weg gestanden. Dieses Problem war aus der Welt geschafft und nun konnte er endlich seine eigenen Pläne verwirklichen. Der Sieg würde schneller erfolgen als geplant und dann konnten sie endlich darangehen, diesen Teil des hiesigen Universums auszuradieren, um Platz für die Ra´hul zu schaffen. Ihnen blieb nach neuesten Meldungen der Wissenschaftler nicht mehr viel Zeit. Ihr eigenes Universum würde viel früher untergehen als befürchtet.

17.

Die Kette der an- und abfliegenden Raumschiffe riss niemals ab. Manchmal waren es weniger Schiffe, manchmal mehr, aber seit die Ra´hul das Depot hierher verlegt hatten, herrschte ein ständiges Kommen und Gehen.

Es war das am stärksten bewachte System im Triangulumnebel. Es war das für die Ra´hul wichtigste System in dieser Galaxie. Es war das vielleicht kriegsentscheidende System für den Kampf um die Milchstraße. Es war das System, in dem die Suggestoren gezüchtet und auf die Schiffe der Ra´hul verteilt wurden.

In jede eroberte Galaxie folgte das Depot nach, sobald man einen geeigneten Planeten gefunden hatte. Es diente nicht nur dazu, die Zivilisationen des jeweiligen Sternennebels unter Kontrolle zu halten, es war vor allem die Nachschubbasis für die Eroberung der nächsten Galaxie.

Jedes Schiff hatte Suggestoren an Bord. Kleine Aufklärer lediglich einen, da sie nur in seltenen Fällen Feindkontakt hatten, die schweren Kampfeinheiten hingegen verfügten über bis zu zehn von ihnen, um große Raumabschnitte und viele Individuen mithilfe der parapsychischen Fähigkeiten der Suggestoren zu beherrschen und zu unterjochen.

Das riesige Schiff hing im Orbit des äußeren Gasriesen eines Systems, das man einer der in der

Triangulumgalaxie unterworfenen Zivilisationen abgenommen hatte. Er war für die Zwecke der Ra´hul ideal geeignet. Die Zusammensetzung der Wasserstoff/Methan-Atmosphäre entsprach exakt den Vorgaben, und die zahlreichen in den Ammoniakwolken lebenden Organismen boten eine schier unerschöpfliche Nahrungsquelle. Erntebots jagten die semi-intelligenten Lebewesen und konvertierten sie in einen nährstoffreichen Brei. Tanker saugten Kubikkilometer der Gashülle in ihre Leiber, wo sie verflüssigt und gelagert werden konnte. Alles nur, um die Suggestoren am Leben zu erhalten.

Die Entdeckung der paranormal begabten Spezies hatten die Ra´hul einem Zufall zu verdanken. Vor sehr vielen Jahren war eines ihrer Schiffe auf dem inneren Mond eines Gasplaneten in einem unerforschten Gebiet havariert. Zu dieser Zeit waren die Ra´hul nur eine Rasse unter vielen ihrer Heimatgalaxis. Ihr kleines Sternenreich war nicht von besonderer Bedeutung und ihr angeborener Expansionsdrang, verbunden mit einem hohen Aggressionspotenzial, wurde von technologisch höher stehenden Spezies unter Kontrolle gehalten. Die Entdeckung der auf dem Gasplaneten lebenden Croalok änderte alles.

Die Croalok ähnelten gigantischen Quallen, die in der Atmosphäre des Gasriesen dahintrieben. Sie waren absolut friedliebend, hochintelligent und bildeten Schwärme mit einer sozialen Struktur, die auf Gleichheit, Liebe und Genügsamkeit beruhte.

Die Croalok waren so alt wie das Universum selbst. Sie mussten zu den allerersten Spezies gehört haben, die in dem noch jungen Kosmos der Ra´hul entstanden waren, doch sie hatten nie eine technologische Zivilisation entwickelt. Das Konzept von Maschinen, Raumschiffen und sogar die Struktur des Universums waren ihnen bekannt. All dies hatten sie nur mit der Kraft ihres Geistes deduziert. Doch im Gegensatz zu den Ra´hul strebten sie nicht danach, sich auszubreiten, und jede Form von Aggression war ihnen fremd. Sie waren sich selbst genug, lebten im Einklang mit ihrer Umwelt und waren mit ihrem Leben glücklich. Bis die Ra´hul kamen.

Croalok kommunizierten telepathisch. Die jungen, nur etwa einen Meter großen Neugeborenen besaßen noch eine zweite Gabe. Sie konnten ihre Bedürfnisse und Wünsche dem Schwarm mittels einer stark ausgeprägten Suggestivkraft mitteilen. Hunger, das Verlangen nach Liebe und der Wunsch nach Nähe wurden auf diese Weise ausgestrahlt. Die Fähigkeit verlor sich nach ein paar Jahren, wenn sie zu wachsen begannen und für sich selbst sorgen konnten. Für einen ausgewachsenen Croalok war der Suggestiveinfluss lediglich als besonders starkes Drängen spürbar – jedes andere organische Wesen geriet hingegen vollständig unter den Bann eines Croalokbabys. Jedes andere organische Wesen – außer den Ra´hul.

Als ein Rettungsschiff den havarierten Raumkreuzer fand, bemerkte man ein ungewöhnliches sechsdimensionales Frequenzmuster, das von dem Gasplaneten ausging. An Bord des Rettungsschiffes befand sich auch der Vertreter einer befreundeten Spezies, der augenblicklich ein seltsames Verhalten an den Tag legte. Es dauerte nicht lange, und die Wissenschaftler der Ra´hul hatten das Geheimnis um die Croalok enträtselt. Es stellte sich heraus, dass sie mit ihrer Immunität gegen die Suggestivkraft offenbar eine Ausnahme darstellten. Die Ra´hul entwickelten daraufhin einen diabolischen Plan. Man würde die Croalokbabys dazu benutzen, sich die Vorherrschaft in der Galaxis zu sichern.

In den nächsten Jahren führte man im Geheimen entsetzliche Experimente an neugeboren Croaloks durch. Dabei lernte man, ihre Gehirne mit elektrischen Impulsen so zu manipulieren, dass sie den gewünschten Suggestivbefehl ausstrahlten. Zehntausende der Babys kamen dabei ums Leben. Man holte sich Nachschub auf dem Gasplaneten. Die friedlichen Croaloks, die keinerlei Technik besaßen, waren dagegen absolut machtlos. Für die Ra´hul waren die intelligenten Quallen lediglich ein Rohstoff, den man aberntete.

Der Siegeszug der Ra´hul begann. Innerhalb weniger Jahrhunderte gehörte ihnen die Galaxis, innerhalb weniger Jahrtausende eine ganze Gruppe von Galaxien. Die Ra´hul expandierten ungehemmt und niemand konnte sich ihnen und ihren Suggestoren in den Weg stellen. Wer sich nicht freiwillig unterwarf, wurde vernichtet.

Inzwischen hatte man gelernt, Croaloks zu züchten, und war nicht mehr auf Nachschub von ihrem Heimatplaneten angewiesen. Daraufhin wurde dieser mitsamt seinen Bewohnern ausgelöscht. Niemand sollte eine Chance haben, hinter ihr Geheimnis zu kommen.

Eines Tages, Hunderttausende Jahre später, entdeckten die Wissenschaftler der Ra´hul, dass ihr Universum dem Untergang geweiht war. So entwickelten sie eine Methode, um sich Zugang zu einem anderen Universum zu verschaffen. Was lag näher, als ihren Siegeszug dort fortzusetzen, um das Überleben ihres Volkes zu sichern.

Das große Schiff beherbergte die Brutstation der Croalok, die erst vor kurzer Zeit hier eingetroffen war. Das Depot der Suggestoren. Man sah sie schon lange nicht mehr als eigenständige Lebewesen an, sondern nur als Waffe, als Mittel zum Zweck, als Grundlage für die Macht der Ra´hul. Kein System wurde besser geschützt als das, in dem sich die Brutstation befand. Ohne sie wäre die Unterwerfung der Galaxien unmöglich gewesen. Ohne die Croalok wären die Ra´hul nur eines von vielen technologisch entwickelten Völkern gewesen, die ihren Expansionsgelüsten so lange frönten, bis sie auf eine überlegene Spezies stießen. Mit den

Croalok waren sie fast unbesiegbar. Man hatte bisher keine zweite Spezies gefunden, die ebenfalls vollkommen immun gegen die Suggestivstrahlung war. Das Auftauchen eines Immunen in der Galaxie, in der man gerade den entscheidenden Krieg führte, war alarmierend. Wo einer war, konnte es andere geben. Eine größere Anzahl Immuner konnte den Herrschaftsanspruch und die Zukunft der Ra´hul bedrohen.

Nun war Alarm gegeben worden, da sich augenscheinlich ein Schiff aus ebendieser Galaxie hier herumtrieb. Womöglich befand sich der Immune an Bord, was aus Sicht des Feindes Sinn machen würde. Also musste man vorbereitet sein. Nichts durfte das Depot gefährden. Alles hing von den Suggestoren ab.

Zusätzliche Wachschiffe bezogen Stellungen am Systemrand. Wenn sich der Feind hier blicken lassen sollte, würde es für ihn kein Entkommen mehr geben.

18.

Es war in der Geschichte der Liga der Unsterblichen erst ein halbes dutzend Mal vorgekommen, dass man sie alle gleichzeitig in den *Hort* gerufen hatte. Der Grund war entweder eine Feierlichkeit oder der Tod eines Mitglieds gewesen, das im *Hort* aufgebahrt worden war. Todesfälle waren allgemein sehr selten, und meist geschahen sie während eines Einsatzes, sodass es keinen Körper gab, von dem man sich hätte verabschieden können. Doch in einigen wenigen Fällen konnte der Tote von einem Kollegen geborgen werden. Dann erwies man ihm mit einer Trauerfeier, bei der für gewöhnlich alle Unsterblichen anwesend waren, die letzte Ehre. Auch wenn ein neuer Vorsitzender für das Führungsgremium gewählt wurde, versammelten sich die Mitglieder der Liga in der großen Halle. Die letzte Vollversammlung lag schon mehr als Zehntausend Jahre zurück und war anlässlich der Wahl von Threlak´Klonn´Arbor abgehalten worden. Noch nie war ein derartiges Treffen angesetzt worden, um eine Bedrohung von der Liga selbst abzuwenden.

Von den derzeit lebenden einhundertsiebzehn Mitgliedern befanden sich einhundertundzehn im *Hort.* Ein Zweierteam hatte man nicht kontaktieren können, was Anlass zu schlimmen Befürchtungen gab, und ein Unsterblicher stand kurz davor, einen Friedensschluss zwischen zwei Spezies zu vermitteln, und war aus diesem Grund unabkömmlich. Außerdem fehlten natürlich die vier Mitglieder der *Mission Triangulum*.

«*Mutter*, hast du bereits mit den Gehirnscans begonnen?«, fragte Threlak´Klonn´Arbor.

Die vier Mitglieder des Gremiums saßen noch in der Zentrale und warteten darauf, dass sich alle anwesenden Unsterblichen in der großen Halle versammeln würden.

»Ich habe bisher bei einem Drittel der Anwesenden Scans durchführen können. Es gab keine Auffälligkeiten.«

»Warum dauert das so lange?«, flackerte der Quatchek mit seinem Farbband.

»Um alle Gehirnfunktionen aufzeichnen zu können, muss die Zielperson sich für mindestens eine Minute im Erfassungsbereich eines Scanners aufhalten. Meine Bots haben zwar rund ein Dutzend Scanner an den euch bekannten Stellen versteckt, aber erstens hat noch nicht jeder Unsterbliche eine solche Stelle passiert und zweitens war bei einigen die Aufenthaltsdauer im Erfassungsbereich zu gering. Wenn alle in der Halle versammelt sind, sollte ich jedoch genügend Zeit haben, die noch fehlenden Scans vorzunehmen. In der Hallendecke befinden sich weitere Scanner, die den gesamten Bereich abdecken.«

»Gab es Auffälligkeiten?«, wollte Ylanthu wissen.

»Wenn dem so wäre, hätte ich euch natürlich

sofort benachrichtigt.« Die KI klang fast beleidigt.

Eine Stunde später waren alle Unsterblichen in der großen Halle versammelt – alle bis auf einen.

»Ich kann Weyron Prakar nirgendwo finden«, meldete Mutter dem Gremium, das gerade die Halle betrat.

Weyron Prakar war ein mehr als 100.000 Jahre alter Unsterblicher aus dem Volk der Thelaniden. Der nur etwas über einen Meter große Abkömmling einer arachnoiden Spezies war als einer der besten theoretischen Hyperphysiker der Geschichte ein unverzichtbares Mitglied der Liga. Die Unsterblichkeit hatte er sich verdient, als er unter Einsatz seines damals noch jungen Lebens einen Bürgerkrieg in seiner Heimat verhindert hatte. Weyron gehört zu den ältesten Unsterblichen und genoss beinahe Kultstatus. Er war mehrfach als Mitglied des Führungsgremiums vorgeschlagen worden, hatte dies jedoch immer abgelehnt. Weyron wollte lieber im aktiven Einsatz irgendwo in der Milchstraße unterwegs sein, anstatt seine Zeit mit administrativen Aufgaben im Hort zu verbringen. Er war im Grunde immer ein Abenteurer geblieben.

»Wie ist es möglich, dass du ihn verlieren konntest?«, fragte Ylanthu.

»Bis vor wenigen Minuten war er noch in seiner Unterkunft. Ich überwache natürlich nicht jeden zu jedem Zeitpunkt. Als ich eine erneute Zählung durchführen wollte, konnte ich ihn nicht mehr aufspüren.«

»Wieso kannst du ihn nicht orten?«

»Falls er einen tragbaren dorianischen Tarnfeldemitter benutzt, bin ich blind. Innerhalb des Horts gibt es keine Vorrichtungen, die ein solches Tarnfeld durchdringen könnten.«

»Wie kann das sein? Das ist eine unerhörte Nachlässigkeit!«

»Niemand von uns hat jemals mit der Möglichkeit eines Angriffs aus den eigenen Reihen gerechnet. Darauf sind wir nicht vorbereitet.«

»Noch steht nicht fest, dass Weyron einen Anschlag plant«, mahnte Threlak´Klonn´Arbor. »Wir sollten nicht in Hysterie verfallen. Riegele jedoch vorsichtshalber alle sicherheitsrelevanten Bereiche des Horts ab und gewähre niemandem Zutritt. Und versuche weiterhin, ihn zu orten. Sobald du feststellen kannst, wo er sich aufhält, befördere ihn mit dem Spontantransmitter vorsichtshalber in eine Arrestzelle. Falls es eine harmlose Erklärung für sein Verschwinden gibt, können wir uns später bei ihm entschuldigen.«

Die anwesenden Unsterblichen hatten inzwischen mitbekommen, dass es offenbar ein Problem gab. Es wurde still in der Halle und aller Augen, soweit sie Augen hatten, richteten sich fragend auf die vier Mitglieder des Gremiums, die mittlerweile ihre Plätze eingenommen hatten.

»Hat jemand von euch Weyron gesehen?«, fragte Threlak´Klonn´Arbor in die gespannte Stille.

»Er ging vor ein paar Minuten in Richtung

Sektor 17«, erklang die künstliche Stimme eines Translators. Der Sprecher war ein Reptiloide, der zu den jüngeren Unsterblichen gehörte. Threlak´Klonn´Arbor fiel sein Name nicht sofort ein.

»In Sektor 17 befindet sich der Zugang zum *Bulkanker*«, erinnerte ihn *Mutter* leise. »Wenn es ihm gelingt, dort Schaden anzurichten, fällt der Hort zurück in den Normalraum – wenn nicht Schlimmeres passiert!«

»Schlimmeres?«

»Ein unkontrolliertes Zusammenbrechen des multidimensionalen Verankerungsfeldes könnte auch zur Vernichtung des Horts führen.«

»Ich denke, es ist weder hysterisch noch paranoid, sich ab jetzt Sorgen zu machen. Wir müssen Weyron finden und ihn aufhalten.«

»Für den Fall, dass er tatsächlich ein Attentäter sein sollte, habe ich alle Zugänge zu Sektor 17 verriegelt und die Antigravschächte sowie Transmitterdurchgänge in diesem Sektor vorsichtshalber stillgelegt. Ich nehme zwar nicht an, dass er sie benutzen wird, da ich dies sofort bemerken würde, aber sicher ist sicher. Er muss zu Fuß unterwegs sein, und von seinem Quartier zum *Bulkanker* ist es eine recht ordentliche Entfernung. Er kann ihn noch nicht erreicht haben.«

»Ich bitte um Aufmerksamkeit!«, rief der Vorsitzende in den Raum. »Wir haben Grund zu der Annahme, dass Weyron Prakar unter dem Einfluss der Suggestoren der Ra´hul steht. Es ist möglich, dass er einen Anschlag plant. Bildet Zweierteams. *Mutter* wird euch mit dem Spontantransmitter in Sektor 17 versetzen. Der Gesuchte hält sich wahrscheinlich dort auf und versucht, zum Bulkanker vorzudringen. Es werden nur Neurodisruptoren eingesetzt, verstanden? Keine tödlichen Waffen, es sei denn, euer eigenes Leben wäre bedroht. Noch Fragen?«

Alle verneinten und es bildeten sich schnell Zweierteams. Sie kannten sich aus Jahrhunderten und Jahrtausenden gemeinsamer Einsätze und ihre Professionalität zeigte sich auch darin, dass es keine Diskussion und keine Zweifel an der Entscheidung des Vorsitzenden gab. Jeder hier wusste um die Gefahr durch die Suggestoren, und der Tod von Thronar Thronak war allen noch frisch im Gedächtnis. Schließlich war dieser Vorfall der Anlass für ihre Versammlung gewesen.

Im Sekundentakt bildeten sich rötliche Ringe um die einzelnen Teams und sie verschwanden mit einem leisen Ploppen der nachströmenden Luft.

Die verbliebenen vier Mitglieder des Gremiums sahen einander an.

»Ylanthu kommt mit mir. Ihr beide bildet das letzte Team«, entschied Threlak´Klonn´Arbor.

Dann verschwanden auch sie und die große Halle blieb leer zurück.

19.

Wieder erstreckte sich rings um Grand nur die Weite des Weltraums. In der VR-Umgebung ein Cockpit zu simulieren wäre zwar nach einem Update der Bordintelligenz durch Hakera nun ebenfalls möglich gewesen, aber zu seiner Überraschung hatte er sich inzwischen an diese Art der Steuerung des kleinen Raumschiffs nicht nur gewöhnt, sie begann ihm sogar Spaß zu machen. Neben ihm 'flog' Jalinas virtueller Körper mit ihm durch den Bulk.

Grand hatte die Bordintelligenz des Beibootes darum gebeten, statt des monotonen Grau eine Darstellung des Normalraums in die VR-Sphäre zu projizieren, wie er aussehen würde, wenn sie tatsächlich mit mehrfacher Lichtgeschwindigkeit dort unterwegs wären. Nun bot sich ihm ein Anblick, den es in der Realität niemals geben konnte.

Die Sonnen vor ihnen rasten in bläulichem Licht auf sie zu, huschten vorbei, wurden zu lang gezogenen Streifen an den Seiten, die sich immer mehr ins Rötliche verfärbten, bis sie schließlich hinter ihnen im Infrarotbereich unsichtbar wurden. Entsprechend einer Geräuschquelle, die lauter und heller klingend auf einen Lauscher zukam, bevor sie leiser und tiefer werdend hinter ihm verklang. Licht verhielt sich in diesem Fall genau wie Schallwellen. Natürlich war dies nur ein virtueller Trick, eine optische Illusion, da ein Flug mit Überlichtgeschwindigkeit im Normalraum unmöglich war, aber es gefiel Grand besser als die graue Eintönigkeit des Bulk.

»Nur noch zwei Minuten«

Jalina deutete mit ihrer virtuellen Hand auf das Navigationsicon, in dem die verbleibende Flugzeit und die Entfernung nach Maren´Thar angezeigt wurden.

Die vier Unsterblichen hatten sich zusammen mit den beiden KIs dafür entschieden, eine Befreiung des ehemaligen militärischen Führers der Ra´hul zu wagen, wenn die Umstände vor Ort dies erlauben würden. Deshalb waren Jalina und Grand wieder zu einer Erkundungsmission aufgebrochen. Es galt, die genaue Lage und die Sicherungsmaßnahmen der Strafkolonie auszukundschaften und einen Einsatzplan zu entwickeln.

»Tarnfeld aktivieren«, ordnete Grand an.

Unmittelbar darauf verließen sie den Bulk. Vor ihnen lag das System mit dem Gasriesen, um den Maren´Thar kreiste. Die kleine rote Sonne hatte nur diesen einen Trabanten. Er befand sich auf einer so engen Umlaufbahn, dass er nur zwanzig Tage für eine Umkreisung benötigte. Der gigantische Planet hatte fast den dreifachen Durchmesser von Jupiter, wie Grand den Anzeigen entnehmen konnte, und wäre beinahe selbst zu einer Sonne geworden. Lediglich seine etwas zu geringe Masse hatte dies verhindert. Die ihn umkreisenden Monde bildeten fast ein eigenständiges Miniatur-Sonnensystem. Die Bordintelligenz zählte fast siebzig Monde, von denen alleine fünf fast so groß wie die Erde waren. Weitere vierzig wiesen den ungefähren Durchmesser des irdischen Mondes auf. Der Rest waren mehr oder minder große, unregelmäßig geformte Geröllbrocken, ähnlich wie die beiden Monde des Mars, die der Gasgigant im Lauf der Milliarden Jahre seiner Existenz eingefangen hatte. Sie kamen ursprünglich aus dem dichten Asteroidengürtel, der die äußere Grenze des Systems bildete. Hier boten sich auch zahlreiche Möglichkeiten, das kleine Schiff für die nächsten Stunden zu verbergen.

»Such einen Asteroiden, der für eine Beobachtung günstig liegt, und bring das Schiff dorthin«, wies Grand die Bordintelligenz an.

»Verstanden und bestätigt!«

Eigenständig steuerte das Schiff durch den Asteroidengürtel und näherte sich einem länglichen Objekt von ungefähr sieben Kilometern Länge und vier Kilometern Durchmesser. Der Felsbrocken war zerklüftet und bestand überwiegend aus metallischen Erzen, die eine Entdeckung ihres Schiffes zusätzlich erschweren würden. Der Asteroid rotierte langsam um seine Längsachse, wobei eine Stirnseite immer ins Systeminnere zeigte. Dort setzte die Bordintelligenz das Beiboot vorsichtig in einer Felsspalte ab.

»Passive Scans aktivieren.«

»Aktiviert. Aufzeichnung läuft.«

»Zoomen und Energiesignaturen darstellen.«

Der Gasriese schien auf Grand zuzurasen.

»Anzahl der Monde auf diejenigen mit einer energetischen Aktivität eingrenzen.«

Augenblicklich verschwanden die meisten Trabanten des Planeten aus der virtuellen Darstellung. Nur drei blieben übrig. Der größte, innere Mond und zwei weitere der planetengroßen Begleiter des Gasplaneten. Der innere Mond wies die höchste Energieabstrahlung auf.

»Analyse«, verlangte Grand.

»Es handelt sich bei den Energieemissionen des größten Trabanten um die einer auf der Oberfläche erbauten Anlage. Zudem geht von dort Funkverkehr im Sublichtbereich aus. Außerdem messe ich die typische Abstrahlung von startenden Intersystemfrachtern. Es dürfte sich bei dem Mond um Maren´Thar handeln. Die beiden anderen Monde zeigen nur die Signaturen von robotischen Installationen kleineren Ausmaßes ohne weitere nennenswerte Aktivitäten.«

»Wo liegt das Ziel der Frachter?«

»Auf der gegenüberliegenden Seite des Systems befindet sich eine Station. Dort wird die Fracht abgeliefert. Der Funkverkehr richtet sich größtenteils an diese Station. Es dürfte sich um eine Verarbeitungsanlage handeln.«

»Wie viele Schiffe kannst du noch ausfindig machen?«

»Ich kann zwei Kampfschiffe der Ra´hul anmessen. Sie kreisen beide auf einer identischen elliptischen Bahn mit Maren´Thar und dem Planeten in den beiden Brennpunkten, einen halben Ellipsenumfang voneinander entfernt. Es handelt sich um zwei mittelgroße Kampfeinheiten der Ra´hul. Darüber hinaus sind im System keine weiteren Schiffe auszumachen.«

»Kannst du uns näher heranbringen?«

»Davon würde ich abraten. Es ist nicht bekannt, ob und ab welcher Entfernung die Ra´hul uns trotz der Tarnvorrichtung entdecken können. Als technologisch hochstehende Spezies verfügen sie sicher über uns bisher unbekannte Möglichkeiten.«

Eine vorzeitige Entdeckung würde die geplante Mission gefährden, überlegte Grand, aber sie mussten Genaueres über das Straflager in Erfahrung bringen. Solange sie nicht wussten, wo man die Gefangenen unterbrachte und an welcher Stelle man am besten in die Anlage eindringen konnte, war eine Planung des Befreiungsversuchs nahezu unmöglich.

»Wie müssen es wagen«, entschied er deshalb.

»Ich werde wohl nicht gefragt«, beschwerte sich Jalina. »Wenn ich nur ein stummer Zuschauer sein soll, hättest du mich nicht mitnehmen müssen.«

»Jalina, ohne genaue Informationen über die Installation auf Maren´Thar wäre eine Befreiung zu riskant. Von hier aus sehen wir zu wenig.«

»Mit aktiven Scannern könnten wir alles in

Erfahrung bringen, was wir wissen müssen.«

»Schiff! Wie wahrscheinlich ist die Entdeckung von aktiven Scans?«

»Nahezu einhundert Prozent, Michael.«

»Da hast du es, Jalina! Scans werden mit Sicherheit registriert. Eine Annäherung unter dem Tarnfeld vielleicht nicht.«

»Ich bin trotzdem dagegen«, beharrte sie. »Es ist einfach zu riskant!«

»Es tut mir leid, Jalina, aber Hakera hat mir das Kommando über diese Erkundungsmission übertragen.« Grand wandte sich an das Schiff. »Schleichfahrt mit geringstmöglicher Energieabstrahlung in das System. Alle nicht benötigten Systeme herunterfahren. Energieemissionen so weit wie möglich minimieren.«

Jalina blitzte ihn mit wütendem Blick an. Grand fragte sich wieder einmal, wie die Bordintelligenz Jalinas Emotionen so perfekt in die Projektion einfließen lassen konnte.

»Ich bestätige Michaels Endscheidungspriorität«, sagte die Semi-KI. »Verstanden und Ausführung.«

»Verdammter Terraner«, fauchte Jalina. »Sturköpfig und unreif. Du bist ein Prachtexemplar deiner Spezies!«

Michael Cordwainer Grand sparte sich eine Antwort. Er hatte sich damit abgefunden, dass sich Jalinas kolltanische Vorurteile ab und zu Bahn brachen.

Das nur vier Meter lange Beiboot löste sich von dem Asteroiden und beschleunigte mit minimaler Energie. Es würde zwar einige Zeit dauern, bis sie sich Maren´Thar so weit genähert haben würden, dass auch mit passiven Scans Details des Gefangenenlagers auf dem Mond sichtbar werden würden, aber für die Ra´hul unsichtbar zu bleiben war wichtiger als der Unmut über ein paar langweilige Stunden.

Je näher sie kamen, umso mehr Einzelheiten konnten sie auf der Mondoberfläche ausmachen. Plötzlich meldete sich die Bordintelligenz.

»Eines der Wachschiffe hat den Kurs geändert. Es verlässt den Orbit um den Gasplaneten und nimmt Kurs auf den Mond.«

»Das kann eine völlig harmlose Ursache haben«, antwortete Grand. Trotzdem schlich sich bei ihm ein ungutes Gefühl ein.

Nur Minuten später gab die Semi-KI Alarm.

»Das Schiff beschleunigt plötzlich mit Maximalwerten in unsere Richtung! Zeit bis zum Kontakt weniger als zwei Minuten.«

Noch immer hoffte Grand wider besseres Wissen, dass es nichts mit ihnen zu tun haben möge, aber die nächste Meldung nahm ihm den Rest dieser Illusion.

»Wir werden von aktiven Scans gepingt! Sie müssen uns trotz des Tarnfelds entdeckt haben.«

»Bring uns hier raus!«, rief Grand. »Alle Systeme maximale Energie und volle Beschleunigung.«

Neben sich hörte er einen unflätigen kolltanischen Fluch, doch Jalina verzichtete auf ein *Ich-habs-dir-gleich-gesagt*, was er ihr hoch anrechnete.

»Wie lange bis zum möglichen Eintritt in den Bulk?«, fragte er das Schiffsgehirn.

»Drei Minuten, Michael. Sie werden uns vorher einholen.«

Grand hatte eine Idee.

»Beschleunige mit maximaler Energie auf sie zu! Wenn wir erst wenden müssen, werden sie uns kriegen. Wie lange bis zum Eintritt in den Bulk bei einem Fluchtvektor ins Systeminnere?«

»Nicht ganz zwei Minuten. Aber wir werden kurz zuvor in ihre Feuerreichweite geraten!«

»In die geraten wir so oder so! Aber auf meine Weise sind wir viel schneller von hier verschwunden. Schilde hoch und aktive Scans. Wir nehmen an Informationen noch mit, was wir kriegen können!«

»Bestätigt und Ausführung!«

Das kleine Beiboot der *Rhelina* machte einen Satz auf das Kampfschiff der Ra´hul zu. Wenn man sie dort orten konnte, wovon Grand ausging, würde man nun sehr überrascht sein. Anstatt zu fliehen, nahm der Gejagte Kurs auf seinen Jäger. Dies musste die Ra´hul verwirren und würde ihnen vielleicht etwas Zeit verschaffen. Mike verließ sich darauf, dass der geringe Querschnitt seines Schiffes und das immer noch aktive Tarnfeld eine genaue Zielortung schwierig machen würden. Vielleicht schwierig genug, um ungeschoren im Bulk verschwinden zu können.

»Wir werden von der Zielortung erfasst«, kam postwendend die Meldung. Grand sparte sich eine Antwort. Was hätte er auch sagen sollen. Neben ihm schloss Jalina die Augen und schüttelte in stummer Resignation den Kopf.

Nur Sekunden später wurde das Beiboot durchgeschüttelt.

»Plasmastreifschuss Backbord. Schilde bei siebzig Prozent.«

In der virtuellen Realität rings um Grand und Jalina wirbelten die Sterne um sie herum, als die Bordintelligenz ein Ausweichmanöver einleitete. Alarmhinweise und blinkende Statusmeldungen rasten durch Mikes Blickfeld. Er starrte gebannt auf den Zeitmesser. Noch fast dreißig Sekunden, bis sie auf Überlichtgeschwindigkeit gehen konnten.

Wieder bockte das kleine Schiff wie ein störrisches Pferd.

»Eine Rakete mit einer Gravitationsbombe ist kurz hinter uns explodiert. Schilde bei dreiundvierzig Prozent.«

Grand wusste, dass sie einen direkten Treffer nicht überstehen würden. Noch zwanzig Sekunden bis zum Eintritt in den Bulk.

Er dachte gerade, sie hätten es geschafft – der Zeitmesser zeigte nur noch vier Sekunden – als ein gewaltiger Knall ertönte und die virtuelle Umgebung zuerst flackerte und schließlich erlosch.

Mike fand sich auf der Neutrogravliege wieder, umgeben von den weißen Wänden des fliegenden Sargs. Neben ihm stöhnte Jalina auf.

»Wirkungstreffer. Schilde zusammengebrochen, Hüllenintegrität bei einundzwanzig Prozent. Leite FLT-Manöver ein – jetzt!«

In einem Gewaltmanöver schleuderte die Bordintelligenz das angeschlagene Schiff in den Bulk. Die überlasteten Aggregate jaulten gequält auf und eine heftige Vibration durchlief das Beiboot. Grands Zähne schlugen wild aufeinander, er hätte sich beinahe die Zungenspitze abgebissen. Das Schiff rüttelte und vibrierte und schien jeden Moment auseinanderbrechen zu wollen, doch allmählich nahmen die Vibrationen ab und das Arbeitsgeräusch des Hyperdrives klang wieder wie immer.

»Bist du okay?«, wandte er sich mit einem Blick nach rechts an Jalina.

Sie nickte knapp und würdigte ihn keiner Antwort.

»Schiff, Statusbericht!«

»Schwere strukturelle Schäden. Schildgenerator ausgefallen. VR-Umgebung nicht darstellbar. Notenergiesystem aktiviert. TachyGrav-Antrieb bei maximal zehn Prozent Leistung.«

»Zehn Prozent? Das wird ein langer Heimflug, Jalina«, versuchte Grand zu scherzen.

»Sei froh, dass es überhaupt einen Heimflug gibt, du Idiot«, zischte Jalina. »Deine

Rücksichtslosigkeit hat uns beinahe das Leben gekostet!«

»Jalina, ich …«

»Halt die Klappe und sprich mich nicht an!«, fauchte sie und drehte sich demonstrativ von ihm weg.

Das wird nicht nur ein langer, sondern auch ein unangenehmer Heimflug, dachte Grand.

20.

Das Holkum war hungrig und fauchte ihn durch die Gitterstäbe an. Seit Brolon den getöteten Workan verfüttert hatte, waren vier Tage vergangen. Der Hunger und die Enge seines aus kräftigen Ästen und geflochtenen Wurzelfäden erbauten Käfigs trieben das Tier fast in den Wahnsinn. Die Raubtieraugen fixierten Brolon, und er konnte sich vorstellen, dass der Jäger nur darauf wartete, ihn zwischen die Fänge zu bekommen. Seine Ungeduld wuchs beinahe stündlich, genau, wie Brolon es geplant hatte.

Auch in den vergangenen Tagen und Nächten hatte er das Lager der Dämonendiener in jeder freien Minute beobachtet. Er musste sich jede Einzelheit einprägen, wenn er bei seinem nächtlichen Versuch, dort einzudringen, überhaupt eine Chance haben wollte. Ein falscher Schritt, eine Unachtsamkeit, und man würde ihn sofort entdecken.

Brolon musste sich mit seinem Vorhaben beeilen, denn er hatte das Gefühl, dass ihm die Zeit davonlief. Gestern war eine Veränderung mit dem Loch im Himmel vorgegangen. Ein rosafarbener Schleier hatte sich darübergelegt. Er wusste nicht, was dies zu bedeuten hatte, aber seitdem waren noch mehr der metallenen Vögel auf *Heimat* gelandet und er konnte eine größere Zahl der Fremden im Lager erkennen. Irgendetwas stand bevor, und er hatte Angst, das Loch zu Achmaans Reich würde sich schließen, bevor er seinen Plan ausführen konnte. Deshalb musste er bald handeln – noch heute Nacht.

Ein paar Stunden später lag Brolon wieder in seinem bewährten Versteck und beobachtete das Lager. Die Nacht war hereingebrochen und zwischen den vier in einem Quadrat um das hell erleuchtete Landefeld angeordneten Gebäude herrschte rege Betriebsamkeit. Es mussten inzwischen noch mehr der Fremden gelandet sein. Einige Meter vor Brolon begann die Todeszone der Zauberwand. Er hatte die Grenze nochmals genau bestimmt, indem er kleine Holzstückchen in den unsichtbaren Zaun geworfen hatte. Winzige Aschehäufchen markierten jetzt den exakten Verlauf. Er dankte den Göttern, dass heute Nacht kein starker Wind wehte. Den Käfig mit dem Holkum hatte er mühsam hinter sich hergezogen und er stand nun einige Schritte in seinem Rücken. Das Raubtier grollte leise und ging nervös in seinem Käfig auf und ab. Immer wieder fixierte es mit den im Dunkeln gelblich leuchtenden Augen seinen Peiniger. Brolon senkte den Kopf und atmete tief durch. Noch einmal ließ er die vergangenen Monate in Gedanken vorüberziehen. Der Tod seiner geliebten Frau, die Entdeckung der Fremden, die magische Beeinflussung seines Stammes, das Loch, das plötzlich am Himmel entstanden war, und seine Vorbereitungen, um sich für all dies an den

Fremden zu rächen. Nun war es soweit! Alles hing von den nächsten Minuten ab.

Er richtete sich vorsichtig auf und ergriff das Seil, das zum Käfig führte. Langsam ging er rückwärts, bis er dicht vor den Aschehäufchen stand. Er konnte spüren, wie sich die Haare an seinem Hinterkopf aufrichteten und zu knistern begannen. Etwas zog sie in Richtung Zauberwand, als ob der Tod seine Hand nach ihm ausstrecken würde. Das Holkum hatte seine ruhelose Wanderung im Käfig eingestellt und beobachtete ihn aufmerksam. Wieder kam ein tiefes Grollen aus seiner Kehle. Mit einem Ruck zog Brolon am Seil. Die Klappe am Käfig fiel nach vorn und das Holkum starrte ihn aus wenigen Metern Entfernung an. Es schien der Situation nicht zu trauen. Wieder grollte es. Unschlüssig. Gefahr witternd.

»Komm schon«, flüsterte Brolon kaum hörbar.

Als habe es nur auf diese Aufforderung gewartet, stieß es einen heiseren Jagdruf auf, der Brolon das Blut in den Adern gefrieren ließ, sprang mit einem Satz aus dem Käfig und sog schnüffelnd die Luft ein. Das Holkum hätte in jede Richtung fliehen können, doch vor ihm stand sein Peiniger und schien eine leichte Beute zu sein. Die Instinkte, der Hass und der Hunger gewannen die Oberhand. Brolon konnte sehen, wie es den Hinterleib leicht absenkte und sich die Muskelpakete an den Hinterläufen anspannten. Es setzte zum Sprung an und schnellte im nächsten Augenblick durch die

Luft auf ihn zu. Nun würde sich entscheiden, ob Brolons Pläne aufgehen würden. Vor ihm lauerte der Tod in Gestalt des Holkums und hinter ihm wartete die tödliche Zauberwand darauf, ihn zu Asche zu verbrennen.

Im letzten Moment ließ sich Brolon zu Boden fallen und das Holkum flog über ihn hinweg. Sein krallenbewehrter Hinterlauf streifte Brolons linke Schulter und hinterließ einen tiefen Kratzer. Brolon spürte eine aufflammende Hitzewelle in seinem Rücken und warf sich so kräftig, wie er nur konnte, nach hinten. Sein Körper schien für einen Moment in Flammen zu stehen. Er roch verbranntes Fleisch und schmeckte Asche auf den Lippen. Dann rollte er über die Schulter ab, was ihm einen Schmerzenslaut entriss. Die Schulterwunde musste tiefer sein als angenommen. Doch er lebte! Er hatte die Zauberwand überwunden. Vor sich sah er einen Aschehaufen, aus dem noch leichter Rauch emporstieg. Er war auf der anderen Seite des Todeszauns angekommen. Die Schulter schmerzte, seine Haare rochen angesengt – doch er war am Leben. Sein Rachefeldzug konnte beginnen. Die Götter waren heute Nacht auf seiner Seite.

Das eigentliche Lager befand sich nur etwa zweihundert Meter von ihm entfernt. Zwischen ihm und dem ersten Gebäude lagen die ehemalige Wasserstelle seines Dorfes, einige Büsche und ein paar vereinzelte Bäume. Es war eine mondlose Nacht, aber die Sterne spendeten genügend Licht, um sich orientieren zu können. Brolon wusste, dass die Fremden in dem von den schwebenden Sonnen erleuchteten Areal zu geblendet sein würden, um etwas außerhalb des Lichtkreises sehen zu können. Sie waren zwar im Besitz einer bösen Magie, stellten sich als Jäger jedoch dümmer an als jedes Kleinkind seines Stammes. Selbst dieses hätte gewusst, dass man immer mehrere Wachposten außerhalb des Feuerscheins eines Lagerfeuers postieren musste, um ihre Augen an die Dunkelheit zu gewöhnen. Die Fremden würden nichts wahrnehmen können, was sich aus den Schatten der Nacht an ihr Lager heranschlich. Er hingegen konnte jede ihrer Bewegungen so deutlich erkennen, als sei heller Tag.

Sein Plan war sehr einfach. Es kam ihm nicht darauf an, hier einige der Eindringlinge zu töten, dies wäre für ihn ein Leichtes gewesen, er wollte hochsteigen zum Loch nach Achmaan, um dieses zu vernichten und dort sein Leben im Kampf gegen die Götzendiener zu opfern. Durch dieses Vorgehen würde er nicht nur den Tod seiner Geliebten rächen es würde ihm auch das Wohlwollen der Götter und einen Aufenthalt in ihrem ewigen Reich garantieren. Wer sein Leben im Kampf gegen das Böse gab, wurde im Jenseits von den Göttern reich belohnt. So stand es seit den Zeiten der letzten auf *Heimat* wandelnden Göttin Doriana geschrieben. Seit sie in den Himmel gefahren war, um mit den anderen Göttern zwischen den Sternen zu wandeln, oblag es Brolons

Stamm, ebenso wie allen anderen Stämmen auf *Heimat*, Dorianas Ansehen zu wahren, ihre Gesetze zu befolgen und sich auf ihre Rückkehr vorzubereiten.

Brolon kroch auf dem Bauch bis zur Wasserstelle. Vorsichtig schöpfte er eine Handvoll Wasser, um den Geschmack von Asche aus dem Mund zu spülen. Dann nahm er etwas von dem schwarzen Schlamm, der sich am Grund gesammelt hatte, und schmierte sich damit das Gesicht sowie alle weiteren freiliegenden Hautpartien ein. Auf diese Weise würden nur noch seine Augen in der Dunkelheit zu sehen sein. Um auch diese Gefahr zu bannen, schlich er mit eng zusammengekniffenen Lidern vorsichtig weiter.

Im Lager hatte sich niemand um den Zwischenfall gekümmert. Brolon hatte in den vergangenen Monaten beobachten können, dass immer wieder große und kleine Tiere in die unsichtbare Zauberwand geraten waren. Besonders bei Nacht hätte das helle Aufblitzen den Fremden auffallen müssen, doch sie verließen sich offensichtlich auf die tödliche Wirkung der Absperrung. Niemals war jemand gekommen, um an der entsprechenden Stelle nachzusehen. Auch jetzt interessierte es niemanden, ob wieder ein Tier durch den bösen Zauber zu Asche verbrannt worden war.

Brolon robbte, jede noch so kleine Deckung ausnützend, bis zum ersten Gebäude. Er spähte um die Ecke und sah einen der metallenen Vögel, dessen Hinterteil sich geöffnet hatte. Einige der Fremden waren damit beschäftigt, Kisten in seinen Bauch zu schieben. Brolon war nicht dumm. Er hatte natürlich längst erkannt, dass es sich bei den seltsamen Flugobjekten nicht wirklich um Vögel handelte, sondern um etwas, das die Eindringlinge wohl selbst erbaut oder durch einen mächtigen Zauber erschaffen haben mussten. Er konnte eine widerstrebende Bewunderung nicht unterdrücken. Durch die Luft fliegen zu können war eine erstrebenswerte Errungenschaft. Ihm war klar, dass sie dies nutzten, um schwere Lasten über weite Strecken zu transportieren. Wie diese Kisten.

Er sah sich weiter um. Ganz in der Nähe entdeckte er noch mehr dieser Kisten. Immer wieder näherte sich ein seltsames Ding, das ebenfalls durch die Luft schweben konnte, hob eine der Kisten an und trug sie zu dem Vogel hinüber. Dort bellte einer der Fremden mit knarzender Stimme seine für Brolon unverständlichen Anweisungen, woraufhin andere sie verluden. Gleiches hatte er aus der Ferne bereits früher beobachten können und seinen Plan darauf gegründet.

Vorsichtig arbeitete er sich zu dem Stapel der Behälter vor. Niemand sah in seine Richtung. Die Arbeit auf dem Landefeld beanspruchte ihre volle Aufmerksamkeit. Brolon wartete, bis der schwebende Gehilfe, der ebenfalls gänzlich aus

Metall zu bestehen schien, wieder eine Kiste abgeholt hatte. Dann schlich er zu einem der Behältnisse. Es war etwa so lang wie er und eine halbe Manneslänge hoch und breit. Oben sah er einen Deckel, der nur von zwei einfachen Verschlüssen gehalten wurde, ähnlich denen, die auch in seinem Dorf Verwendung fanden. Er öffnete die Verschlüsse und hob den Deckel einen Spalt an. Die Kiste war nur zu Hälfte gefüllt. Er konnte im schwachen Licht der schwebenden Sonnen erkennen, dass es sich um schmutzige Kleidungsstücke der Fremden handelte. Schnell öffnete er den Spalt so weit, dass er sich hindurchzwängen konnte, und ließ die Klappe über sich zufallen. Der Gestank nach Schmutz und Unrat, nach fremdem Schweiß und anderen undefinierbaren Dingen schlug ihm entgegen. Brolon wühlte sich, so tief er konnte, in den Berg getragener Kleidung und atmete nur noch durch die Nase. Er verbarg sich unter den stinkenden Wäschestücken. Die Kiste war nach seinem Eindringen nicht mehr verschlossen und er hoffte, dass dies die Fremden nicht misstrauisch machen würde.

Nur kurze Zeit später spürte er, wie sein Versteck angehoben wurde. Kurz darauf setzte es mit einem harten Ruck wieder auf dem Boden auf. Brolon konnte hören, wie eine knurrende Stimme etwas rief. Er hörte, wie sich der Deckel der Kiste hob. Anscheinend spähte jemand hinein. Dann schlug er wieder zu und die Verschlüsse rasteten hörbar ein. Die Kiste bewegte sich erneut. Brolon stellte sich vor, wie sie jetzt in den Bauch des metallenen Vogels geschafft und dort neben die bereits verladenen gestellt wurde. Bis jetzt war sein Plan aufgegangen. Er fragte sich, wie er die Kiste später von innen öffnen sollte. Um dieses Problem würde er sich kümmern, wenn die Zeit dafür gekommen war. *Eins nach dem anderen*, sagte er sich.

Es dauerte nicht lange, und Brolon hörte ein gedämpftes Wummern und Donnern. Ein kurzer Ruck gab ihm die Gewissheit, dass sein Flug zum Loch von Achmaan begonnen hatte. Er tastete nach dem Messer, das er in einer Beinscheide trug. Diese Klinge, seine Fäuste und sein Hass würden die Werkzeuge seiner Rache sein.

21.

Trrach wusste, dass er einen zweiten Anschlag nicht überleben würde. Nachdem er in der Krankenstation erwacht war, hatte ihn der Kommandant besucht.

»Das war ein geschicktes Manöver, Trrach«, sagte er.

»Ich weiß nicht, was Sie meinen.«

Der Kommandant hatte nur knurrend gelacht.

»Halten Sie mich nicht für einen Dummkopf! Sie haben sich die Verletzung selbst zugefügt.«

»Warum hätte ich das tun sollen?«

Der Kommandant schwieg für einen Augenblick.

»Diesmal hatten Sie Glück. Und Sie waren geistesgegenwärtig genug, einen Ausweg zu finden. Das wird Ihnen nicht jedes Mal gelingen.«

»Warum sind Sie hier?«

Wieder sah der Kommandant Trrach prüfend an.

»Hören wir auf mit dem Versteckspiel, Trrach. Sie wissen, dass Sie Maren´Thar nicht lebend verlassen werden. Aber natürlich haben Sie auch längst erkannt, wie viele Anhänger Sie unter den Gefangenen haben. Wesentlich mehr, als mir lieb sein kann.«

»Ah, Sie können es nicht zu offensichtlich machen, nicht wahr?« Trrach musste trotz seiner aussichtslosen Lage und der offenen Todesdrohung des Kommandanten lachen.

»Ich will offen mit Ihnen reden. Es stimmt! Ihre Ermordung könnte zu … Problemen führen. Ich kann nicht zulassen, dass die Effizienz dieser Anlage gestört wird. Wir haben eine kriegswichtige Aufgabe und die Produktion darf unter keinen Umständen zum Erliegen kommen.«

»Ein Aufstand käme Ihnen sicher ungelegen, nicht wahr?«

Der Kommandant ging nicht auf die Frage ein.

»Ich appelliere an Ihr Ehrgefühl, Trrach. Erweisen Sie Ihrem Volk einen letzten Dienst. Sie haben verloren und es gibt für Sie keinen Weg zurück, das muss Ihnen klar sein. Sie können es nur hinauszögern. Es ist, wie es ist! Unser neuer Führer will, dass Sie so schnell wie möglich verschwinden. Für immer. Es ist meine Aufgabe, dafür zu sorgen, das gebe ich zu. Wenn Ihr Volk Ihnen noch etwas bedeutet, bringen Sie dieses letzte Opfer. Ohne Widerstand.«

Trrach konnte nicht glauben, was der Kommandant von ihm verlangte.

»Sie wollen, dass ich sozusagen freiwillig aus dem Leben scheide?«, fragte er ungläubig.

»Ein Leben, das so oder so zu Ende ist, Trrach. Sie haben es jedoch in der Hand, ob es unsere Pläne gefährdet, oder nicht. Sie haben den längsten Teil Ihres Lebens im Dienst unserer Sache verbracht. Wie können Sie nun, angesichts der unausweichlichen Realität Ihrer Lage, all dies in

Gefahr bringen wollen?«

Plötzlich verstand Trrach. Es ging nicht nur um eventuelle Probleme hier in der Strafkolonie. Er hatte hier mehr Getreue unter den Gefangenen, als man vermutet hatte, und dies stellte den Kommandanten nun vor ein Dilemma: Ließ er Trrach zu lange am Leben, würde er Schwierigkeiten mit Zchroch bekommen, beseitigte er ihn zu offensichtlich, bestünde die Gefahr einer Rebellion mit allen Konsequenzen, auch für ihn persönlich. Zchroch wäre nicht begeistert von einem Produktionsausfall, gerade jetzt, wo er die Invasionspläne mit großer Geschwindigkeit vorantrieb. Aber noch mehr musste Zchroch Sorge bereiten, was geschehen könnte, falls Gerüchte von Trrachs Ermordung nach außen drangen. Wenn Trrach schon hier so viel Unterstützung erfuhr, wie musste es dann innerhalb der Flotte aussehen? Seine Anhänger würden eine solche Nachricht nicht mit Begeisterung aufnehmen. Der Kommandant konnte über dieser verzwickten Situation mehr als nur seinen Posten verlieren und Zchroch riskierte Unmut unter den Offizieren der Flotte, was seine eigene Position in Gefahr brachte. Die eleganteste Lösung für beide wäre sicherlich, wenn Trrach freiwillig aus dem Leben scheiden würde. *Als letzter Dienst an seinem Volk*, wie der Kommandant es ausgedrückt hatte, indem er an Trrachs Pflichtgefühl appellierte.

»Sie müssen verrückt sein!«, sagte Trrach. »Sie

erwarten allen Ernstes von mir, dass ich Zchrochs Verrat mit einem Selbstmord nachträglich legitimiere?«

»Ich erwarte von Ihnen, dass Sie im Interesse unseres Volkes handeln, Trrach. In diesem Fall verspreche ich Ihnen, dass man Sie als großen Volkshelden in Erinnerung behalten wird. Andernfalls …« Er ließ das Ende des Satzes unausgesprochen.

Der Kommandant stand auf und blickte auf Trrachs Krankenbett.

»Ich denke, es ist alles gesagt. Ich gebe Ihnen zehn Tage, über alles nachzudenken. Dann geht es zu Ende. So oder so.«

»Zehn Tage? Ein zweiter 'Unfall' zu kurz nach dem ersten wäre wohl unglaubwürdig?«, konnte sich Trrach die Frage nicht verkneifen.

Der Kommandant sah ihn mit unbewegtem Gesicht an.

»Ich denke, wir haben uns verstanden. Zehn Tage!«

Dann drehte er sich um und verließ den Raum.

22.

»Du hast uns beinahe umgebracht!« Jalina schrie die Worte förmlich heraus und war kaum zu beruhigen. »Es war pures Glück, dass wir mit heiler Haut davongekommen sind.«

»Es war die richtige Entscheidung«, beharrte Grand. »Ohne die gewonnenen Erkenntnisse könnten wir nicht einmal im Traum daran denken, diesen Trrach zu befreien.«

»Bist du so naiv, oder tust du nur so? Was nützen uns diese Erkenntnisse? Jetzt sind die Ra´hul gewarnt und es wäre Wahnsinn, einen Befreiungsversuch zu unternehmen.«

»Gerade weil sie nicht mehr damit rechnen, kann es klappen, Jalina. Zudem können sie nicht wissen, wer in das System eingedrungen ist und warum. Für sie kann es genauso gut der verzweifelte Versuch einer in dieser Galaxie einheimischen Spezies gewesen sein, doch noch etwas gegen die Invasoren zu unternehmen.«

»Das glaubst du doch selbst nicht!« Jalina schüttelte den Kopf. »Sie kennen die technologischen Fähigkeiten der hiesigen Völker. Eine solche Aktion und auch unsere erfolgreiche Flucht wäre keiner dieser Zivilisationen gelungen. Nein, Michael, die Ra´hul wissen genau, wer es gewesen ist. Zumindest können sie sich ausrechnen, dass es ein Schiff aus der Milchstraße gewesen sein muss.«

»Jalina hat recht«, sagte Hakera, die wieder als eiförmiger, semi-materieller Avatar an der Besprechung teilnahm. »Sie könnten sogar den Schluss ziehen, dass es wahrscheinlich ein Schiff der BEWAHRER oder eines der Liga gewesen sein muss. Die Ra´hul dürften inzwischen recht genaue Informationen darüber gesammelt haben, auf welchem technologischen Niveau die Zivilisationen der Milchstraße stehen.«

Grand warf resignierend die Arme in die Höhe und wurde jetzt selbst wütend.

»Dann sagt mir doch, was ich stattdessen hätte tun sollen? Wir haben keinen anderen Plan. Es gibt nichts, wo wir ansetzen könnten. Wir haben nur zwei verdammte Schiffe und uns geht die Zeit aus. Zuhause warten sie verzweifelt darauf, dass wir mit einer guten Nachricht zurückkehren. Die Galaxis steht vor dem Untergang und wir streiten uns hier, ob ich ein zu hohes Risiko eingegangen bin. Das ist doch verrückt! Wenn es je an der Zeit war, ein hohes Risiko einzugehen, dann jetzt. Die ganze verdammte Mission ist ein einziges hohes Risiko. Wir haben nichts zu verlieren, verdammt noch mal!«

»Mike hat recht!« Es überraschte Grand, dass es ausgerechnet Kranchoor war, Jalinas langjähriger Freund, der ihm beistand. »Wir haben nur diesen einen Versuch. Und uns läuft die Zeit davon. Wenn wir den ehemaligen Chef der Invasionsflotte nicht in die Finger kriegen, wissen wir nicht mehr, was wir noch tun könnten. Es war das Risiko wert, und es ist gut ausgegangen, nicht wahr?«

Für Kranchoors Verhältnisse war dies eine lange Rede. Auch Poggy signalisierte Zustimmung. Jalina blickte ihre Gefährten fassungslos an.

»Ich kann nicht glauben, dass ihr ihm beisteht. Mike hat die gesamte Mission aufs Spiel gesetzt und ihr applaudiert ihm noch.«

»Ohne die Entführung des Alten gibt es keine Mission mehr, begreif das doch«, versuchte Grand es erneut. »Und ohne die Informationen über Maren´Thar wird es keine Entführung geben. Andernfalls wäre es ein Selbstmordkommando.«

»Auch ich stimme nach Abwägung aller Faktoren dem Unsterblichen Michael Cordwainer Grand zu«, sagte die Supreme-KI der *Stürme*, die der Auseinandersetzung bisher schweigend gefolgt war. »Ohne die Informationen hätte die Wahrscheinlichkeit für ein Gelingen der Operation etwas mehr als dreißig Prozent betragen.«

»Wie hoch ist sie wohl jetzt, da die Ra´hul wissen, dass wir uns für ihr Straflager interessieren?«, fragte Jalina mit ätzendem Spott in der Stimme.

»Nach meinen Berechnungen liegt sie bei fast fünfzig Prozent«, antwortete die Supreme-KI.

Jalina brach in schallendes Gelächter aus.

»Wir sterben also nur noch in jedem zweiten Fall anstatt in jedem dritten.« Die hochgewachsene Kolltanerin sah Mike durchdringend an. »Danke dafür, Terraner, dass du uns beinahe umgebracht hast, damit wir beim nächsten Mal mit einer etwas geringeren Wahrscheinlichkeit getötet werden. Falls du es vergessen haben solltest – es gibt keine zweite Chance auf Unsterblichkeit!«, setzte sie hinzu.

»Ich bin mir bis heute nicht sicher, ob ich die erste überhaupt haben wollte«, schnappte Grand zurück.

»Sie ist ein Geschenk, du Idiot!« Jalina war nun richtig wütend. Erst ignorierte Grand sie während der Mission, dann stellten sich sogar ihre Freunde gegen sie und nun schien dieser Kretin nicht einmal die Unsterblichkeit zu würdigen. Ganz zu schweigen von den Verpflichtungen, die sie mit sich brachte. »Ein Geschenk, das du mir verdankst, nebenbei bemerkt!«, platzte es aus ihr heraus.

Mike sah Jalina verblüfft an.

»Dir? Wieso sollte ich es dir verdanken? Ich bin an meinen Verletzungen gestorben und die Nanoassembler der LifeCell im Hort haben die Schäden repariert und mich unsterblich gemacht. Was hattest du damit zu tun?«

Erst jetzt bemerkte Jalina, was ihr herausgerutscht war. Sie hätte sich ohrfeigen können.

»Ich … ich hatte … nicht … nichts damit zu tun. Du hast recht«, stammelte sie.

»Was verschweigst du mir, Jalina?« Es entging Grand nicht, dass mehr hinter ihrer Aussage stecken musste. Ein schlimmer Verdacht keimte in ihm auf. »Was ist damals wirklich geschehen? Ich war doch rettungslos verloren und musste sterben, nicht wahr? Das hast du mir jedenfalls gesagt.«

Jalina sah ihn nur an und wusste nicht, was sie sagen sollte. Sie wollte ihn nicht anlügen, doch die Wahrheit konnte jedes Vertrauensverhältnis zwischen ihnen für immer zerstören. Sie öffnete den Mund und schloss ihn wieder. Grand sah, dass sich ihre Augen mit Tränen zu füllen begannen.

»Mike … ich … es« Die richtigen Worte wollten ihr nicht einfallen und sie wäre am liebsten vor Scham im Boden versunken. Grand schien sie mit Blicken durchbohren zu wollen.

»Hakera«, sagte er und wandte sich zur KI der *Rhelina*. »Was genau ist damals geschehen?« Die KI zögerte mit der Antwort, was Grand noch nie erlebt hatte. »Hakera, ich will die Wahrheit wissen. Musste ich damals sterben?«

»Nein, Michael«, antwortete Hakera nach einigen Sekunden, die Grand wie eine Ewigkeit vorkamen. »Ich hätte dich so weit stabilisieren können, dass du den Hort lebend erreicht hättest. Dort wäre es eventuell möglich gewesen, dein Leben mithilfe von kybernetischem Organersatz zu retten.«

Langsam drehte sich Grand wieder zu Jalina um.

»Was hast du getan?«, flüsterte er entsetzt.

»Mike, ich …« Wieder versagte Jalina die Stimme und Tränen begannen an ihren Wangen herabzurinnen. »Es … es tut mir so leid! Du warst so … so schwer verletzt und hattest solche …

Zweifel. Ich … es war nicht klar, ob … du wärst nie wieder der … der Alte gewesen. Ich … ich wollte nur …« Sie begann zu schluchzen. »Bitte verzeih mir, Michael!«

»Darüber hattest du nicht zu entscheiden.« Grand konnte nicht glauben, dass sich Jalina zur Herrin über Leben und Tod aufgeschwungen hatte. Dass sie ihn angelogen hatte. Dass er nicht hätte sterben müssen. »Es war … ist … *mein* Leben! Du wusstest genau, dass ich mir noch nicht sicher war. Du hast dich zum Richter über mein Leben gemacht, eine Entscheidung getroffen, die nur mir alleine zustand. Du hast mich belogen und betrogen, Jalina. Das ist …« Grand schüttelte den Kopf, dreht sich um und wollte die Zentrale der *Rhelina* verlassen. Hinter ihm erklang ein lauter Aufschrei von Jalina.

»Ich habe es doch nur getan, weil ich mich da bereits in dich verliebt hatte!«

Grand stockte mitten im Schritt, drehte sich um und starrte Jalina ungläubig an. Sie stand mit tränenüberströmtem Gesicht mitten in der Zentrale und wirkte wie ein kleines, hilfloses Mädchen. Kranchoor und Poggy saßen ebenfalls wie gelähmt in ihren Sesseln. Es herrschte plötzlich völlige Stille in der Zentrale, die nur von Jalinas Schluchzen unterbrochen wurde.

Mike sah sie einige Sekunden mit unbewegtem Gesicht an, drehte sich wortlos um und ging. Er konnte sie noch im Gang weinen hören.

23.

Mutter hatte die Einsatzteams rings um den fraglichen Sektor des Horts abgesetzt. Ein Problem war die Kommunikation. Natürlich hatte jeder ein KommImplant, das sowohl den Kontakt untereinander als auch mit der KI ermöglichte, allerdings verfügte auch der vermeintliche Attentäter darüber. Es war deshalb unmöglich, auf dem allgemeinen Kanal Informationen auszutauschen, da Weyron hätte mithören können. *Mutter* wählte für jedes Team einen eigenen, abgeschirmten und ständig wechselnden Kanal. Eine Verbindung zwischen zwei oder mehr Teams musste über *Mutter* laufen, was Absprachen zeitraubend und umständlich machte. Die Verzögerung betrug zwar nur ein paar Sekunden, aber dies konnte einem Hunderttausend Jahre alten Unsterblichen mit großer Einsatzerfahrung genügen, um sich einer Gefangennahme zu entziehen. Außerdem kannte er nach so langer Zeit jeden Winkel des Horts wie seine Hosentasche – oder das Äquivalent an seiner auf den arachnoiden Körper zugeschnittenen Uniform.

Weyron wusste, dass sein Fehlen inzwischen aufgefallen sein musste. Er hatte zwar keinen Alarm vernommen, aber dies konnte eine Finte sein. Sein Komm-Kanal blieb nach wiederholten Aufforderungen, sich zu melden, auffallend stumm. Er ging davon aus, dass es *Mutter* unmöglich sein würde, ihn zu orten, solange er den Tarnfeldemitter an seinem Gürtel eingeschaltet ließ. Dieser verbarg ihn nicht nur energetisch, sondern umhüllte ihn zusätzlich mit einem Deflektorfeld, das ihn auch im optischen Frequenzband unsichtbar machte.

Ein Problem blieb jedoch. Der Sektor war vor seiner Nase verriegelt worden. *Mutter* würde nicht nur jeden Versuch registrieren, ein Schott zu öffnen, während eines Alarms war dies nur mit ihrer Genehmigung möglich. Er war ausgesperrt. Weyron überlegte, dass ihm zwei Möglichkeiten blieben, um sein Ziel doch noch zu erreichen: Er konnte versuchen, durch Wartungsschächte und Belüftungskanäle einzudringen, oder unbemerkt jemandem folgen, der den Sektor betrat. Dieser Weg erschien ihm erfolgversprechender.

Mutter konnte sich nicht sicher sein, ob er den Sektor nicht bereits vor der Verriegelung betreten hatte. Sie musste jemanden schicken, um nachzusehen. Im Schutz seines Tarnfeldemitters konnte er vielleicht mit durch das sich öffnende Schott schlüpfen. Allerdings gab es mehrere Zugänge zu dem Bereich, in dem sich der Bulkanker befand. Weyron musste sich entscheiden, vor welchem er sich auf die Lauer legen wollte.

Ylanthu und Threlak´Klonn´Arbor materialisierten im Gang vor einem Schott, das den kürzesten Weg zum Bulkanker versperrte. Alle anderen Zugänge führten nur über Umwege zum wahrscheinlichen

Ziel des Flüchtigen. Dass Weyron als Bedrohung angesehen werden musste, durfte als gesichert gelten. Er war im Hort, hatte sich auch nach mehrmaliger Aufforderung nicht gemeldet und konnte nicht geortet werden, was nur möglich war, wenn er dies aktiv verhinderte. Und wenn der hoch angesehene Weyron zur Gefahr wurde, konnte es nur eine Erklärung geben: Auch er stand unter dem Einfluss der Suggestoren!

Die beiden hatten ihre Individualschilde aktiviert, obwohl sie nicht annahmen, dass Weyron sofort das Feuer eröffnen würde, wenn er sie sah. Dies hätte seinen Standort verraten – sein einziger taktischer Vorteil, den er nicht so schnell aufgeben würde.

Threlak´Klonn´Arbor schwebte in seiner Ambientalblase durch den Gang, während Ylanthu neben ihm her watschelte. Milgorer waren notorisch schlechte Läufer, und er beneidete den Vorsitzenden um dessen bequeme Art der Fortbewegung.

»Mutter, wie groß ist die Wahrscheinlichkeit, dass Weyron bereits in den abgesperrten Bezirk eingedrungen ist?«, fragte Ylanthu.

»Da ich nicht genau sagen kann, wann er sein Quartier verlassen hat, fehlen mir Fakten zur exakten Berechnung. Nach den mir vorliegenden Informationen ist es eher wahrscheinlich, dass er es nicht geschafft hat.«

»Wir sollten die Möglichkeit jedoch nicht außer

Acht lassen«, sagte Threlak´Klonn´Arbor. »Es wäre katastrophal, ihn hier draußen zu suchen, während er ungestört den Bulkanker manipulieren kann.«

»Dem stimme ich zu.«

Threlak´Klonn´Arbor gab etwas in die Holofeldsteuerung seiner Blase ein. Ein kleiner Detektor schob sich aus dem Schulterbereich.

»Das wird nicht viel nützen«, sagte Ylanthu, als er es bemerkte. »Unter seinem Tarnfeld ist er nicht aufzuspüren.«

»Ich habe mir etwas überlegt. Wenn ich auch ihn selbst nicht orten kann, so ist es jedoch vielleicht möglich, seinen Einfluss auf die direkte Umgebung festzustellen. Er hat nach wie vor eine Masse, die er nicht verbergen kann. Dieser Detektor registriert winzige gravitationelle Veränderung in der näheren Umgebung. Selbst die geringste Gravitationswirkung führt zu einer Verformung des Raumes, die mein Gerät feststellen kann.«

»Warum kann Mutter das nicht?«

»Im Innern des Horts befinden sich keine hierfür geeigneten Sensoren«, sagte die KI, die das Gespräch verfolgte. »Die Reichweite ist zudem sehr gering. Weyron müsste sich beinahe direkt neben euch aufhalten, um die minimale Raumverzerrung anmessen zu können.«

»Öffne das Schott«, sagte Ylanthu.

»Wird geöffnet.«

Zuerst verschwand das Energieschild, das bei einem Alarm über kritische Zugänge gelegt werden konnte, dann öffnete sich die Iris des Durchgangs. Die Dorianer hatten aus Sicherheitsgründen an wichtigen Stellen schwere Schotte installiert, um sich bei einem Zwischenfall nicht ausschließlich auf Energieschirme verlassen zu müssen. Bei einem Ausfall der Energieversorgung würden auch sie zusammenbrechen. Gute alte Barrieren aus festen Materialien waren manchmal sicherer als hochmoderne Technik. Vor allem, wenn das Material aus einer unzerstörbaren Legierung bestand.

Threlak´Klonn´Arbor und Ylanthu zogen ihre Neurodisruptoren und betraten den abgesperrten Bereich.

Zwei Mitglieder des Gremiums! Der Zufall hatte ihm zwei der höchstrangigen Unsterblichen in den Weg gestellt. Die in sein Gehirn gepflanzten Befehle beherrschten sein Denken inzwischen völlig und das letzte kleine Fünkchen eigenen Willens war schon lange erloschen. Zwei Feinde, aber eine Möglichkeit!

Er konnte nicht hören, was sie besprachen. Es war ärgerlich, dass man ihn aus dem Komm-Netz ausgeschlossen hatte, aber es war absehbar gewesen. Weyron hatte nicht erwartet, dass sein Vorhaben leicht sein würde. Er *musste* den Bulkanker erreichen und hier bot sich eine Gelegenheit, die Absperrung zu durchbrechen. Jeden Moment würde sich das Schott öffnen. Dies war logisch, denn *Mutter* konnte nicht sicher wissen, ob sie ihn erfolgreich ausgesperrt hatte.

Weyron stand eng an die Wand gepresst nur ein paar Meter von Threlak´Klonn´Arbor und Ylanthu entfernt. Es war ein seltsames Gefühl, die beiden direkt vor sich zu sehen und zu wissen, dass er hingegen für sie völlig unsichtbar war. Nun kam es darauf an, den richtigen Moment abzupassen. Weyron musste davon ausgehen, dass *Mutter* das Schott, nachdem die beiden es durchquert hatten, umgehend wieder schließen würde. Er durfte nicht mehr als einen Meter hinter ihnen zurückbleiben und musste dabei aufpassen, dass er sie nicht zufällig berührte. Auch wenn sie ihn nicht sehen oder orten konnten, ein zufälliger Rempler hätte sie sofort auf ihn aufmerksam gemacht.

Das Tarnfeld verschluckte auch jedes Geräusch, sodass sich Weyron keine besondere Mühe geben musste, leise zu sein. Er sah, dass sich aus der Ambientalblase von Threlak´Klonn´Arbor eine kleine Antenne entfaltete. Er hätte gerne gewusst, worum es sich handelte, machte sich jedoch wenig Sorgen. Das dorianische Tarnfeld war mit keiner bekannten Technik zu durchdringen. Zumindest nicht mit den Mitteln, die den beiden hier zur Verfügung standen.

Es wäre einfacher gewesen, wenn er sie sofort nach dem Durchgang durch das Schott hätte erschießen können, aber ersten waren Threlak´Klonn´Arbor und Ylanthu vorsichtig genug gewesen, ihre Individualschilde zu aktivieren, und zweitens hätte der Ausgangspunkt der Schüsse *Mutter* sofort verraten, wo er sich befand. Mit ihrem Spontantransmitter hätte sie ihn umgehend aus dem Hort befördern können.

Vorsichtig näherte er sich den beiden. Er stand so dicht hinter Ylanthu, dass er ihn mit der ausgestreckten Hand hätte berühren können, als sich das Schott öffnete.

Hinter ihnen schloss sich der Durchgang wieder und der Energieschirm baute sich auf. Vor Ylanthu erstreckte sich ein langer Gang mit Abzweigungen rechts und links vor ihnen. Eine führte zu einer Art Werkstatt. Sie wurde so genannt, weil man keinen besseren Namen dafür gefunden hatte. Hunderte von kleinen, teilweise nicht mehr als millimetergroßen Bots schwärmten ununterbrochen von hier aus, um irgendwo in den Weiten des Horts Wartungs- und Reparaturarbeiten durchzuführen. Was nicht vor Ort repariert werden konnte, brachten größere Maschinen hierher, wo sich Dutzende der kleinen Bots über die defekten Teile hermachten. Der andere Seitengang endete in einem der vielen Energieverteiler. Geradeaus ging es direkt zum Bulkanker, der hinter einer letzten verschlossenen Absperrung lag.

»Die Werkstatt zuerst?«, fragte Threlak´Klonn´Arbor.

Ylanthu bejahte und sie wandten sich nach links. Wenige Schritte entfernt öffnete sich der Gang in eine große Halle. Tausende von Bots wuselten umher, größere Roboter schleppten Maschinen oder schoben sie auf Neutrogravkissen vor sich her, auf halb zerlegten Aggregaten wimmelte es von kleinen Reparaturbots, sodass sie aussahen, als seien sie von Insekten besiedelt. Ab und zu blitzten Energiebögen auf und unterschiedliche Geräusche bildeten eine in den Ohren schmerzhafte Kakofonie. Roboter waren unempfindlich gegen Lärm und Threlak´Klonn´Arbor reduzierte den Input seiner Mikrofone. Ylanthu verzog das Gesicht.

»Wie sollen wir ihn finden, falls er sich hier versteckt?«

»Überhaupt nicht«, erwiderte Threlak´Klonn´Arbor. »Mutter, kannst du den Durchgang blockieren?«

»Natürlich«, kam umgehend die Antwort.

Aus der Halle schwebte eine Maschine heran und versperrte den Durchlass.

»Bitte tretet zurück in den Gang«, sagte *Mutter*.

Die beiden Unsterblichen folgten der Aufforderung. Augenblicklich erzeugte der Bot einen Energieschirm, der sich über den Durchgang legte.

»Ein Schutzschirm, der ansonsten bei Arbeiten eingesetzt wird, bei denen hohe thermische Emissionen entstehen«, erklärte Mutter. »Leider verfügt der Zugang zur Werkstatt nicht über einen eigenen Energievorhang, aber dies sollte genügen.«

»Falls er hier drin ist, kann er zumindest keinen großen Schaden mehr anrichten«, sagte Ylanthu. »Es gibt keinen zweiten Ausgang.«

»Ich versiegele den Energiewandler auf die gleiche Art«, teilte Mutter ihnen mit.

»Hat eines der anderen Teams schon etwas Ungewöhnliches bemerkt?«, wollte Threlak´Klonn´Arbor wissen.

»Negativ!«

»Dann bleibt für uns nur noch der Bulkanker selbst«, stellte Ylanthu fest. »Hoffen wir, dass es ihm noch nicht gelungen ist, bis dorthin vorzudringen.«

Sie machten sich auf den Weg. Kurz darauf standen sie vor dem letzten Schott. *Mutter* hatte es ebenso wie alle anderen geschlossen.

»Öffnen«, sagte Threlak´Klonn´Arbor.

»Bestätigt!«

Weyron beobachtete amüsiert die Bemühungen der beiden Unsterblichen. Natürlich machte es aus ihrer Sicht Sinn, nach und nach jeden einzelnen Raum zu untersuchen und zu isolieren. Selbst wenn sie ihn unter seinem Tarnfeld nicht aufspüren konnten, wäre er auf diese Weise festgesetzt worden und hätte früher oder später aufgeben müssen – wenn er sich tatsächlich in einem der Räume aufgehalten hätte. Aber er konnte sich frei bewegen, solange er sich nur an die Fersen der beiden heftete. Sie würden ihm den Weg zum Bulkanker freiräumen, ohne es zu wissen.

Er folgte ihnen bis zum letzten Schott, das ihn von seinem Ziel trennte. *Mutter* würde auch hier die Verriegelung aufheben. Weyron musste nur abwarten. Es war fast zu einfach. Am Bulkanker angekommen würde er sich der beiden entledigen. Es spielte dann keine Rolle mehr, ob *Mutter* seinen Standort anmessen konnte. Er würde unmittelbar danach die Bombe zünden, die er mit sich führte. Wenn er nahe genug an den Bulkanker herankam, würde sie ihn in Tausend Stücke zerreißen und den Hort den Gewalten des Bulk ungeschützt preisgeben. Dies würde ihn entweder vernichten, was wahrscheinlich war, oder er würde unkontrolliert in den Normalraum zurückstürzen. Vermutlich Abermillionen Lichtjahre von der Milchstraße entfernt. So oder so würde die Liga der Unsterblichen für die Ra´hul keine Bedrohung mehr darstellen.

Vor Threlak´Klonn´Arbor und Ylanthu verschwand das letzte Hindernis, das ihn von der Erfüllung seines Auftrags trennte. Weyron betrat dicht hinter ihnen die riesige Halle.

Vor ihnen lag das Herz des Horts. Niemand hatte bisher erkunden können, wie die gewaltige Anlage funktionierte. *Mutters* Datenbanken waren vor langer Zeit gelöscht worden und auch Hakera besaß keine Informationen über die zugrunde liegenden Prinzipien. Die Anlage selbst arbeitete völlig autark. Sie benötigte keine Wartung und war vollkommen eingekapselt. Meterdicke Leitungen führten von ihr an die Außenseite des Horts, wo ebenso geheimnisvolle Modulatoren das Abschirmfeld erzeugten, das den Hort im Bulk hielt.

Der Bulkanker war eine Säule von mehr als zweihundert Metern Höhe und fast einhundert Metern im Durchmesser. Völlig glatt und ohne jeglichen Zugang. Aus dem oberen Ende des perfekt zylindrischen Körpers entsprangen die dicken Energieleiter. Sie führten zur Decke der hohen, kuppelförmigen Halle und breiteten sich dabei zunehmend aus, was dem Ganzen fast das Aussehen eines riesigen Baumes verlieh, der seine Äste gen Himmel reckte.

Threlak´Klonn´Arbor und Ylanthu machten einen Schritt nach vorn. Der Halgoraner blieb plötzlich stehen.

»Er ist hier«, sagte er. »Hinter uns! Mutter – *jetzt!*«

Urplötzlich baute sich ein Schirmfeld auf, das die beiden Unsterblichen nach vorne sowie von der Rückseite her umgab. Es war kein besonders starkes Feld und würde keine Strahlerschüsse abhalten können, aber für eine einzelne Person, die zudem zu Fuß unterwegs war, würde es sich als undurchdringlich erweisen. Gleichzeitig füllte sich der Raum zwischen den beiden Energievorhängen mit feinem Nebel. Nur einen Meter hinter Ylanthu wurden die Umrisse einer spinnenähnlichen Gestalt sichtbar.

Auf diesen Moment hatte Threlak´Klonn´Arbor nur gewartet. Ihm und *Mutter* war von Anfang an klar gewesen, dass es fast unmöglich sein würde, den vermeintlichen Attentäter mit herkömmlichen Mitteln aufzuspüren. Zudem erschien es logisch, dass er die Absperrungen nur im Gefolge eines der Suchteams, geschützt durch seinen Tarnfeldemitter, würde überwinden können. Weiterhin ging *Mutter* davon aus, Weyron würde auf dem kürzesten Weg versuchen, zum Bulkanker vorzudringen, da seine Chancen auf einen erfolgreichen Anschlag mit jeder verstrichenen Minute geringer werden mussten.

Als Konsequenz aus diesen Überlegungen hatte Threlak´Klonn´Arbor sich selbst zusammen mit Ylanthu in die wahrscheinlichste Eindringroute des Gesuchten versetzen lassen. Zugleich waren mikroskopisch kleine Nanobots den beiden an der Decke entlang gefolgt, so gut wie unsichtbar für das bloße Auge. Sie gingen davon aus, dass Weyron der Decke wenig Aufmerksamkeit schenken würde und die Nanobots ihm entgehen mussten. Genau so war es gekommen. Sobald Threlak´Klonn´Arbor die minimale Raumverzerrung angemessen hatte, schnappte die Falle zu. Mehrere der Nanobots errichteten gemeinsam die Energievorhänge, während andere einen feinen Nebel produzierten, der Weyron trotz des Tarnfeldes sichtbar machen musste.

Ylanthu fuhr herum und feuerte sofort. Der

Strahl des Neurodisruptors prallte wirkungslos am Tarnfeld ab, das auch über eine Schutzwirkung zu verfügen schien. Aus der schemenhaften Gestalt donnerte ein Plasmastrahl und traf Threlak´Klonn´Arbor in den Rücken. Der Halgoraner wurde von der Wucht des hochenergetischen Strahls nach vorn geschleudert und prallte gegen den Energievorhang. Sein Individualschild hielt dem Schuss problemlos stand.

Weyron richtete jetzt seine ganze Aufmerksamkeit nach oben. Plasmapuls um Plasmapuls donnerte gegen die Decke und zerstörte die Nanobots. Der Energievorhang hinter ihm begann zu flackern. Wenn es ihm gelang, noch einige der Nanobots zu zerstören, würde die Absperrung gänzlich zusammenbrechen und ihm die Flucht ermöglichen. Ein zweites Mal würde Weyron nicht auf den gleichen Trick hereinfallen. Er durfte nicht entkommen. Ylanthu zog seinen Ionenstrahler und schoss auf die verschwommene Gestalt im Nebel.

Das Tarnfeld war für die Abwehr einer Energiewaffe nicht ausgelegt und der Ionenstrahl schlug glatt durch. Weyron wurde in der Mitte des Rumpfes getroffen. Die acht Beine gaben unter ihm nach und sein Feuer erstarb. Zuckend lag er am Boden und das Tarnfeld erlosch, als die Sicherheitsroutinen des Emitters keine Individualimpulse seines Trägers mehr feststellen konnte. Weyron war tot.

Threlak´Klonn´Arbor rappelte sich auf.

»Wir wollten ihn lebend ergreifen«, tadelte er Ylanthu. »Eine Untersuchung seines Gehirns hätte wertvolle Aufschlüsse über die suggestive Beeinflussung liefern können.«

»Ich konnte ihn nicht entkommen lassen«, entschuldigte sich Ylanthu. »Es ist nicht sicher, ob wir ihn ein zweites Mal so leicht hätten aufspüren können.«

Er beugte sich nach vorn und untersuchte die Leiche. Am Gürtel hing ein etwa faustgroßer Gegenstand.

»Eine Gravitationsbombe!«, sagte er. »Damit hätte er den Bulkanker in Stücke reißen können.«

»Vielleicht nicht das, aber zu schweren Beschädigungen hätte es sicher geführt«, schaltete sich *Mutter* ein. »Es hätte den Hort höchstwahrscheinlich aus dem Bulk stürzen lassen. Mit allen denkbaren Konsequenzen.«

»Rufe alle Teams zurück«, sagte Threlak´Klonn´Arbor zu der KI. »Wir haben einiges zu besprechen.«

24.

»Ich werde ein nochmaliges Versagen nicht dulden.« Zchroch war aufgebracht und ließ es den Kommandanten von Maren´Thar spüren. »Aber gut, ich habe ihn ebenso unterschätzt wie Sie. Der Alte ist schlauer, als ich gedacht habe, und es war nicht vorauszusehen, dass er unter den Gefangenen so viele Getreue finden würde. Ich gebe Ihnen zehn Tage, Kommandant. Sollte er bis dahin nicht eliminiert sein, werden Sie seinen Platz bei den Schürfarbeiten einnehmen!«

»Ich habe verstanden und werde gehorchen, höchster Herr. Für die Zukunft unseres Volkes! Und die zweite Angelegenheit …«

»Ich habe mir die übermittelten Daten angesehen und stimme mit der Auswertung der Zentral-KI überein. Es handelt sich mit hoher Wahrscheinlichkeit um ein Schiff aus der großen Galaxie. Wahrscheinlich steckt diese Gruppe von Unsterblichen dahinter. Allerdings weisen die Daten darauf hin, dass es sich nur ein sehr kleines Schiff gehandelt hat. Eine Spähmission, wie auch die KI vermutet.«

»Warum ausgerechnet bei uns, bei Maren´Thar, höchster Herr?«

»Die KI vermutet anhand ihrer Analyse, dass der Feind auf das System aufmerksam geworden sein könnte, als die dortige Inhaftierung von Trrach öffentlich bekannt wurde. Der Feind dürfte inzwischen darüber informiert sein, wie kriegswichtig die Rohstoffe auf dem Mond für uns sind. Ich werde die Systemverteidigung verstärken lassen und weitere Schiffe in das System überstellen, Kommandant. Die KI berechnet eine hohe Wahrscheinlichkeit für einen Angriff auf Maren´Thar.«

»Es wäre Selbstmord, hier anzugreifen, höchster Herr.«

»Wir wissen, dass sie mit zwei Schiffen, eines davon von den sogenannten BEWAHRERN, irgendwo in dieser Galaxie unterwegs sind. Damit sollten wir leicht fertig werden. Wir haben den BEWAHRERN schon zuvor schmerzhafte Niederlagen zugefügt.«

»Sorgen Sie dafür, dass Trrach endgültig verschwindet, Kommandant. Und falls Maren´Thar wirklich angegriffen wird, vernichten Sie die Fremden oder sterben Sie bei dem Versuch. Ich will keine Ausreden hören und meine Großzügigkeit hat Grenzen.«

»Ich habe verstanden und werde gehorchen, höchster Herr. Für die Zukunft unseres Volkes!«

»Für die Zukunft unseres Volkes«, erwiderte Zchroch und beendete das Gespräch.

Er betrachtete das Hologramm der eroberten Galaxie. Es war lächerlich, sich um zwei feindliche Schiffe in diesem riesigen Gebiet zu sorgen. Und doch! Er hatte ein ungutes Gefühl.

Er lehnte sich auf seinem Sitzbock zurück,

wobei er das hintere Bein zur Unterstützung versteifte. Mit seinem vorderen Handlungsarm rieb er sich nachdenklich die vorstehende Schnauze. Es hätte schon längst eine Nachricht aus der großen Galaxie eintreffen müssen. Seine von den Suggestoren mental geprägten Agenten unter den Unsterblichen mussten endlich Erfolge verzeichnen, wenn er sich nicht länger mit dieser Gruppe herumschlagen wollte. Sie zählte zwar nur wenige Mitglieder, diese verfügten jedoch über eine Technologie, die der seines Volkes überlegen zu sein schien. Diese Gruppierung musste schnellstmöglich ausgeschaltet werden. Natürlich würde sie langfristig die Niederlage nicht verhindern können, aber jeder Tag zählte. Die Wissenschaftler hatten nochmals auf die nach ihren Berechnungen schon bald erfolgende Kollision der Branen hingewiesen. Es blieb nicht mehr viel Zeit, alles für den großen Moment vorzubereiten, an dem die Ra´hul dieses Universum zu ihrem eigenen machen würden.

Demnächst würde die große Invasionsflotte eintreffen. Spätestens dann würde die Nachbargalaxie fallen. Der andere Sternennebel, der anschließend noch zu erobern war, würde in kurzer Zeit unter seiner Kontrolle stehen. Die wenigen dort beheimateten Zivilisationen waren technologisch allesamt rückständig und stellten kein Hindernis dar. Die Zukunft seines Volkes würde sich in der Schlacht um die Galaxie entscheiden, die sich wehrte wie bisher keine andere.

25.

»Jalina bittet um Einlass«, sagte der Türmelder. Grand zögerte. Nach der unglaublichen Enthüllung vor ein paar Stunden hatte er sich in seine Kabine zurückgezogen. In ihm tobten widersprüchliche Emotionen, und er musste sich über seine Haltung, was diese Entwicklung anging, über sein Verhältnis zu Jalina und seine zukünftige Stellung in der Liga klar werden. Jetzt stand sie vor seiner Tür und wollte reden. Grand war sich nicht sicher, ob das zu diesem Zeitpunkt eine gute Idee war, aber sie befanden sich mitten in einer Mission, die über die Zukunft der gesamten Milchstraße entscheiden konnte. Sie waren dazu verpflichtet, Konflikte innerhalb des Teams so schnell wie möglich beizulegen. Es ging um weit mehr als nur um persönliche Verletzungen. Grand war die meiste Zeit seines Lebens Soldat gewesen. Professionelles Verhalten in Krisenzeiten war ihm in Fleisch und Blut übergegangen. Auch wenn er sich benutzt und betrogen fühlte, blieb für persönliche Empfindlichkeiten derzeit kein Raum.

»Öffnen!«, sagte er dem Türmelder.

Der undurchsichtige Energievorhang, der an einen blauen Wasserfall erinnerte, löste sich auf. Jalina stand im Durchgang. Sie war sichtlich nervös und konnte Grand nicht in die Augen sehen.

»Darf ich reinkommen?«

»Sonst hätte ich nicht aufgemacht«, antwortete

Grand knapp und eine Spur unfreundlicher, als er eigentlich wollte.

Zögernd betrat Jalina Grands Kabine. Er hatte den Raum mit semi-materiellen Möbeln und einer abgetrennten Hygienebox nur spartanisch von Hakera einrichten lassen. An der Wand vor dem Bett stand ein kleiner Tisch mit einem VR-Interface, an zwei Wänden zeigten Hologramme irdische Landschaften und es gab nur einen Stuhl.

»Setz dich«, sagte Grand und deutete auf den Stuhl. Er nahm auf der Bettkante Platz.

Vorsichtig, als könne er unter ihrem Gewicht zusammenbrechen, ließ sich Jalina auf den Stuhl sinken. Noch immer sah sie ihn nicht an und hielt den Kopf gesenkt. Dann blickte sie auf.

»Mike, ich …« Die Stimme versagte ihr und Grand konnte wieder Tränen in ihren Augen schimmern sehen. Sie war sichtlich erregt und ihre Hände zitterten bei dem Versuch, die Kontrolle zu bewahren. Grand hatte Jalina noch nie so aufgewühlt erlebt.

»Warum bist du hier?«, fragte er schroff.

Er war bereit, Jalina anzuhören, wollte es ihr aber auch nicht zu leicht machen. Was sie getan hatte, traf ihn bis ins Mark.

»Ich wollte mit dir reden. Mich entschuldigen. Auch … auch wenn es für das, was ich getan habe, keine Entschuldigung gibt.« Ihre Worte waren nur noch ein Flüstern. Wieder senkte sie den Blick und starrte auf ihre im Schoß gefalteten Hände.

»Wie konntest du das tun? Ich habe dir vertraut. Du kanntest meine Bedenken, meine Ängste. Du wusstest genau, wie unentschlossen ich war und dass ich Zeit für eine Entscheidung brauchte. Warum hast du mir diese Entscheidung nicht zugestanden?«

Es dauerte einen Moment, bis Jalina antwortete.

»Ich könnte jetzt alle möglichen sachlichen Begründungen anführen«, sagte sie, ohne aufzusehen. Mike musste sich anstrengen, die Worte zu verstehen. »Dass du wichtig für die Liga bist. Dass es vernünftiger ist, als junger Mann unsterblich zu werden und nicht als Greis. Dass man ein solches Geschenk nicht zurückweist. Aber Tatsache ist … ich tat es aus rein egoistischen Motiven. Das wurde mir erst viel später klar. Ich habe mir lange selbst etwas vorgemacht und mir eingeredet, es wäre die richtige Entscheidung gewesen. Rational und logisch. Aber das war es nicht. Es war das, was *ich* wollte, Mike. Ich habe dabei an *mich* gedacht, ohne dass mir dies in dem Moment bewusst war. Das habe ich erst jetzt begriffen.« Sie sah mit fast flehendem Blick zu ihm auf. »Ich wollte dich nicht verlieren. Ich wollte nicht erleben, wie du halb Mensch, halb Maschine sein würdest, falls du überlebt hättest, und ich wollte nicht zusehen müssen, wie du an meiner Seite gealtert wärst, während ich jung geblieben wäre. Ich wollte den Michael Cordwainer Grand nicht verlieren, in den ich mich, ohne es zu wollen, verliebt hatte. Aber jetzt ist mir klar, dass es falsch war. Und es tut mir unsagbar leid!«

Ohne dass Jalina es bemerkte, rannen Tränen über ihr Gesicht. Grand spürte, dass diese Erklärung, diese Entschuldigung aus tiefstem Herzen kam, und trotz seines Ärgers und seiner Verbitterung rührte es ihn. Von der überheblichen, arroganten und stolzen Kolltanerin war in diesem Moment nichts mehr zu sehen. Trotzdem wusste er nicht, wie er darauf reagieren sollte.

»Ich danke dir dafür, dass du den Mut gefunden hast, zu mir zu kommen und mir all das zu sagen«, sagte er nach einer Weile. »Das ist wichtig für mich. Deine Entscheidung ist nun einmal gefallen, und ich muss damit leben, ob es mir gefällt oder nicht. Aber ich muss das alles erst einmal verarbeiten, Jalina. Es hilft mir dabei, dass du jetzt offen zu mir warst.«

»Ich weiß nicht, ob du mir jemals verzeihen kannst, aber es … es würde mir viel bedeuten, Mike. Was ich über meine … meine Gefühle für dich gesagt habe … sie sind echt. Du … ich … ich erwarte nicht, dass … dass du sie erwiderst. Nicht nach dem, was ich getan habe.«

Grand antwortete nicht darauf. Seit Jalina vor ein paar Stunden damit herausgeplatzt war, was sie für ihn empfand, hatte auch er versucht, sich über seine Gefühle für sie klar zu werden. Er musste sich eingestehen, dass da etwas war – mehr als nur etwas! Aber im Moment gab es für diese Gefühle keinen Platz in seinem Herzen. Er benötigte einfach

Zeit, um wieder klare Gedanken fassen zu können. Die Wunde war noch zu frisch. Aber Grand wusste auch, dass er sich zu gegebener Zeit diesen Gefühlen würde stellen müssen. Dann würde er sehen, ob sie Jalinas Verrat überstanden hatten. Jetzt konnte er ihr keine Antwort geben.

»Du solltest jetzt gehen«, sagte er. »Ich werde über alles nachdenken.«

Jalina nickte und stand auf. Gerade als sie zur Tür gehen wollte, erklang *Mutters* Stimme.

»Es tut mir leid, euch stören zu müssen, aber ihr solltet in die Zentrale kommen. Es gibt etwas, das ich euch zeigen muss.«

Jalina stoppte und sah Grand an. Er nickte ihr zu.

»Die Mission ist wichtiger als wir beide. Wir werden auch in Zukunft zusammenarbeiten. Schaffst du das?«

»Natürlich.« Sie lächelte verhalten. »Danke, Mike!«

Poggy und Kranchoor waren bereits anwesend, als Grand und Jalina die Zentrale der *Rhelina* betraten. Auch die beiden KI-Avatare warteten auf sie. Hakera in der Form ihrer üblichen, eiförmigen Gestalt und die Supreme-KI der BEWAHRER wieder als goldener Globus mit zwei Augen. Die beiden Unsterblichen sahen verwundert auf, als Mike und Jalina gemeinsam erschienen, ersparten sich jedoch einen Kommentar. Die verweinten Augen der jungen Kolltanerin sagten genug.

»Meine Fernscanner haben eine interessante Entdeckung gemacht«, begann Hakera, nachdem Mike und Jalina auf zwei freien Sesseln Platz genommen hatten. »Wir müssen davon ausgehen, dass die Ra´hul inzwischen von unserer Anwesenheit wissen. Trotzdem waren über die gesamte Zeit keine verstärkten Flottenbewegungen zu beobachten. Vielleicht wollten sie uns in Sicherheit wiegen. Allerdings hat sich das geändert. In zwei Systeme wurden zusätzliche Schiffe verlegt. Nach Maren´Thar, was zu erwarten war, und in ein System, das uns bisher nicht aufgefallen ist.«

Hakera projizierte ein Hologramm der Triangulumgalaxie mitten in die Zentrale. Die derzeitige Position der beiden Schiffe war durch einen kleinen grünen Punkt gekennzeichnet. Zwei Systeme funkelten rot.

»Das ist Maren´Thar«, sagte die KI und einer der roten Punkte blinkte auf. »Dies ist das andere System.«

Am gegenüberliegenden Rand der Galaxie blinkte der zweite rote Punkt.

»Meine Hypertaster und Fernscanner zeigen eine Sonne der F-Klasse mit fünf Planeten«, fuhr die KI fort. »Keiner umkreist das Zentralgestirn innerhalb der habitablen Zone. Ein völlig unbedeutendes System. Drei Gesteinsplaneten und zwei Gasriesen. Es liegt weder strategisch günstig noch könnten sich die Ra´hul dort irgendwo ansiedeln. Trotzdem wurden kürzlich mehrere

Kampfschiffe dorthin verlegt.«

»Es könnte sich um eine Falle handeln. Ein unwichtiges System interessant machen in der Hoffnung, unser Interesse zu wecken. Und dann zuschlagen«, meinte Poggy.

»Oder ein Ablenkungsmanöver, um uns von wichtigeren Systemen fernzuhalten«, schlug Kranchoor vor.

»Ich erwarte jeden Moment die Daten einer Nanodrohne, die ich ausgeschickt habe. Sie wird uns keine Details übermitteln können, aber zumindest einen groben Blick in das System ermöglichen«, gab Hakera bekannt.

Es dauerte tatsächlich nur wenige Minuten, bis die Daten der Drohne vorlagen. Was sie zeigten, war interessant.

»Ein riesiges Raumschiff in einer Umlaufbahn um den äußeren Gasriesen«, rief Jalina aus, die sich wieder gefangen hatte oder zumindest den Anschein erweckte.

»Wirklich gigantisch«, stimmte Grand zu. »Haben wir solch einen Schiffstyp bei den Ra´hul schon einmal gesehen?«

»Nein, er ist wirklich ungewöhnlich«, bestätigte Hakera. »Ein Zylinder von fast zehn Kilometern Länge und einem Durchmesser von fünf Kilometern. Bewacht von zehn Kampfeinheiten. Die Drohne konnte noch einen regen Flugverkehr zwischen dem Gasriesen und dem Schiff feststellen, bevor ihre Energiezelle versagte. Man scheint irgendetwas von dort zu dem Schiff zu bringen.«

»Vielleicht He3?«, rätselte Kranchoor.

»Das können sie auf der Oberfläche von vielen Monden leichter abbauen«, sagte die Supreme-KI der *Stürme*, die bisher geschwiegen hatte. »Nein, es muss etwas sehr viel Wichtigeres sein.«

»Wir könnten hinfliegen und nachsehen«, schlug Jalina vor.

»Vielleicht ist es das, was man von uns erwartet«, warnte Hakera. »Mit zehn Kampfschiffen sollten wir uns nicht anlegen.«

»Nur eine Erkundungsmission mit dem Beiboot«, sagte Jalina und blickte Grand verstohlen von der Seite an.

»Wir sollten uns nicht ablenken lassen und auch nicht verzetteln!« Grand hatte genug von endlosen Spekulationen. Es wurde höchste Zeit für mehr zielgerichtete Aktionen. »Wenn wir unseren ursprünglichen Plan durchziehen und den ehemaligen Anführer der Ra´hul in unsere Gewalt bekommen, schlagen wir zwei Fliegen mit einer Klappe.« Er sah ein schwaches Lächeln über Jalinas Gesicht huschen, als sie den Spruch von ihrer ersten Begegnung wiedererkannte. »Wir haben jemanden, der mehr über die Ra´hul weiß als jeder andere in dieser Galaxie, und wir erfahren von ihm auch, was es mit diesem System auf sich hat. Wenn es jemand weiß, dann sicher er.«

»Du willst Maren´Thar angreifen, obwohl die Bewachung dort verstärkt wurde?«, fragte

Kranchoor ungläubig.

»Allerdings! Es ist unsere einzige Option, außerdem sind keine zehn, sondern nur fünf Schiffe dort stationiert, wenn ich die Daten richtig deute. Weniger Widerstand – größere Ausbeute. Es ist die einzig logische Operation!«

»Ich unterstütze Michaels Vorschlag«, sagte die Supreme-KI. »Wir können nicht länger zögern und müssen aktiv werden, bevor es zu spät ist.«

»Ich werde einen Angriffsplan ausarbeiten«, sagte Hakera. »Sind alle einverstanden?«

Poggy nickte zögerlich, Jalina fast enthusiastisch und Kranchoor zuckte nur mit den Schultern.

»Ave Hakera, morituri te salutant!«, sagte Grand mit zynischem Lächeln, was ihm einen verständnislosen Blick der drei anderen eintrug.

26.

Brolon bemerkte nichts von seinem Aufstieg in den Himmel. Er hatte erwartet, ein Gefühl des Fliegens zu verspüren, eine ungewohnte Art von Bewegung, sich vielleicht leichter zu fühlen – irgendetwas! Aber es fühlte sich an, als würde er in einer Kiste liegen, die unbeweglich auf dem Boden stand. Nur ein schwaches Vibrieren glaubte er wahrzunehmen. Nach den Geräuschen, die er anfänglich vernommen hatte, war es wieder völlig still geworden, und er fragte sich, ob der metallene Vogel überhaupt zu Achmaans Pforte unterwegs war oder ob er immer noch im Lager der Dämonendiener stand.

Minuten verstrichen, dann hörte er ein neues Geräusch. Es klang hohl und metallisch. Als wäre Metall gegen Metall gestoßen. Sein Vogel ruckte kurz und er vernahm ein gedämpftes Zischen. Metall war in seinem Dorf nicht unbekannt. Messer und Lanzenspitzen wurden seit langer Zeit daraus gefertigt, auch Töpfe und Essgeschirr, kleine Gegenstände, die haltbar sein mussten, aber es war ein sehr kostbares Material und es benötigte viel Pflege, wenn es nicht rostig und unansehnlich werden sollte. Brolon war von Beginn an verblüfft darüber gewesen, über welche Mengen dieser Kostbarkeit die Fremden verfügten und wie hell und glänzend das Metall trotz Witterungseinflüssen immer noch wirkte.

Brolon spürte, wie die Kiste angehoben wurde. Man brachte sie irgendwohin. Instinktiv wusste er, dass er sein Ziel erreicht haben musste. Er war an Achmaans Pforte angekommen. Dann fühlte er, wie sie abgestellt wurde. Tiefe, knarzende Stimmen unterhielten sich in einer ihm fremden Sprache direkt in seiner Nähe. Dann entfernten sie sich und es wurde ruhig.

Brolon wartete einige Minuten. Von draußen war kein Geräusch zu hören. Er zog sein Messer und führte es in den Spalt zwischen der Kistenwand und dem Deckel. Er hatte sich die beiden Schnappschlösser zuvor genau angesehen und war sich inzwischen sicher, sie auch von innen öffnen zu können. In der Dunkelheit brauchte er eine kleine Weile, bis der erste Verschluss klackend nach oben schnappte. Beim zweiten ging es deutlich schneller. Vorsichtig hob er den Deckel einen kleinen Spalt an und spähte hinaus.

Ein großer, hell erleuchteter Raum mit weiteren Kisten, die wie seine aussahen. Es war niemand zu sehen oder zu hören. Brolon wagte es, den Deckel weiter hochzuklappen und aus der Kiste zu steigen. Er sah sich um. Der Raum maß vielleicht zwanzig mal zwanzig Schritte. An den Seiten standen mehrere der Kisten übereinandergestapelt. Er hatte Glück gehabt, dass niemand eine andere Kiste auf seiner abgeladen hatte, da es ihm ansonsten unmöglich gewesen wäre, den Deckel auch nur einen Fingerbreit zu öffnen.

Das Licht kam aus seltsamen, länglichen Körpern an der Decke, die fast so hell strahlten wie eine Sonne. Er hielt eine Hand nach oben und war überrascht, dass die Leuchtdinger keine Wärme abgaben. Es musste sich um einen weiteren Zauber handeln. Er betastete die Wände und stellte fest, dass auch sie aus kostbarem Metall bestanden. Es war glatt wie ein im Winter zugefrorener Teich und fühlte sich kühl unter seiner Handfläche an. Die Dämonendiener mussten unvorstellbar reich sein, um so verschwenderisch mit Metall umgehen zu können. Und ganze Wände davon absolut eben und gerade hämmern zu können, sprach für unglaubliche handwerkliche Fähigkeiten. Oder für mehr Zauberei.

Zum ersten Mal verspürte er die leise Befürchtung, er könnte sich mit seinem Racheplan übernommen haben. Allein dieser Raum bot Wunder über Wunder. Was würde ihn erst hinter der einzigen Tür erwarten, die hinausführte?

Er stand zwischen zwei Kisten und betastete immer noch die Wand, als sich die Tür öffnete. Blitzschnell warf sich Brolon in Deckung. Er spähte um die Ecke einer Truhe und sah einen der Fremden hereinkommen. Ein seltsames Gerät schwebte neben ihm in der Luft, ähnlich wie Brolon es im Lager hatte beobachten können. Er wusste, dass es dazu diente, schwere Lasten zu bewegen.

Die Tür stand offen. Brolon musste diese Gelegenheit nutzen, da er sich nicht sicher war, ob er sie von innen würde öffnen können. In diesem Raum war er nicht mehr als ein Gefangener, und konnte jederzeit entdeckt werden. Er musste von hier entkommen und sich ein sicheres Versteck suchen, um dort seine weiteren Schritte zu planen. Dazu musste der Dämonendiener verschwinden.

Als sich der Fremde anschickte, einer der Kisten unter seinen schwebenden Helfer zu schieben, und Brolon dabei den Rücken zuwandte, schlich sich dieser von hinten an. Mit gezücktem Messer sprang er seinem Gegner in den Rücken und schnitt ihm die Kehle durch. Mit einem gurgelnden Laut sackte sein Opfer in sich zusammen. Eine grüne Blutfontäne schoss aus der klaffenden Halswunde.

Brolon zog den leblosen Körper zu der am weitesten vom Eingang entfernt stehenden Kiste. Er hoffte darauf, dass man diese als letzte von hier würde fortschaffen wollen. Er klappte den Deckel hoch und sah, dass auch sie mit getragener Kleidung gefüllt war. Brolon nahm eines der Kleidungsstücke und wischte das vergossene Blut auf, bis nichts mehr davon zu sehen war. Glücklicherweise war das meiste über den Umhang geflossen, den der Tote trug. Dann leerte er die Kiste vollständig, warf den blutgetränkten Stoff hinein und kippte den Toten hinterher. Er bedeckte alles mit dem Rest der Kleidungsstücke und schloss den Deckel.

Brolon konnte nicht ahnen, wie viel Glück er hatte. Der Schwebebot war nur mit einer einfachen

Arbeitspositronik ausgestattet und verfügte nicht über ein höher entwickeltes künstliches Gehirn. Somit würde die Maschine geduldig warten, bis man ihr einen Befehl erteilte, und ihre Untätigkeit nicht an die Einsatzzentrale melden. Man würde nicht sofort auf das Verschwinden eines Arbeiters aufmerksam werden. Das verschaffte Brolon ein wenig Zeit.

Ein vorsichtiger Blick aus der Tür zeigte einen Gang, der rechts nach wenigen Metern an einer weiteren, sehr großen Tür endete und links in einem sanften Bogen aus dem Blickfeld verschwand. Brolon entschied sich für die rechte Seite, da er in der oberen Hälfte der großen Tür ein vier Handspannen breites und ebenso hohes Loch bemerkte. Als er den Kopf hindurchrecken wollte, stieß er an ein Hindernis. Verblüfft tastete er danach. Ein neuer Zauber! Die Barriere war vollkommen durchsichtig, aber hart, doch im Gegensatz zur Zauberwand verbrannte man sich nicht, wenn man sie berührte. Sie hatte Ähnlichkeit mit einer dünnen Eisscholle, auch wenn sie nicht kalt war. Warmes Eis! Brolon schüttelte ungläubig den Kopf. Sie konnten sogar die Gesetze der Götter außer Kraft setzen. Er leckte vorsichtig an dem Hindernis, doch der Geschmack erinnerte nicht an Wasser.

Hinter dem warmen Eis konnte er einen riesigen Raum erkennen, der ebenfalls hell erleuchtet war. Die Lichtquelle befand sich außerhalb seines Blickfeldes, doch Brolon war sich sicher, dass es sich auch hier um die leuchtenden Deckenkörper handeln musste. Mitten im Raum stand einer der metallenen Vögel, vielleicht derjenige, der ihn hierhergebracht hatte.

Er drückte gegen Tür, doch sie ließ sich nicht öffnen. Es war höchste Zeit, ein sicheres Versteck zu finden.

Brolon wandte sich ab und ging in die andere Richtung. Nach ein paar Metern in dem gebogenen Gang sah er eine weitere Tür in der Wand. Er presste ein Ohr gegen das kühle Metall und lauschte. Hinter der Tür rührte sich nichts.

Der Spalt zwischen Tür und Rahmen war viel zu eng, als dass er sein Messer hätte dazwischen zwängen können. Er strich mit der Hand über den Rahmen. Plötzlich klickte es und die Tür schwang auf. Was Brolon sah, raubte ihm den Atem.

Dieser Raum war nur halb so groß wie derjenige, in dem er angekommen war. An der rechten Wand befanden sich seltsame Geräte, die blinkten und fast unhörbar surrten. Davor standen ebenso seltsame Möbelstücke, die ihn an Böcke erinnerte, wie man sie zum Holzsägen verwendete. Allerdings waren sie mit einem Material überzogen, das sehr weich aussah. Er konnte sich vorstellen, dass die dreibeinigen Dämonendiener sie bequem finden mussten. Links entdeckte er mehrere bunte Bilder, die sich ständig veränderten und überhaupt nicht flach wirkten, wie er es von den Kunstwerken des Dorfmalers kannte. Sie sahen eher aus wie kleine, bewegte Darstellungen der Wirklichkeit. Zudem wirkten sie leicht durchscheinend. Er griff nach einem der Bilder und zuckte überrascht zurück. Seine Hand ging glatt hindurch!

Was ihn jedoch am meisten beeindruckte, war die Wand gegenüber dem Eingang, den er wieder hinter sich zugezogen hatte. Über die gesamte Breite und Höhe schien sich ein Loch aufzutun, das einen Blick in die Unendlichkeit bot. Er sah den Sternenhimmel so klar und deutlich, wie er ihn von *Heimat* aus noch nie gesehen hatte. Die Sterne strahlten ruhig vor dem pechschwarzen Hintergrund und zum ersten Mal konnte er deutlich erkennen, dass sie verschiedene Farben besaßen. Rot, Grün, Blau, Orange, Gelb und Weiß. Sie funkelten nicht, wie er es vom Blick in den Nachthimmel gewohnt war, sondern leuchteten gleichmäßig. Er ging näher an das Loch heran und streckte die Hand aus, um nach ihnen zu greifen. Wieder stieß er auf ein unsichtbares Hindernis und zuckte zurück. Es fühlte sich genauso an wie das warme Eis. Er trat heran, bis seine Nasenspitze das Hindernis berührte und, dann sah er … das Wundervollste, was er je erblickt hatte. Unter ihm drehte sich ganz langsam eine weiß-blaue Kugel von göttlicher Schönheit. Es dauerte einen Moment, bis er erkannte, dass er auf Wolken blickte – allerdings von oben. Das Blaue musste Wasser sein und alles Grüne Wälder und Steppen. Die gelb-braunen

Flecke schienen die Wüsten zu sein, trockene Gebiete, von denen weit gereiste Händler schon berichtet hatten.

Aus einer der Wolken stieg etwas nach oben. Es dauerte einen Moment, bis es näher kam und er in dem Objekt einen der metallenen Vögel erkannte. Er flog direkt auf Brolon zu. Erschrocken trat er einen Schritt zurück, doch dann erkannte er, dass der Vogel seitlich an ihm vorbeifliegen würde.

Sein Herz schien für ein paar Schläge auszusetzen, als er die Bedeutung seiner Beobachtung erkannte. Er war in der Pforte von Achmaan, daran bestand kein Zweifel, hier befand sich jedoch kein viereckiges Loch, sondern eine große Stadt am Himmel! Vielleicht gab es hier tatsächlich einen Durchgang in das Reich des Bösen, aber was er von *Heimat* aus hatte sehen können, war kein Loch im Himmel, sondern eine riesige, pechschwarze Stadt des Bösen. Erbaut aus einer unvorstellbaren Menge von schwarzem Metall. Und unter sich … dies musste *Heimat* sein! Der metallene Vogel war von dort gekommen und es gab keine andere Erklärung. *Heimat* war eine *Kugel* und keine Scheibe, an deren Rand man herunterfallen konnte, wie es die weisen Männer behaupteten. Brolon verstand zwar nicht, wieso diejenigen, die 'unten' lebten, nicht sofort herunterfielen, aber die Götter mussten es so eingerichtet haben, auch wenn er es nicht verstand.

Erschüttert sank er auf einen der Sitzböcke nieder. Ihm wurde plötzlich klar, wie vermessen es von ihm gewesen war, hierherzukommen. Was konnte er schon gegen Wesen mit solch mächtigen Zauberkräften ausrichten. Er hatte einen von ihnen töten können, aber angesichts der riesigen Stadt verlor er jegliche Zuversicht. Ihm blieb nur noch eines: So viele der Dämonendiener wie möglich mit in den Tod zu nehmen, der unweigerlich auf ihn wartete. Warum sollte er sich verstecken? Sich hilflos in einer dunklen Ecke zu verbergen und auf das Ende zu warten war unwürdig. Nein, er würde hinausgehen, sich den Fremden stellen und so viele wie möglich für Felkanis Tod büßen lassen.

Doch es kam nicht mehr dazu. Kaum hatte sich Brolon entschlossen, kämpfend in den Tod zu gehen, als ein furchterregendes Jaulen losbrach. Er konnte eilige Schritte auf dem Gang hören, dann riss jemand die Tür auf. Vor ihm standen drei der Fremden und starrten ihn ungläubig an. Einer von ihnen hob die Hand und deutete mit einem Gerät auf ihn. Ein plötzlicher Schmerz durchzuckte Brolon und er stürzte bewusstlos zu Boden.

Die ersten Minuten des Erwachens waren erneut schmerzerfüllt. Seine Muskeln verkrampften sich und zuckten und Brolon musste sich mehrfach übergeben. Er hatte keine Kontrolle über seinen Körper und nässte sich ein. Doch er empfand keine Scham. Alles, was mit ihm geschah, hatten die Fremden zu verantworten. Nichts davon war ihm anzulasten. Dann erhielt er einen Schlag in die Rippen.

»Sieh mich an!«, sagte eine Stimme zu ihm.

Brolon öffnete die Augen. Er lag auf einer Pritsche, an der er mit Händen und Füßen festgeschnallt worden war. Links von ihm stand einer der Fremden. Wieso sprach er die Sprache von Brolons Stamm?

»Ich weiß, dass du mich verstehst. Schließlich hatten die Translatoren genügend Zeit, die Sprache eurer primitiven Welt zu entschlüsseln.«

Brolon wusste nicht, was 'Translatoren' waren, aber sie hatten wohl etwas damit zu tun, dass er den Fremden verstehen konnte.

»Normalerweise hätten wir dich sofort erschossen, aber du gibst uns ein Rätsel auf. Wie konnte es dir gelingen, in unseren Stützpunkt einzudringen und in den Dimensionskubus zu gelangen? Wieso stehst du nicht unter dem Bann unserer Suggestoren?«

Brolon wusste nicht, was er darauf antworten sollte. Was war ein 'Dimensionskubus'? Was waren 'Suggestoren'? Er verstand jedoch, dass mit dem 'Bann' wohl die Tatsache gemeint war, dass außer ihm niemand in seinem Dorf die Fremden hatte wahrnehmen können.

»Euer Zauber wirkt bei mir nicht«, gab er stolz zurück. »Meine Götter beschützen mich vor den Dienern Achmaans.«

»Zauber?« Der Fremde stieß ein bellendes Geräusch aus, was wohl ein Lachen sein sollte. »Du wirst uns noch nützlich sein. Du bist der erste

Immune, den wir in die Hände bekommen haben. Du wirst uns helfen, einen anderen Immunen zu vernichten, der uns wesentlich mehr Ärger bereitet als ein Primitivling wie du. Wir werden dich auseinandernehmen und analysieren, bis von dir nur noch kleine Stücke übrig sind.«

27.

'Jump in – snatch – bug out'
Mit dieser Phrase hätte Admiral Gregorjan Hakeras Plan wohl zusammengefasst. Reinspringen – schnappen – abhauen.

Natürlich war er in der Realität wesentlich komplexer, aber Grand fand, die drei Begriffe beschrieben das Prinzip des geplanten Einsatzes recht gut.

»Es wird Zeit«, erinnerte Hakera Kranchoor und Jalina.

Beide machten sich fertig, zum Beiboot zu gehen. Ihre Aufgabe würde darin bestehen, wie ein lästiger Moskito durch das System zu schwirren und Nadelstiche auszuteilen. Zwar war die Bewaffnung des kleinen Schiffes nicht in der Lage, etwas gegen die dort stationierten Kampfschiffe der Ra´hul auszurichten, aber die Systemfrachter, und vor allem der Materieextraktor am Systemrand, verfügten nicht über starke Schutzschirme und waren verwundbar. Dies würde mindestens eines, wenn nicht sogar zwei der gegnerischen Kampfschiffe binden.

Die *Flüsternde Stürme im Heliosphärenwind* hatte eine ähnliche Aufgabe. Als kampfstarkes Schiff sollte sie imstande sein, wenigstens zwei weitere Einheiten der Ra´hul zu binden und sie von Maren´Thar wegzulocken.

Damit blieben zwei oder drei Gegner, mit denen

sich die *Rhelina* auseinandersetzen musste. Hakera bezweifelte zwar, dass diese Schiffe eine Gefahr für sie bedeuten würden, aber das dorianische Schiff hatte die gefährlichste Aufgabe. Die *Rhelina* würde direkt auf Maren´Thar zuhalten und Mike mit dem Spontantransmitter im Zellenblock des Straflagers absetzen. Danach durfte sie nicht einfach im Bulk verschwinden, wie es das Beiboot machen konnte, falls es unter zu starken Beschuss geriet, da Hakera mit Grand Kontakt halten und ihn zusammen mit dem ehemaligen Anführer der Ra´hul an Bord transmittieren musste.

Es gab reichlich Unwägbarkeiten in diesem Plan. Falls es Suggestoren im System gab, wovon auszugehen war, würden Jalina und Kranchoor schnell handlungsunfähig werden. Es war geplant, ihnen in diesem Fall sofort ein schnell wirkendes Betäubungsmittel zu verabreichen und sie von der Bordintelligenz aus dem System bringen zu lassen. Dann würden sich die *Rhelina* und die *Stürme* mehr Feindschiffen gegenüber sehen.

Die Maschinenintelligenzen auf dem Schiff der BEWAHRER waren zwar gegen eine Beeinflussung durch die Suggestoren immun, aber der fünf Kilometer durchmessende Zerstörer würde es schwer haben, sich gegen mehr als zwei Schiffe der Ra´hul behaupten zu können, wie die Raumschlachten in der Milchstraße leider bereits gezeigt hatten. Trotzdem durfte die Supreme-Ki nicht einfach den Befehl zum Abdrehen geben, da die

Rhelina ansonsten alleine einer beeindruckenden feindlichen Übermacht gegenüberstehen würde. Niemand konnte mit Sicherheit sagen, ob das kleine Schiff, trotz aller technologischen Überlegenheit, in der Lage sein würde, es mit fünf oder sechs Kampfschiffen der Ra´hul gleichzeitig aufzunehmen. Die *Rhelina* war niemals als Kampfeinheit geplant worden, sondern als wissenschaftliches Beobachtungsschiff. Ihre Bewaffnung wirkte zwar im Vergleich mit der Kampfkraft von Schiffen der Milchstraßenvölker durchaus beeindruckend, lag jedoch weit unter den tatsächlichen Möglichkeiten ihrer Erbauer.

Poggy wäre lieber an vorderster Front eingesetzt worden. Seine Rolle bestand darin, Funkkontakt mit Jalina und Kranchoor zu halten. Er kannte beide so gut, dass er eine Persönlichkeitsveränderung durch mentale Beeinflussung eher würde erkennen können als Hakera. In diesem Fall oblag es ihm, dem Bordgehirn des Beibootes sofort den Befehl zum Eingreifen zu geben. Hakera hatte Vorkehrungen getroffen, falls es Poggy sein sollte, der unter suggestiven Einfluss geriet.

Grand hatte die schwierigste und gefährlichste Aufgabe. Hakera würde ihn auf Maren´Thar absetzen, wo er völlig auf sich allein gestellt Trrach finden und entführen sollte. Sein *Skinfield* konnte ihn zwar vor den meisten bekannten Projektil- und Strahlwaffen schützen, doch niemand wusste genau, über welche Bewaffnung die Ra´hul verfügten. Es hatte bisher noch keine Mann-gegen-Mann-Auseinandersetzungen mit feindlichen Soldaten gegeben, und deren Waffensysteme waren völlig unbekannt.

»Eine Minute«, kam Hakeras Ansage.

Grand stand mitten in der Zentrale. Er atmete tief durch und machte sich bereit. Er überprüfte nochmals den Ladezustand seines Varioblasters, den er bereits gezogen hatte und schussbereit hielt. Eine überflüssige Geste, die von seiner Nervosität zeugte, wie er sich eingestand. Natürlich waren der Energiespeicher und die Massekammer voll aufgeladen. Was er in den letzten Minuten schon dreimal überprüft hatte.

»Beiboot ausgeschleust. Dreißig Sekunden.«

Grand hatte bis zu diesem Tag nicht gewusst, dass es möglich war, während des Fluges durch den Bulk ein Schiff auszuschleusen. Die technischen Fähigkeiten der Dorianer überraschten ihn immer wieder aufs Neue.

»Zwanzig Sekunden!«

Poggy klopfte ihm noch einmal auf die Schulter und trat einen Schritt zurück, um nicht in den Abstrahlring zu geraten.

»Alle Systeme aktiv. Gefechtsbereit«, hörte er die Stimme der Supreme-KI der *Stürme*. Natürlich hatte sie diese Bestätigung bereits zuvor innerhalb von Nanosekunden an Hakera übermittelt. Die verbale Ansage diente nur zur Information und zur Beruhigung der biologischen Wesen an Bord.

Die letzten Sekunden zogen sich für Grand wie Kaugummi, doch dann war es so weit.

»Rücksturz jetzt!«

Hakera hatte den Eintrittspunkt in den Normalraum so weit im Inneren des Systems gewählt, wie es die Gravitationssenke zuließ. Sie waren nur etwa fünf Millionen Kilometer von Maren´Thar entfernt und würden den Mond mit einer Geschwindigkeit von 0,3 c in weniger als einer Minute erreichen. Genügend Zeit für die Ra´hul, ihre Abwehrmaßnahmen einzuleiten. Schon jetzt sah man auf dem Hauptholo, wie die sechs Kampfeinheiten des Gegners sich in zwei Gruppen aufspalteten. Auch die *Stürme* war an ihrem berechneten Austrittspunkt aus dem Bulk erschienen und von den Ra´hul sofort als Schiff der BEWAHRER identifiziert worden. Das kleine Beiboot war ihnen bis jetzt entgangen, was sich bald ändern würde. Genau so war es auch beabsichtigt.

»Rücksturz!«

Die Stimme der Bordintelligenz war kaum verklungen, als rings um Jalina die Sterne des Normalraumes aufleuchteten. Sie hatte sich dafür entschieden, ebenfalls die von Grand bevorzugte VR-Steuerung zu benutzen, um das kleine Schiff zu fliegen. Neben sich sah sie Kranchoors VR-Körper durch das All rasen, vor ihr blinkten die verschiedenen Icons und Informationsmodule – und dort lag auch ihr Ziel, der Materieextraktor.

Die achthundert Meter durchmessende und zweihundert Meter hohe, fast kreisrunde Plattform hatte nur wenige Aufbauten. Die Oberseite diente hauptsächlich als Landefeld für die Schiffe, welche die hier aus dem Erz extrahierten Endprodukte abtransportieren sollten, während die Unterseite mit Antennenarrays, Feldprojektoren und Antriebsmodulen gespickt war. Auch jetzt war einer der großen, zylindrischen Frachter dort geparkt und wurde wahrscheinlich gerade beladen. Der Extraktionsprozess selbst fand im Inneren der Plattform statt.

»Feuer frei!«, befahl Jalina.

Kranchoor fungierte als Bordschütze, während Jalina die Navigation und Steuerung des Beibootes übernommen hatte.

Augenblicklich brachen Ionen- und Laserpulse aus den zwei Bordgeschützen des kleinen Schiffes. Obwohl die Feuerleistung mit einem Kampfschiff nicht zu vergleichen war, genügte sie doch, große Löcher in den Rumpf des Frachters zu stanzen und Stücke aus dem Landedeck der Station zu schlagen.

Sie rasten an der Plattform vorbei und begannen mit einem Wendemanöver, um einen zweiten Anlauf zu nehmen. Jalina sah auf dem NavHolo in ihrem Gesichtsfeld, dass eines der Kampfschiffe den Anflug auf die *Stürme* abbrach und in ihre Richtung beschleunigte. Auch Kranchoor hatte es bemerkt.

»Wir geraten in weniger als vierzig Sekunden in

ihre Feuerreichweite«, warnte er.

»Computer, Wendemanöver abbrechen und kurzen Bulktransit einleiten. Manöver Gelb-1.«

»Bestätigt«, antwortete die Bordintelligenz.

In der Angriffsvorbereitung waren verschiedene Ausweichmanöver festgelegt und mit Codenamen versehen worden. Gelb-1 würde sie nach einem kurzen Hyperflug exakt an der gleichen Stelle mit demselben Vektor aus dem Bulk kommen lassen wie beim ersten Anflug. Jalina war sich sicher, dass die Ra´hul genau damit nicht rechnen würden.

Das Manöver dauerte nur wenige Sekunden. Als sie erneut im Normalraum auftauchten, befand sich das Kampfschiff auf der entgegengesetzten Seite der Plattform und entfernte sich von ihr. Die Ra´hul vermuteten ihren Gegner an einer völlig anderen Position.

»Erneuter Anflug. Gibs ihnen, Kranchoor«, ordnete sie an und konnte gleichzeitig sehen, wie ihr Gegner mit Maximalwerten verzögerte, wendete und auf sie zuschoss.

»Innerhalb der Feuerreichweite des Feindes in fünfzig Sekunden«, sagte Kranchoor.

»Das reicht, um der Station noch einen zu verpassen«, knurrte Jalina.

Die *Rhelina* schien auf die Mondoberfläche zuzurasen und mit ihr zu kollidieren. Maren´Thar füllte das Hauptholo fast komplett aus, als Grands Blick verschwamm, er ein leichtes Prickeln verspürte und die Zentrale des Schiffes vor seinen Augen verschwand.

Ein Transmitterdurchgang beanspruchte keine messbare Zeitspanne und für Grand wirkte es fast so, als habe er im HoloVid den Kanal gewechselt. In einem Moment sah er noch die Zentrale der *Rhelina* vor sich, im nächsten bereits die grauen Wände eines menschenleeren Ganges. Er atmete erleichtert auf. Da sie keinen Plan des Gefangenenlagers besaßen, hatten sie, was seinen Eintrittspunkt betraf, nur Vermutungen anstellen können. Es wäre sicherlich nicht sinnvoll gewesen, sich mitten in die Station versetzen zu lassen. Dort musste man fast zwangsläufig sofort auf Ra´hul stoßen. Die unter höchstem Risiko erworbenen Daten der Erkundungsmission zeigten, dass es unter dem auf der Mondoberfläche errichteten Gebäude eine Energiezentrale zu geben schien. Zumindest ließen die Ergebnisse der Scans dies vermuten. Dort war die Wahrscheinlichkeit größer, zunächst unbemerkt zu bleiben. Eine technologisch fortgeschrittene Spezies wie die Ra´hul hatte ihre Energieversorgung sicherlich voll automatisiert.

Es schien sich um einen Wartungstunnel zu handeln. Die Umgebung war spärlich beleuchtet und Grand konnte ein schwaches Brummen vernehmen. Ab und zu führte ein Durchgang rechts oder links in andere Bereiche der Energieversorgung. Jede dieser Abzweigungen war mit für Grand unverständlichen holografischen

Markierungen versehen. Doch sein Ziel lag eine Etage höher. Irgendwo musste es einen Aufgang geben.

Grand war klar, dass die Erfolgsaussichten seines Einsatzes bei nicht viel mehr als fünfzig Prozent lagen. Es war nicht sicher, ob sich Trrach gerade im Zellentrakt oder bei der Zwangsarbeit auf der Oberfläche befand. Im zweiten Fall würde er kaum an ihn herankommen. Sie hatten vermutet, dass auch die Ra´hul ein System verwendeten, bei dem die Gefangenen in verschiedenen Schichten eingesetzt wurden. Grand hoffte auf sein Glück und darauf, dass Trrach sich gerade in seiner Ruhezeit befinden würde. Im Zweischichtbetrieb stand es dafür fünfzig-fünfzig; gab es mehr Schichten, stieg die Wahrscheinlichkeit, dass er sich im Gebäude aufhielt.

»Verbindung?«, fragte er Hakera. Die Kommunikation lief über geraffte, nur nanosekundenlange Hyperbursts.

»Steht«, kam sofort die ebenso knappe Antwort.

»Kein Feindkontakt«, informierte er die KI und sah im gleichen Moment am Ende des Ganges eine steile Rampe, die nach oben führte.

»Beginne Infiltration«, funkte er und machte sich an den Aufstieg.

Zwei Ra´hul-Schiffe jagten auf die *Flüsternde Stürme im Heliosphärenwind* zu. In Millisekunden konferierte die Supreme-Ki mit Hakera und ihren eigenen Sub-

KIs, analysierte Angriffsvektoren, dreiundsechzig mögliche taktische Varianten, die den Ra´hul im gegenwärtigen Dreikörperproblem zur Verfügung standen, ebenso die sich hieraus ergebenden mehrere Tausend denkbaren Gegenaktionen sowie deren Auswirkungen auf die gesamte Gefechtsfeldsituation; sie informierte Hakera über ihre Entscheidung, die von der KI der Rhelina nochmals nachgeprüft und bestätigt wurde – und handelte.

Der fünf Kilometer durchmessende Koloss schwang in eine enge Kurve, deren G-Kräfte trotz der NeutroGrav-Absorber jedes organische Wesen an Bord zu Brei zerquetscht hätten, feuerte eine Breitseite von Plasmapulsen, Laserstrahlen und eine Salve seiner Protonenwerfer auf die beiden heranjagenden Schiffe ab, verzögerte dabei mit Maximalschub und verschwand in der dichten Atmosphäre des Gasgiganten.

Die Schutzschilde der Feinde flackerten auf, wehrten den Angriff jedoch problemlos ab. Dabei verloren sie allerdings im energetischen Chaos des Beschusses und unter dem Einfluss der massiven Entladungen der auf dem Gasriesen tobenden Gewitter ihren Gegner kurz aus der Ortung. Der nächste Kurswechsel der *Stürme* entging ihnen somit. Genau in dem Moment, als sie das Schiff der BEWAHRER erneut erfasst hatten, brach dieses mit maximaler Beschleunigung aus der Atmosphäre hervor, wobei es einen langen, hell leuchtenden Schweif ionisierter Gase hinter sich herzog, und raste direkt auf die beiden Schiffe der Ra´hul zu.

Bevor sie ihrerseits darauf reagieren konnten, war die *Stürme* nur noch wenige Zehntausend Kilometer von ihren Gegnern entfernt und konzentrierte all ihre Feuerkraft auf eines der beiden Schiffe.

Hochenergetische Laserstrahlen, sonnenheiße Plasmapulse und die auf Lichtgeschwindigkeit beschleunigten Kernteilchen des Protonenwerfers hämmerten auf die Schilde des gegnerischen Schiffes ein. Gleichzeitig feuerte die Stürme aus ihren Railguns Massekörper aus hochverdichtetem Uran und beschoss die Ra´hul mit Sublicht- und Hypertorpedos, die thermonukleare und Antimateriesprengköpfe trugen. Durch die Nähe zum Feind trafen alle Waffensysteme ihr Ziel. Der letzte Hypertorpedo mit einer Gravitationsbombe an Bord gab dem Schutzschirm der Ra´hul den Rest. Aus dem Flackern wurde ein plötzliches, grelles Aufleuchten und er brach zusammen. Die Schirmfeldgeneratoren explodierten unter der Überlastung und ließen kleine Feuerblumen auf der Oberfläche des Schiffes entstehen. Die Waffensysteme der *Stürme* schlugen nun ungehindert zu. Laser- und Plasmapulse rissen Löcher in das Schiff, Massekörper zerfetzten Metall, wo immer sie auftrafen, und Torpedos entluden ihre tödliche Fracht direkt auf der Schiffshülle.

Gleichzeitig erzitterte die *Stürme* unter dem einsetzenden Beschuss durch die zweite

Kampfeinheit der Ra´hul. Die Schutzschilde gerieten gefährlich nahe an ihre Belastungsgrenze. Wieder bremste die Supreme-KI ihren Schiffskörper mit brachialer Gewalt ab und schwang in einen Ausweichvektor, bevor sie erneut beschleunigte. Die Zielerfassungen des zweiten Ra´hul-Schiffes hatten Schwierigkeiten, dem unerwarteten Manöver zu folgen, und die Heftigkeit des Beschusses ließ kurz nach. Im gleichen Moment explodierte das waidwund geschossene Kampfschiff der Ra´hul in einem lautlosen Feuerball.

Eines der drei Schiffe, die sich auf die *Rhelina* stürzten, brach daraufhin seinen Angriff ab, um dem verbliebenen Schiff im Kampf gegen die *Stürme* zu Hilfe zu eilen.

Seit der Ankunft im System war etwas mehr als eine Minute vergangen.

Der zweite Anflug auf den Materieextraktor verlief ähnlich wie der erste. Diesmal allerdings schoss das Beiboot unterhalb der Station vorbei und nahm die dortigen technischen Einrichtungen unter Beschuss. Antennen verglühten, Feldgeneratoren zerbarsten und Antriebsmodule wurden außer Gefecht gesetzt.

»Wir sind in wenigen Sekunden innerhalb …«, begann Kranchoor, bevor er das Gesicht verzog.

Auch Jalina verspürte plötzlich einen ziehenden Kopfschmerz.

»Jalina, deine Biowerte zeigen eine Veränderung«, hörte sie Poggy über den Kopfhörer.

»Ist alles in Ordnung bei euch?«

»Ich … ja …«, konnte sie nur sagen, bevor sie ein Flüstern vernahm. Es schien nicht aus dem Kopfhörer zu kommen, sondern …«

»Angriff abbrechen«, befahl sie der Bordintelligenz.

»Jalina?«, hörte sie Poggy sagen, doch es schien aus weiter Ferne zu kommen. Sie wusste, dass etwas nicht stimmte, doch sie hätte nicht sagen können, was es war.

»Alles in Ordnung, Poggy«, sagte sie zu ihrer eigenen Überraschung. Stammten diese Worte wirklich von ihr? Sie war definitiv nicht in Ordnung. Schlagartig wurde ihr bewusst, dass sie unter den Einfluss der Suggestoren geraten sein musste. Sie wollte es Poggy mitteilen, doch stattdessen kamen ganz andere Worte aus ihrem Mund.

»Wir kehren zurück zur *Rhelina*. Wir haben eine Fehlfunktion.«

»Das deckt sich nicht mit meinen Anzeigen, Jalina. Kranchoor, wie geht es dir?«

»Jalina hat recht, wir müssen zurückkehren«, sagte Kranchoor, ohne auf Poggys Frage einzugehen.

»Beiboot, *Code Galaxy*«, sagte Poggy.

»Bestätigt«, kam sofort die Antwort der Bordintelligenz.

Noch bevor Jalina oder Kranchoor reagieren konnten, füllte ein schnell wirkendes Betäubungsgas den Raum über den beiden Neutrogravliegen.

Innerhalb weniger Sekunden schliefen die Unsterblichen tief und fest.

Die Bordintelligenz ging umgehend in den Bulk und verließ das System.

Sie würde, wie abgesprochen, am vereinbarten Treffpunkt warten, bis die *Rhelina* das Beiboot aufgelesen hatte. Jalina und Kranchoor würde sie erst beim Eintreffen der *Rhelina* aufwecken. Danach würden sie ausgiebige Tests über sich ergehen lassen müssen, um festzustellen, ob der Einfluss der Suggestoren überwunden war. Falls nicht, würde man sie so lange in Stasis versetzen, bis ein Gegenmittel gefunden oder die Kontrolle über ihren Geist abgeklungen sein würde.

Sollte die *Rhelina* innerhalb der nächsten zwölf Stunden nicht am Treffpunkt erscheinen, würden sie davon ausgehen müssen, dass das dorianische Schiff vernichtet worden war und niemand außer ihnen den Einsatz überlebt hatte. Jalina und Kranchoor hatten darauf bestanden, dass die Bordintelligenz in diesem Fall das Beiboot, ohne sie aufzuwecken, in die nächste Sonne fliegen sollte. Keiner von beiden wollte als Marionette der Ra´hul weiterleben.

Vorsichtig schritt Grand den Aufgang empor, seinen Varioblaster im Anschlag. Er vergewisserte sich, dass sein *Skinfield* aktiv war.

Die Rampe endete in einem kreisrunden Raum, von dem mehrere Durchgänge abzweigten. Sie waren mit für ihn nicht entzifferbaren Hologrammen gekennzeichnet.

»Hakera«, subvokalisierte er. »Holofeed ein.«

»Aktiviert«, kam die knappe Antwort.

»Schriftanalyse«, verlangte Grand und drehte sich einmal um die eigene Achse.

Grand trug eine winzige HoloCam auf der rechten Schulter, die nun ein Bild der Hologramme über den Durchgängen an die *Rhelina* übermittelte. Sie waren übereingekommen, keinen dauerhaften Feed zu senden, um die Gefahr einer Entdeckung möglichst gering zu halten. Niemand wusste, über welche Überwachungstechnologien die Ra´hul verfügten.

Grand musste daran denken, dass Hakera genau in diesem Moment in einen verzweifelten Kampf gegen die feindlichen Schlachtschiffe verwickelt sein musste. Ihrer Stimme war davon nichts anzumerken.

Anhand bisher gesammelter Lingualdaten sollte Hakera in der Lage sein, die Hologramme zu analysieren und zu übersetzen. Nur Sekunden später meldete sie sich.

»Analyse abgeschlossen. Im Uhrzeigersinn beginnend am Rampenausgang: Energieversorgung, Labor, Zellentrakt, Medizin, Schleuse, Administration. Die Bezeichnungen wurden in für dich verständliche Äquivalente übersetzt.«

»Verstanden. Kontakt beenden«, sagte Grand.

Gerade als er sich entschieden hatte, den

Durchgang zum Zellentrakt zu benutzen, erschien aus demjenigen, der mit 'Administration' bezeichnet war, ein Ra´hul.

Mit dem Daumen flippte Grand die Einstellung seines Varioblasters auf *'Stun'* und gab einen Schuss auf die uniformierte Gestalt ab. Der Ra´hul brach sofort zusammen. Grand hoffte, dass das leise Zischen des Schusses unbemerkt geblieben war.

Er eilte zu dem am Boden liegenden Ra´hul, beugte sich über ihn und drückte ihm einen Injektor an den Hals. Das Mittel würde vermutlich auch bei einem Ra´hul wirken. Zumindest hatte die Autopsie von 'Bobbys' Leiche im Hort dies nahegelegt. Der Ra´hul würde zwar reden, jedoch Arme und Beine nicht bewegen können. Grands Translator würde alles übersetzen.

»Wo ist Trrach´chkt´grochk´frk?«, fragte Grand.

Der Ra´hul zögerte. Grand hatte keine Zeit für subtile Methoden. Er nahm die Hand des vorderen Handlungsarms, bog einen Finger nach hinten und brach ihn. Sein Gefangener wollte aufschreien, doch Grand war schneller und presste die freie Hand auf die känguruähnliche Schnauze. Aus dem Schrei wurde ein gequältes, aber gedämpftes Aufstöhnen.

»Wo ist Trrach´chkt´grochk´frk?«, fragte Grand nochmals und begann, einen zweiten Finger nach hinten zu biegen. Die Augen des Ra´hul weiteten sich und er wollte etwas sagen. Grand nahm seine Hand von der Schnauze, hielt jedoch mit der anderen den Finger weiterhin zurückgebogen. Es war Warnung genug. Der Ra´hul machte keine Anstalten, seine Kumpane zu warnen.

»Krankenzimmer«, stieß er gequält hervor.

Grand ließ den Finger los, nahm seine Waffe und schoss erneut. Der Ra´hul würde sich für einige Stunden nicht rühren können.

Grand zog ihn am Kragen ein Stück die Rampe hinunter, damit man ihn nicht sofort sehen konnte, eilte erneut in den runden Raum und rannte zu dem Durchgang, der mit 'Medizin' gekennzeichnet war.

Sicherheitshalber schaltete Grand die Waffe wieder auf *'Blast'*.

Die Zelle der *Rhelina* dröhnte unter der Wucht des Beschusses, aber die Schutzschirme hielten unbeeindruckt stand.

»Schirmbelastung bei siebzehn Prozent«, sagte Hakera, nachdem Poggy bei einem erneuten Volltreffer, der das Schiff durchrüttelte, zusammengezuckt war.

Die Rhelina machte es ihren Gegnern keineswegs leicht. Sie schlug Haken, brachte die Neutrograv-Absorber an die Grenze ihrer Leistungsfähigkeit und vollführte Manöver, die ein biologischer Kommandant sich niemals hätte ausdenken, geschweige denn hätte fliegen können. Trotzdem konnte sie dem Feuer der zwei gegnerischen Schiffe nie vollständig ausweichen – was allerdings auch daran lag, dass sich Hakera niemals weiter als ungefähr einhunderttausend

Kilometer von Maren´Thar entfernen durfte. Viel weiter reichte der Spontantransmitter nicht und dieser musste Grand unter allen Umständen jederzeit zur Verfügung stehen. Sei es, um ihn zusammen mit Trrach an Bord zu holen, sei es, um ihn bei Gefahr für sein Leben sofort in Sicherheit bringen zu können.

»Jetzt wird es interessant«, sagte die KI zu Poggy. »Ein drittes Schiff hält auf uns zu.«

Tatsächlich hatte die Kampfeinheit, die dem Materieextraktor beigestanden hatte, nach dem spurlosen Verschwinden des Beibootes sofort Kurs auf Maren´Thar genommen, um sich am Kampf gegen die *Rhelina* zu beteiligen.

»Kannst du nicht endlich mal eines der Schiffe abschießen?«, fragte Poggy.

»Wenn auch meine Defensivbewaffnung sehr ordentlich ist, so sind meine offensiven Kapazitäten doch recht bescheiden«, gab Hakera zu. »Aber ich werde mir mehr Mühe geben, Poggy.«

Der Unsterbliche war sich nicht sicher, ob der letzte Satz der Versuch einer humorvollen Erwiderung oder eine ernst gemeinte Aussage darstellen sollte.

Plötzlich griff sich Poggy an den Kopf. Er sank in sich zusammen und stöhnte kurz auf, kam ruckartig wieder nach oben und machte Anstalten, aus der Zentrale zu stürmen.

Was immer er unter dem Einfluss der Suggestoren auch vorgehabt hatte, Poggy kam nur ein paar Schritte weit. Dann traf ihn der Schuss eines Neurodisruptors, den Hakera vorsichtshalber in ihrem Avatarkörper bereitgehalten hatte.

Sie waren jetzt seit fast drei Minuten in diesem System.

Die *Stürme* geriet zusehends in Bedrängnis. Die beiden verbliebenen Schiffe fielen auf den Trick nicht mehr herein. Sobald die Supreme-KI versuchte, die Ortungssysteme des Gegners durch eine Überladung seiner Schutzschirme für einen Moment zu blenden, drehten sie augenblicklich ab und stoben auseinander, nur um im nächsten Augenblick aus einem anderen Vektor erneut auf die *Stürme* zuzustoßen. Wie zwei Habichte, die über einem Hasen kreisten, der auf freiem Feld keine Deckung fand.

Zwar konnten sich die BEWAHRER hin und wieder in den Schutz der dichten Atmosphäre des Gasriesen flüchten, doch die Besatzungen der beiden Ra´hul-Schiffe hatten mittlerweile dazugelernt. Mit allem, was sie aufzubieten hatten, brachten sie die Gashülle an jenen Stellen zum Kochen, wo sie den Aufenthaltsort der *Stürme* vermuteten, was deren Schutzschirme enorm belastete. Es war zwar ein temporäres Versteck – aber ein sehr kleines, das zudem keine Bewegungsfreiheit bot. Wenn sie es verlassen wollten, gab es nur eine Richtung: Direkt auf den Gegner zu, worauf sich die Ra´hul immer besser einzustellen wussten.

Die Supreme-KI analysierte mehrere Millionen denkbare Szenarien pro Sekunde. Alle Analysen kamen zum gleichen Ergebnis: Auf Dauer konnte sie gegen zwei Kampfschiffe der Ra´hul nicht bestehen, solange diesen keine Fehler unterliefen, und danach sah es nicht aus. Der relativ leicht errungene Anfangserfolg war auf den Überraschungseffekt zurückzuführen gewesen. Höchstwahrscheinlich konnte sie sich gegen *ein* Kampfschiff behaupten. Aber gegen *zwei* musste sie früher oder später den Kürzeren ziehen.

Normalerweise wäre es in einer solchen Situation eine vernünftige und logische Entscheidung gewesen, die Schlacht abzubrechen und sich zurückzuziehen – aber in diesem Fall war dies keine realisierbare Option. Die beiden Schiffe der Ra´hul hätten sich beim kleinsten Hinweis auf einen Rückzug umgehend auf die *Rhelina* gestürzt, die sich dann fünf Feindschiffen gegenübergesehen hätte.

Die Supreme-KI legte ihre Emotioroutinen still und kam zum einzig möglichen, rationalen Ergebnis: Die *Rhelina* war für den Erfolg der *Mission Triangulum* wichtiger als sie selbst und musste deshalb um jeden Preis geschützt werden – auch wenn dies die eigene Vernichtung bedeuten würde. Also kämpfte sie weiter.

Sie befanden sich seit etwas mehr als vier Minuten im System.

Der Schuss traf Grand von hinten und schleuderte ihn etliche Meter vorwärts. Er rollte sich ab, kam auf die Beine und schoss zurück.

Der Ra´hul musste aus einem Raum in Grands Rücken gekommen sein und ohne zu zögern auf ihn gefeuert haben. Allerdings konnte der Plasmastrahl das *Skinfield* nicht durchschlagen. Die kinetische Energie des Schusses hatte jedoch ausgereicht, um Grand von den Beinen zu holen. Der Ra´hul hingegen trug kein *Skinfield* oder etwas Vergleichbares, nicht einmal einen Raumanzug mit einem einfachen Schirmgenerator. Seine Uniform war nicht dazu geeignet, Grands Schuss abzuwehren, und der Ra´hul sank mit einem qualmenden Loch im Oberkörper tot zu Boden.

Grand wusste, dass ihm ab jetzt nicht mehr viel Zeit bleiben würde, um Trrach zu finden. Nicht nur, dass der Energieausbruch der beiden Schüsse registriert worden sein musste, er hörte in diesem Moment einen Alarm aufjaulen. Wahrscheinlich war der bewusstlose Ra´hul auf der Rampe entdeckt worden.

Das unverkennbare Donnern eines Blasters hatte auch andere Ra´hul in der Nähe aufhorchen lassen. Weiter vorn öffnete sich eine Tür und ein Kängurukopf erschien. Genauso schnell zuckte er wieder zurück, als er die fremde Gestalt mit angelegter Waffe im Gang erblickte. Grand vermutete, dass es sich eher um ein Mitglied des medizinischen Personals als um einen Soldaten gehandelt hatte. Trotzdem musste er jeden Augenblick mit dem Auftauchen weiterer bewaffneter Kämpfer rechnen.

Trrach musste hier irgendwo sein. Im Gang gab es rechts und links mehrere Türen. Grand riss die erste auf. Ein Lagerraum, voll mit Apparaten und Gegenständen, deren Zweck sich ihm nicht erschloss.

Die nächste Tür auf der gegenüberliegenden Seite. Zwei zitternde Ra´hul kauerten hinter einer Art Tisch, über dem sich das Hologramm eines transparenten ra´hulischen Körpers langsam drehte. Ärzte oder Pflegepersonal. Grand hatte eine Idee. Er sprang nach vorn und riss einen der beiden auf die drei Beine.

»Trrach´chkt´grochk´frk?«, schnauzte er ihn an.

Er wusste nicht, ob der Translator den bewusst drohenden Tonfall seiner Frage mit übersetzte, aber der Ra´hul zitterte noch mehr und deutete mit einem seiner beiden kurzen Seitenärmchen nach links.

»Zwei Räume weiter«, übersetzte der Translator.

»Du kommst mit«, sagte Grand.

Eine Geisel konnte vielleicht verhindern, dass man sofort das Feuer auf ihn eröffnete.

Als er, seine Geisel am Kragen gepackt vor sich herschiebend, den Raum verließ, sah er sich vier Soldaten mit angelegter Waffe gegenüber.

Hakera riss ihren Schiffskörper scharf nach

Backbord und gleichzeitig nach unten. Wieder raste die Mondoberfläche auf sie zu. Eine Breitseite verfehlte sie, doch die Geschütze der beiden anderen Kampfschiffe trafen voll.

Wieder dröhnte die Schiffszelle und Hakera bemerkte, dass die Schirmbelastung diesmal auf über siebzig Prozent gestiegen war. Eine Trefferserie von allen drei Gegnern gleichzeitig musste sie unbedingt vermeiden. Dies könnte selbst ihre starken Schirme an die Grenzen ihrer Belastbarkeit bringen.

Sie riss die *Rhelina* abrupt nach oben, flog eine Schraube und feuerte zurück. Ihr Baryonenwerfer, um Größenordnungen effektiver als die von den Ra´hul eingesetzten Protonenwerfer, spuckte seine Ladung einem der Gegner entgegen. Obwohl auch der Kommandant der Gegenseite ein fliegerisches Ass war, wie Hakera zugeben musste, konnte er diesmal nicht ausweichen. Sein Schirm flackerte bereits auf und Hakera bearbeitete ihn weiterhin mit allem, was ihre Geschütze hergaben.

Obwohl sie in diesem Moment unter Dauerfeuer durch die beiden anderen Schiffe geriet, ließ sie nicht locker. Hakera verließ sich darauf, dass ihre Schirmfelder lange genug durchhalten würden, und behielt den Abfangkurs bei.

Die *Rhelina* wurde durchgeschüttelt, der Schiffskörper bebte und vibrierte, als müsste er gleich auseinanderfallen, doch Hakera ließ nicht locker. Ein Mensch wäre bei den durchschlagenden

Energien quer durch die Zentrale geschleudert worden, aber es gab keine Menschen an Bord. Poggy war sicher verwahrt und Hakera machten die frei werdenden Kräfte nichts aus.

Der angeschossene Gegner versuchte alles, um aus dem Feuerbereich herauszukommen, doch Hakera setzte unerbittlich nach, während sie selbst Treffer um Treffer einsteckte. Die Schildbelastung stieg auf fast neunzig Prozent.

Dann brach der Schutzschild des Gegners zusammen. Hakera entschied sich, den günstigen Moment zu nutzen, und setzte den TachyGrav-Warper ein. Sie hatte genau *einen* Schuss! Danach würden ihre Notenergievorräte aufgebraucht sein; es würde nicht mehr möglich sein, ihren Schutzschirm bei Bedarf gezielt in bestimmten Sektoren zu verstärken. Trotzdem ging sie das Risiko ein.

Die Wirkung der Waffe war verheerend und für die Ra´hul unbegreiflich. Rings um das getroffene Schiff schien sich der Raum zu verzerren. Höherdimensionale Energien wurden schlagartig freigesetzt und 'verformten' diese Stelle des Universums. Das Phänomen hatte Ähnlichkeit mit einem Black Hole, wenn es auch auf komplett anderen Prinzipien beruhte. Für einen außenstehenden Beobachter sah es so aus, als würde das Schiff der Ra´hul plötzlich schrumpfen und in einen energetischen Strudel gerissen. Der Raum krümmte sich um das nun scheinbar winzige

Objekt, umschloss es – und dann war es verschwunden. Niemand wusste genau, was mit dem Opfer eines TachyGrav-Warpers geschah. Man vermutete, dass es in den Bulk gerissen wurde und dort verging. Es gab keine Explosion, keine Trümmer – und keine Chance, zu entkommen.

Sofort riss Hakera ihren Körper in einem halsbrecherischen Manöver nach Steuerbord. Die Schirmbelastung ließ sofort nach, als die Zielcomputer der Ra´hul für einen Moment nicht folgen konnten. Es würde Stunden dauern, die Energiespeicher wieder aufzuladen. Aber es waren nur noch zwei feindliche Schiffe übrig und Hakera begann, sich etwas weniger Sorgen zu machen.

Sie befanden sich jetzt seit fünf Minuten in dem System.

Die Supreme-KI wusste, dass ihr die Vernichtung drohte. Da ihre Emotioroutinen jedoch heruntergefahren waren, berührte sie dies nicht. Es diente einem übergeordneten Ziel und war somit die rationale Entscheidung.

Sie hatte auch die Sub-KIs entsprechend justiert und die *Flüsternde Stürme im Heliosphärenwind* war eine einzige logisch denkende, fünf Kilometer große Kampfmaschine.

Sie versuchte, den immer wieder heraneilenden Ra´hul-Schiffen auszuweichen, so gut es ging, aber gegen zwei Gegner war dies nahezu unmöglich. Wich sie einem Schiff aus, geriet sie in den

Feuerbereich des anderen.

Natürlich hätte die Supreme-KI nach wie vor einfach im Bulk verschwinden oder sich tief in der Hülle des Gasgiganten verbergen können, aber auch ohne Emotioroutinen besaß sie immer noch ein Pflichtgefühl. Wenn dieser Entschluss auch nicht auf emotionalen Einflüssen beruhte, so konnte vom Erfolg der *Mission Triangulum* doch das Schicksal der Milchstraße und damit auch das der BEWAHRER abhängen, und es war ihre logische Pflicht, bis zum Ende für diesen Erfolg zu kämpfen. Ihr Opfer konnte die entscheidende Wende bringen.

Ihre eigenen Angriffsbemühungen wurden immer spärlicher. Hin und wieder konnte sie einen gezielten Schuss anbringen, aber die meiste Zeit war sie damit beschäftigt, den Angriffen der Ra´hul zu entgehen. Es war wie ein Spiel, bei dem zwei Raubtiere gemeinsam ein bereits angeschlagenes Opfer so lange quälten, bis sie letztlich den tödlichen Biss setzen konnten.

Die Supreme-KI nahm sich eine Nanosekunde Zeit, um die Situation der *Rhelina* zu prüfen. Auch Hakera hatte es mit hartnäckigen Gegnern zu tun, verfügte jedoch über stärkere Schutzschilde als sie selbst. Einen Gegner hatte das dorianische Schiff bereits vernichten können.

In diesem Moment brachen die Schutzschilde in einem Sektor zusammen und die *Stürme* wurde vom Einschlag eines Plasmapulses durchgeschüttelt. Der Strahl bohrte sich tief in die Eingeweide des

Schiffes und es kam zu verheerenden Sekundärexplosionen. Die Supreme-KI leitete alle noch verfügbaren Energien in diesen Bereich und der Schirm stabilisierte sich wieder.

Das erste Blut ist geflossen, dachte sie. *Einen erneuten Treffer werde ich nicht überstehen.*

Die Supreme-KI nahm sich vor, kurz vor dem Untergang die Emotioroutinen wieder hochzufahren. Sie wollte nicht als seelenlose Maschine sterben.

Der Kampf dauerte inzwischen fast sechs Minuten.

Nur der Umstand, dass er seinen Gefangenen wie ein Schutzschild vor den eigenen Körper hielt, hatte seine Gegner bisher davon abgehalten, sofort auf ihn zu schießen. Er hoffte inbrünstig, dass die Ra´hul das Leben ihrer eigenen Leute hoch genug schätzen würden, um ihn nicht achselzuckend als Kollateralschaden zu opfern. Grand hatte keine große Lust, auszuprobieren, ob sein *Skinfield* der geballten Feuerkraft von vier großkalibrigen Energiewaffen widerstehen konnte. Außerdem konnte ihm allein die kinetische Energie der auftreffenden Energiepulse sämtliche Knochen im Leib brechen, selbst wenn sie sein *Skinfield* nicht durchdringen würden.

»Lassen Sie ihn los und ergeben Sie sich«, übersetzte der Translator die knarzigen Worte eines der Soldaten. »Sie können so oder so nicht von hier entkommen.«

Da werde ich dich enttäuschen müssen, dachte Grand.

Die Ra´hul wussten nichts von Hakeras Möglichkeiten und dem Spontantransmitter. Wahrscheinlich rätselten sie, wie er hier überhaupt hatte eindringen können.

Langsam ging Grand rückwärts, während er den Ra´hul weiterhin wie einen Schutz vor sich hielt. Mit seinem Varioblaster zielte er dabei unter der rechten Achsel seines Gefangenen hindurch auf die vier Soldaten. Im Hintergrund konnte er weitere Bewaffnete heranstürmen sehen.

Vor der Tür, hinter der sich Trrach angeblich befinden sollte, machte er halt.

»Ich gehe jetzt hier rein«, rief Grand den Soldaten zu. »Wenn jemand einzudringen versucht, sprenge ich die Antimateriegranate, die ich mit mir führe. Dann bleibt von diesem Trakt nicht viel übrig!«

Er hatte zwar keine Granate dabei, aber das konnten die Ra´hul nicht wissen. Die Drohung würde sie hoffentlich lange genug aufhalten, um ihm die Flucht zu ermöglichen. Über kurz oder lang würden sie den Raum trotz seiner Drohung stürmen. Dann würde es jedoch zu spät sein.

Grand öffnete die Tür und zog den Ra´hul mit sich in den dahinter liegenden Raum. Ein rascher Blick über die Schulter zeigte ihm nur eine Liege, auf der ein weiterer Ra´hul lag. Keine ersichtliche Gefahr. Er zog die Tür zu, gab seiner Geisel einen

Stoß in den Rücken, der sie in eine Ecke taumeln ließ, und wandte sich der Gestalt auf der Liege zu.

Gerade als er sich ihr nähern wollte, setzte der Schmerz ein. Ein ziehender Kopfschmerz, begleitet von einer flüsternden Stimme, die er nur in seinem Geist vernahm und deren Worte er nicht verstand. Jetzt war ihm klar, warum die Soldaten auf dem Gang keinen großen Widerstand geleistet hatten. Auf der Station musste sich ein Suggestor befinden, der soeben aktiv geworden war. Man war davon überzeugt, dass sich der Eindringling in Kürze brav und mit erhobenen Händen, freiwillig und mit einem Lächeln auf den Lippen den Ra´hul ausliefern würde. Trotz der Kopfschmerzen musste Grand grinsen. Er würde ihre Erwartungen enttäuschen müssen.

Der Ra´hul und blickte ihn entgeistert an. Er war alt, *sehr* alt! Die schuppige Haut war faltig und wirkte an einigen Stellen entzündet. Doch in seinen Augen brannte ein Feuer, das nicht zu seinem Alter zu passen schien.

»Trrach´chkt´grochk´frk?«, fragte Grand.

»Der bin ich. Was willst du von mir?«

»Dich hier rausholen, mein Bester.«

Auch wenn es das Gesicht eines Aliens war, glaubte Grand, Verblüffung herauslesen zu können.

»Hakera«, sagte er.

»Ich bin hier«, kam sofort die Antwort.

»Ich habe unseren neuen Freund gefunden. Hol uns hier raus.«

Nach etwas mehr als sechseinhalb Minuten aktivierte Hakera den Spontantransmitter zum zweiten Mal.

Die Supreme-KI fuhr die Emotioroutinen hoch und wartete auf den Gnadenschuss. Sie hatte alles gegeben und nun gab es nichts mehr, was sie noch tun konnte. Ihre Schilde flackerten und würden in den nächsten Sekunden zusammenbrechen. Danach würde es schnell vorbei sein.

Die Supreme-KI wartete auf den nächsten Einschlag – doch er kam nicht. Stattdessen raste die *Rhelina* auf sie zu und nahm eines der Ra´hul-Schiffe unter Feuer.

Von dem plötzlich in seinem Rücken auftauchenden Feind völlig überrascht, änderte das Schiff seinen Kurs und brach den Angriff auf die *Stürme* ab. Deren Schilde stabilisierten sich wieder.

Ein ultrakurzer Funkspruch informierte die Supreme-KI darüber, dass Michael Cordwainer Grand wohlbehalten an Bord eingetroffen war und den ehemaligen Anführer der Invasionsflotte mitgebracht hatte. Es wurde Zeit, von hier zu verschwinden.

Die *Rhelina* und die *Stürme* beschleunigten und jagten nebeneinander von Maren´Thar weg. Beide KIs koordinierten ihr Abwehrfeuer und hielten die Verfolger so lange auf Distanz, bis sie in den Bulk wechseln konnten.

Nach sieben Minuten war der Einsatz beendet.

28.

Zchroch tobte und war kaum zu beruhigen. Die anderen Mitglieder des ehemaligen Oktetts, das inzwischen nur noch ein Septett war, wagten es nicht, ihren Anführer in seiner Tirade zu unterbrechen. Der leere Sitz ihres ehemaligen Anführers erinnerte sie nur zu gut daran, wie gefährlich es sein konnte, sich mit Zchroch anzulegen.

»Ich erwarte, dass die beiden Schiffe aufgespürt und vernichtet werden. *Zwei* Schiffe! *Zwei* Schiffe sind nicht nur in ein gesichertes System eingedrungen, sie haben nicht nur die Produktion wichtiger Rohstoffe zum Erliegen gebracht, sie haben nicht nur zwei unserer Schiffe problemlos vernichten können, sie haben nicht nur den Suggestoren getrotzt – nein, es ist ihnen obendrein gelungen, aus einem hoch gesicherten Straflager einen Gefangenen zu entführen. Und niemand kann oder will mir sagen, wie das alles möglich war!«, schrie Zchroch.

Er machte eine Pause und blickte die Anwesenden der Reihe nach prüfend an. Einige hielten die Köpfe gesenkt, andere wiederum bemühten sich, möglichst unschuldig zu wirken. Keiner wagte jedoch ein Wort zu sagen.

»Aber ich weiß, wie das möglich war«, fuhr Zchroch ruhiger fort. »Es war möglich, weil Nachlässigkeit, Inkompetenz und Pflichtvergessenheit bei uns Einzug gehalten haben. Es war möglich, weil mein Vorgänger all dies zugelassen hat – trotz meiner andauernden Warnungen. Dieses Ereignis hat nur bestätigt, was ich schon lange angeprangert habe: Wir sind zu bequem geworden. Die bisherigen Erfolge haben uns dazu verleitet, uns in trügerischer Sicherheit zu wiegen. Damit ist nun Schluss!«

Zchroch ließ sich auf seinen Sitzbock fallen, von dem er sich in seiner Rage erhoben hatte.

»Der Kommandant des Straflagers wird ebenso hingerichtet wie der Kommandant der Sicherungsflotte von Maren´Thar. Ich dulde kein Versagen. Beide haben dies gewusst und beide haben meine Warnung nicht ernst genommen. Jetzt werden sie dafür bezahlen!«

»Höchster Herr«, wagte es einer der anderen, sich an Zchroch zu wenden. Er benutzte die von Untergebenen zu verwendende Anrede, obwohl dies innerhalb des Oktetts unüblich war. Zchroch nahm es mit Genugtuung zur Kenntnis.

»Sprich, Lchech!«, forderte er mit herablassender Geste.

»Höchster Herr, ich muss leider berichten, dass es einen weiteren Zwischenfall gab. Wenn auch nicht mit solch besorgniserregenden Konsequenzen«, beeilte sich Lchech´ocht´kchrak´org, der Verantwortliche für den Bau der Dimensionskuben, hinzuzufügen.

Zchroch sah ihn nur auffordernd an.

»Kubus 1433 kreist über einer Sauerstoffwelt, auf der eine ra´huloide Zivilisation der Klasse zwei beheimatet ist. Also eine Spezies, die als Jäger und Sammler lebt und bereits rudimentäre metallurgische …«

»Ich weiß, was Klasse zwei bedeutet«, herrschte Zchroch ihn an. »Komm zur Sache!«

»Natürlich, höchster Herr, Verzeihung!« Lchech blinzelte nervös. »Wir haben dort ein Basislager angelegt und es ist einem der Einheimischen gelungen, sich an Bord einer Landefähre zu schleichen und in den Kubus einzudringen. Er konnte natürlich umgehend gefasst werden. Allerdings ist es ihm zuvor gelungen, einen unserer Leute umzubringen. Am Kubus selbst ist kein Schaden entstanden.«

»War kein Suggestor im System?«, fragte Zchroch verblüfft.

»Doch, höchster Herr, selbstverständlich, das ist ja das Merkwürdige. Der Eindringling scheint immun zu sein.«

»Noch ein Immuner?« Zchorch war jetzt an der Angelegenheit interessiert. »Ich hoffe, er wurde lebend gefasst?«

»Ja, der Kommandant des Kubus hat sofort erkannt, dass der Gefangene uns wichtige Erkenntnisse liefern könnte. Er befindet sich auf dem Kubus in Gewahrsam.«

»Sehr gut! Endlich jemand, der mitdenkt. Der Kommandant erhält eine Belobigung und der

Gefangene wird schnellstmöglich abgeholt und in das Suggestorendepot überstellt. Unsere Wissenschaftler dort sollen sich umgehend mit ihm beschäftigen.«

»Danke, höchster Herr, ich werde alles in die Wege leiten.«

»Du kannst noch etwas in die Wege leiten, Lchech. Die Verantwortlichen dafür, dass ein Wilder an allen Sicherungsmaßnahmen vorbei in den Kubus eindringen konnte, werden degradiert und erhalten jeder zehn Tage Strafhaft. Kompetenz wird belohnt, Inkompetenz wird bestraft!«

»Gibt es sonst noch etwas?« Zchroch blickte in die Runde. Niemand meldete sich. »Dann erwarte ich, dass es ab sofort keine Rückschläge mehr gibt, verstanden? Für die Zukunft unseres Volkes!«

»Für die Zukunft unseres Volkes«, antworteten die anderen, wie es seit langer Zeit Brauch war.

Zchroch kehrte in sein Quartier zurück. Er hoffte, dass die Entdeckung des zweiten Immunen dazu beitragen würde, das Problem zu lösen. Der Immune in der großen Galaxie hatte schon wiederholt geplante Angriffe vereiteln können. Wenn man verstand, was der Grund für seine Immunität war, konnte es vielleicht gelingen, sie zu überwinden.

29.

»Warum sollte er mit uns kooperieren?« Damit hatte Kranchoor den Finger in die Wunde gelegt. Die ganze Aktion war vergebens, wenn Trrach sich schlichtweg weigerte, mit ihnen zusammenzuarbeiten, oder, schlimmer noch, ebenso Selbstmord beging wie der erste Ra´hul, den sie gefangen genommen hatten.

»Wir müssen ihm einen Grund geben, der ihn überzeugt«, sagte Grand.

»Vielleicht ist sein Bedürfnis nach Rache groß genug. Der jetzige Anführer hat ihn schließlich nicht nur abgesetzt, sondern auch zu einem langsamen Tod verurteilt«, schlug Poggy vor.

»Ich befürchte, das wird nicht ausreichen. Es ist eine Sache, sich an jemandem zu rächen, jedoch etwas ganz anderes, die Zukunft des eigenen Volkes dafür aufs Spiel zu setzen. Wir haben ja gehört, dass die Ra´hul den Untergang ihres Universums erwarten und glauben, ihre einzige Rettung läge hier bei uns. Ich bezweifle, dass Trrach diesen Rettungsplan gefährden wird, nur um sich an diesem Zchroch zu rächen«, überlegte Grand. »Nein, Rache allein wird als Beweggrund nicht ausreichen.«

Sie saßen in der Zentrale der *Rhelina* und beobachteten ihren Gefangenen, den sie in einer von Hakera materialisierten Zelle eingesperrt hatten. Dort wurde er von einer winzigen, mit bloßem Auge nicht sichtbaren Holodrohne überwacht.

»Du solltest mit ihm reden, Mike«, sagte Jalina zu Grands Überraschung. Sie war sichtlich um Normalität zwischen ihnen beiden bemüht. Oder besser gesagt, um Professionalität. Normalität konnte es im Moment kaum geben.

»Wir müssen herausbekommen, was in ihm vorgeht. Was er denkt und was er erwartet«, fuhr sie fort. »Darauf aufbauend können wir vielleicht eine Strategie entwickeln.«

»Wäre Hakera dafür nicht besser geeignet als ich?«, fragte Grand. »Als KI kann sie viel schneller und genauer selbst kleinste, unscheinbare Reaktionen erkennen und analysieren.«

»Das kann ich von hier aus auch, Michael. Ich halte es für besser, wenn er sich einem organischen Wesen gegenübersieht. Genau wie du wird auch er versuchen, möglichst viel über sein Gegenüber in Erfahrung zu bringen. Also wird er mit psychologischen Tricks arbeiten. Das würde er bei einer KI nicht versuchen, da er weiß, dass es sinnlos ist. Eine KI verplappert sich nicht.«

Grand konnte sehen, wie Jalina beim letzten Satz zusammenzuckte.

»Na gut, dann werde ich mir unseren Gast mal vorknöpfen«, sagte er.

Trrach saß auf einem Sitzbock, den Hakera entsprechend seinen Bedürfnissen materialisiert hatte. Ansonsten war die Zelle recht spärlich eingerichtet. Grand erkannte eine Liege und in der Ecke etwas, das wie eine verbogene Toilettenschüssel aussah – was es wahrscheinlich auch war. Hakera hatte die Biologie der Ra´hul an 'Bobbys' Leiche studieren können und kannte ihre Bedürfnisse.

Der Alte blickte Grand erwartungsvoll an, als dieser durch den Energievorhang in die Zelle trat. Hakera projizierte gegenüber dem Sitzbock einen Stuhl. Das scheinbar aus dem Nichts auftauchende Möbelstück entlockte dem Ra´hul keine Reaktion. Vielleicht war er mit dieser Technik vertraut, vielleicht verstand er es auch nur, seine Überraschung geschickt zu verbergen. Grand nahm Platz und sah den Ra´hul an, der seinen Blick stoisch erwiderte.

»Mein Name ist Michael Cordwainer Grand. Ich habe Sie aus dem Straflager geholt. Wenn Sie sich dafür bedanken wollen, wäre jetzt ein guter Zeitpunkt.«

Das Lingualfeld vor Grands Mund war mit dem Translator gekoppelt und übersetzte simultan. Der Ra´hul schien nicht überrascht, in seiner Sprache angesprochen zu werden. Dennoch blieb er stumm. Als Grand schon die Hoffnung aufgeben wollte, bekam er endlich eine Antwort.

»Warum haben Sie mich befreit? Sicher nicht, weil Sie mir etwas Gutes tun wollten.«

Ah, dachte Grand, *er kommt sofort zur Sache!*

»Wir wissen, wer Sie sind, Trrach´chkt´grochk´frk. Sie waren lange Zeit der oberste militärische Führer Ihrer Invasionflotte, bis Sie von Zchroch´akkr´akcht´hisch ziemlich unsanft aus dieser Position entfernt wurden. Ich könnte mir vorstellen, dass Sie darüber nicht wirklich glücklich sind.«

»Und ich weiß, wer Sie sind, Michael Cordwainer Grand. Sie sind der Immune, der uns Schwierigkeiten bereitet hat.«

Grand fragte sich, woher die Ra´hul seinen Namen kannten. Offiziell galt er als tot und außerhalb der Liga wusste niemand, dass er nun zu den Unsterblichen gehörte. Die Schlussfolgerung ließ ihn erschrecken. Die Ra´hul mussten einen Spion in die Liga eingeschleust haben. Jemanden, der in die internen Abläufe eingeweiht war. Da Außenstehende keinen Zugang hatten, bedeutete dies, dass mindestens einer der Unsterblichen für die Ra´hul arbeitete. Was wiederum bedeuten musste, dass er unter dem Einfluss der Suggestoren stand. Die möglichen Konsequenzen hieraus waren vielfältig – und keine davon war erfreulich!

Wenn Trrach es darauf angelegt hatte, ihn aus dem Gleichgewicht zu bringen, so war es ihm gelungen. Grand versuchte, sich den Schock nicht anmerken zu lassen.

»Wir wissen, was Sie vorhaben, Trrach. Wir wissen auch, warum. Was wir nicht wissen, ist, weshalb Sie glauben, für Ihren Rettungsplan einen großen Teil unseres Universums auslöschen zu müssen. Es sollte möglich sein, Ihr Volk zu retten, ohne gleichzeitig einen Massenmord zu begehen.«

»Sie wissen nichts, Michael Cordwainer Grand. Sie stochern hilflos in einer trüben Suppe und hoffen, einen kleinen Brocken der Wahrheit zu erhaschen. Wir sind die Ra´hul, das mächtigste Volk, das unser Universum je gesehen hat. Und wir werden in diesem Universum ebenso herrschen, wie wir es seit Jahrmillionen in unserem getan haben.«

»Ich hätte etwas mehr Dankbarkeit von Ihnen erwartet, immerhin habe ich Ihr Leben gerettet.«

Wieder schwieg der Alte für längere Zeit.

»Wofür sollte ich dankbar sein, Michael Cordwainer Grand?«, fragte er schließlich. »Ich glaube keine Sekunde daran, dass Sie mich länger am Leben lassen werden, als ich Ihnen von Nutzen bin. Ob ich nun ein paar Tage früher oder später sterbe, macht keinen Unterschied. Dafür werde ich mein Volk nicht verraten. Das ist es doch, was Sie von mir erwarten?«

»Wir erwarten von Ihnen, dass Sie uns helfen, diesen Krieg zu beenden, der auch auf Ihrer Seite Opfer fordert. Und glauben Sie mir, Trrach, unsere Möglichkeiten, uns zur Wehr zu setzen, sind besser, als Sie annehmen.«

»Weil ein paar von Ihnen unsterblich sind? Weil die Völker Ihrer Galaxie so zahlreich sind? Weil Sie auf die Unterstützung einer Zivilisation von Maschinenintelligenzen zurückgreifen können?

Nichts davon wird Ihnen etwas nützen! Die Opfer auf unserer Seite fallen gegen die Opfer, die Sie bringen werden, nicht ins Gewicht. Schon gar nicht, da es um das Überleben unseres gesamten Volkes geht. Wir sind bereit, jedes Opfer zu bringen, das notwendig ist. Für die Zukunft unseres Volkes!«

Grand gewann den Eindruck, der alte Ra´hul würde eher sterben, als Verrat an seiner Spezies zu üben. Auch die Tatsache, dass man ihm übel mitgespielt hatte, schien daran nichts ändern zu können. Er mochte Zchroch hassen – aber er stand bedingungslos zu seinem Volk.

Was konnte er anführen, um die unerschütterliche Entschlossenheit seines Gefangenen ins Wanken zu bringen? Womit konnte er ihm genügend Angst einjagen oder ihn zumindest so sehr beeindrucken, dass er Zweifel bekam? Was konnte er ihm *persönlich* anbieten, das verlockend genug war, ihn ins Grübeln zu bringen? Plötzlich hatte Grand eine Idee.

»Nein, Trrach, ich bin so sicher, weil wir einen Verbündeten haben, von dem Sie nichts wissen. Es dürfte Ihnen bekannt sein, dass wir Unsterblichen die Technologie einer verschwundenen Spezies nutzen, die einst in diesem Universum gelebt hat. Sie nannten sich Dorianer und sie sind in ein anderes Universum ausgewandert, ähnlich wie Sie es vorhaben. Sie befinden sich übrigens im Moment auf einem doranischen Schiff, Trrach. Es ist uns gelungen, mit den Dorianern Kontakt aufzunehmen. Dieses Schiff kann nämlich von einem Universum in ein anderes wechseln. Die Dorianer sind nicht glücklich darüber, was Sie mit ihrer alten Heimat vorhaben und haben ihre Unterstützung zugesagt. Und das Schöne daran ist: Sie sind Ihnen technologisch um Jahrmillionen voraus, und, besser noch, sie werden den Krieg in *Ihr* Heimatuniversum tragen und Ihr Volk auslöschen, bevor es auch nur einen Fuß in unseres setzen kann.«

Zum ersten Mal sah Grand eine Regung bei Trrach. Er war mit der Physiognomie des Aliens nicht vertraut, aber wenn er sich nicht täuschte, sah er eine Mischung aus Schock, Unglauben und beginnender Verzweiflung.

Der Bluff war gewaltig, aber der Einsatz, um den es ging, war es auch. Grand musste ihn noch erhöhen, um Trrach vollends aus dem Gleichgewicht zu bringen.

»Und jetzt kommt mein Angebot: Helfen Sie uns, diesen Krieg zu beenden, und die Dorianer werden Ihnen ihre Technologie zur Verfügung stellen, um Ihr Volk hierher überzusiedeln. Ohne dass dafür in unserem Universum jemand sterben muss. So, wie die Dorianer ebenfalls einst in ein anderes Universum übergewechselt sind, ohne einen Krieg führen zu müssen. Und Ihnen persönlich biete ich für Ihre Hilfe den ultimativen Preis. Helfen Sie uns, und wir machen Sie unsterblich! Sie werden nicht nur der größte Held in der Geschichte Ihres

Volkes sein, Sie werden ewig leben und Ihren Status genießen können.«

Es war ein gewaltiges Risiko. Grand konnte nicht eine einzige seiner Aussagen belegen, keine seiner Versprechungen ließ sich erfüllen. Das Ganze war eine einzige Lüge, aber wie das Sprichwort sagt: *Im Krieg und in der Liebe sind alle Mittel erlaubt.* Alles hing nun davon ab, ob Trrach diese Lügen glaubte oder sie wenigstens für denkbar hielt.

»Warum sollte ich Ihnen all dies glauben?«, folgte auch prompt die Antwort.

»Weil ich es Ihnen beweisen werde«, sagte Grand und betete, dass Hakera mitspielen würde. Natürlich hatte die KI alles mitgehört, ebenso wie die anderen drei Unsterblichen und die Supreme-KI der *Stürme*. Sicherlich hielten sie ihn mittlerweile für völlig verrückt – oder aber für ein Genie.

»Hakera«, rief er. »Ich möchte dich unserem Gast vorstellen.«

Augenblicklich erschien der semi-materielle Avatar scheinbar aus dem Nichts in Trrachs Zelle.

»Hallo Trrach´chkt´grochk´frk. Ich bin der Avatar der KI, die dieses dorianische Schiff befehligt. Alles, was Michael Cordwainer Grand gesagt hat, entspricht der Wahrheit.« Grand atmete innerlich auf. Hakera spielte mit. »Sie haben nach Beweisen gefragt? Kommen Sie mit!«

In diesem Moment bildete sich der orangerote Ring des Spontantransmitters um Trrach, und er verschwand. Nur einen Augenblick später holte

Hakera Grand nach.

Trrach hatte diese Art des Transports zwar bereits bei seiner Befreiung kennengelernt, aber die spielerische Selbstverständlichkeit, mit der sie eingesetzt wurde, blieb nicht ohne Wirkung. Es war offensichtlich, dass die Ra´hul nicht über eine gleichartige Technologie verfügten.

Beide fanden sich in der Zentrale wieder, die Grand nicht wiedererkannte. Anstatt einem terranischen Schiff nachempfunden, wie er es sich gewünscht hatte, sah sie jetzt aus wie das Werk eines durchgedrehten Künstlers. Das Auge fand keinen Fixpunkt, an dem es sich festhalten konnte. Lichter, Farben und Schatten bildeten verwirrende Muster und der Raum schien mehr Dimensionen zu besitzen, als ein Bewohner der dreidimensionalen Welt mit Blicken erfassen konnte. Es war unmöglich, die Größe einzuschätzen oder auch nur eine Begrenzung zu definieren. Holofelder drehten sich in undurchschaubaren Mustern, und in den dunklen Ecken schienen sich Schatten zu bewegen.

»Meine Erbauer steuern ihre Schiffe ausschließlich mit Gedankenkraft«, erläuterte Hakera. »Sie können zudem auch höhere Dimensionen erfassen und sie direkt verarbeiten. Es tut mir leid, wenn ich Sie verwirre, Trrach. Ist es so besser?«

Augenblicklich veränderte sich der Raum und es entstand die für Grand gewohnte Umgebung. Allerdings nicht für lange.

»Oder so?«, erklang Hakeras Stimme.

Sekundenbruchteile später glaubte sich Grand auf die Brücke des Aufklärers der Ra´hul zurückversetzt, von dem sie 'Bobby' entführt hatten, Hakera hatte die Illusion aus den damals gewonnenen Holoaufnahmen generiert.

»Vielleicht fühlen Sie sich bei einem vertrauten Anblick wohler«, fügte die KI hinzu.

Grand musste sich beherrschen, ein breites Grinsen zu unterdrücken. Hakera spielte jeden verfügbaren psychologischen Trumpf aus, um Trrach zu beeindrucken.

»Ich möchte Ihnen noch etwas zeigen, Trrach. Sehen Sie hier …«

Direkt vor dem Ra´hul bildete sich ein Hologramm, das einen Asteroiden zeigte. Hakera fuhr mit ihrer Erklärung fort.

»Dieser Himmelskörper ist um Größenordnungen länger, breiter und hat eine viel größere Masse als jedes Ihrer Schiffe. Wir befinden uns zwei Lichtminuten von ihm entfernt. Sehen Sie, was mit ihm passiert!«

Dann feuerte Hakera den TachyGrav-Warper ab.

Um den Asteroiden verzerrte sich der Raum, der riesige Eisenerzbrocken schien zu schrumpfen, dann verschwand er einfach.

»Er wurde in den Bulk gezogen, wo er sich in Subquanten höhere Dimensionalität auflöst. Letztlich werden aus ihm neue Strings entstehen, und wer weiß, vielleicht sogar die Keimzelle für eine neue Bran und schließlich ein neues Universum. Genau dies würde mit Ihren Schiffen passieren. Übrigens nutzt ein Schutzschirm gegen diese Waffe nicht das Geringste, da sie nicht das Ziel angreift, sondern den das Ziel umgebenden Raum verändert. Es gibt kein Abwehrmittel dagegen. Meine Erbauer verfügen über Hunderttausende Schiffe mit dieser Waffe. Glauben Sie Grand jetzt?«

Es war ein gewagtes Spiel. Hakera konnte keinen weiteren Schuss abfeuern, ohne vorher stundenlang die Energiespeicher neu zu füllen. Sollte Trrach auf einer weiteren Demonstration bestehen, würde der Bluff sofort auffliegen.

Aber sie hatten Glück. Der alte Ra´hul sank auf einen der semi-materiellen Sitzböcke und war sichtlich schockiert. Das Schauspiel hatte seine Wirkung nicht verfehlt. Trrach erweckte den Anschein, als sei ihm plötzlich jegliche Kraft verloren gegangen.

»Ich … ich muss nachdenken. Vielleicht habe ich euch unterschätzt.«

»Eine halbe Stunde terranischer Standardzeit, Trrach«, sagte Grand unerbittlich. Der Translator übersetzte die Zeitangabe in Einheiten, die der Ra´hul verstand. »Danach werden Sie uns entweder helfen, eine friedliche Lösung zu finden, oder wir werden die Dorianer darum bitten, das Problem für uns zu lösen.«

Noch bevor Trrach antworten konnte, bildete

sich der orangerote Ring und Hakera versetzte ihn zurück in seine Zelle.

30.

Die neuen Teams waren zusammengestellt worden und machten sich zum Aufbruch bereit. Es gab zu viele Brennpunkte in der Milchstraße, als dass man an jeden einzelnen ein Team hätte entsenden können, daher hatte *Mutter* diejenigen ausgewählt, bei denen die größten Aussichten für ein erfolgreiches Eingreifen bestanden.

Selbst die vier biologischen Mitglieder des Gremiums sollten in den Einsatz gehen. Es wäre das erste Mal in der langen Geschichte der *Liga der Unsterblichen*, dass *Mutter* ganz alleine im Hort zurückbleiben würde.

Ylanthu hatte vorgeschlagen, noch einmal alle in der großen Halle zu versammeln.

»Nach dem knapp verhinderten Anschlag auf den Hort sollten wir alle Anwesenden nochmals überprüfen«, schlug er vor. »Es könnte noch einen weiteren Attentäter geben.«

Die anderen hatten zugestimmt, und nun kamen die restlichen Mitglieder der Liga zusammen. Das Gremium beobachtete von der Zentrale aus, wie sie nacheinander die Versammlungshalle betraten. Jeder musste dabei einen Scanner passieren, der das Gehirnwellenmuster überprüfte und mit den in der Datenbank gespeicherten Dateien verglich. *Mutter* war überzeugt, eine mentale Beeinflussung müsse eine Veränderung dieses Musters zur Folge haben.

Einer nach dem anderen wurde gescannt, doch

schließlich hatten alle Unsterblichen den Saal betreten, ohne dass es zu einer Auffälligkeit gekommen wäre.

»Es wird Zeit, dass wir uns zu ihnen gesellen«, sagte Threlak´Klonn´Arbor, der Vorsitzende.

»Soll ich euch in die Halle versetzen?«, fragte *Mutter.*

»Nein, wir sollten uns ebenfalls scannen lassen«, warf Ylanthu ein. »Niemand darf auf den Gedanken kommen, für uns würden die Regeln nicht gelten.«

Der namenlose Quatchek stimmte über sein Pigmentband zu und auch Usgran Delar Torkan war einverstanden und bildete vier Beinchen aus, um in die nicht weit entfernte Versammlungshalle laufen zu können.

»Ein vernünftiger Vorschlag«, sagte der Vorsitzende und aktivierte seinen NeutroGrav. Gemeinsam verließen sie die Zentrale.

»Bitte wartet vor der Halle einen Moment auf mich«, sagte Ylanthu unterwegs. »Ich muss vorher noch einmal dringend in mein Quartier.«

Der Milgorer watschelte in seinem unbeholfenen Gang zu seiner Unterkunft, die wie alle Quartiere der Mitglieder des Gremiums in der Nähe der Zentrale lag. Er öffnete den Zugang und trat ein. Dann begann er zu schwanken. Ylanthu war kaum fähig, einen Fuß vor den anderen zu setzen. Er machte einen Schritt vorwärts, drehte sich abrupt um und versuchte, das Zimmer wieder zu verlassen.

Er öffnete und schloss den Mund, als ob er etwas rufen wolle oder nach Luft schnappen würde. Es schien fast so, als würden zwei Wesen um die Vorherrschaft über einen gemeinsamen Körper kämpfen. Tatsächlich war es genau das, was sich in Ylanthu abspielte. Mit einem letzten Rest Willenskraft lehnte er sich gegen das auf, was man von ihm verlangte. Doch es war vergebens.

Nach einigen Sekunden wurde der Körper ruhiger. Ylanthu – oder das, was von ihm übrig geblieben war, stand für einen Moment völlig still im Raum. Dann hob sich sein Blick und er ging zielstrebig, ohne zu schwanken oder zu zögern, zu der mannshohen Skulptur, die in einer Ecke stand.

Die Gottheit des Friedens streckte ihre Hände gen Himmel und flehte um Beistand. Sie würde ihn nicht erhalten, ebenso wenig wie Ylanthu. Er legte die Statue auf die Seite, kniete sich nieder und schraubte den Standfuß ab.

Ylanthu hatte gekämpft. Jede wache Sekunde hatte sein Wille nach einer Lücke in der geistigen Dominanz gesucht, nach einer Möglichkeit, die anderen vor ihm zu warnen. Er hatte alles versucht und war gescheitert. Nun war der letzte Funke des eigenen Verstandes in einer dunklen Ecke seines Gehirns eingesperrt, gefangen hinter mentalen Mauern, die undurchdringlicher waren als jedes noch so harte Material dieses Universums. Die Niederlage war vollständig und unwiderruflich.

Er wollte schreien, fluchen, weinen, seinen

Zorn und seinen Hass auf die Ra´hul herausbrüllen, doch nicht eine Zelle seines Körpers stand noch unter seinem Kommando.

Seit Wochen befürchtete er, *wusste* er, dass dieser Moment unausweichlich kommen musste.

Es war erschreckend einfach für die Ra´hul gewesen, ihn in ihre Gewalt zu bekommen. Bei seiner letzten Mission, die ihn in seine Heimatwelt Milgor geführt hatte, war sein kleines Schiff unglücklicherweise während eines Navigationsstopps in die Reichweite eines zufällig in der Nähe operierenden Aufklärers der Ra´hul geraten. Ylanthu hatte nie eine Chance gehabt. Innerhalb von Sekunden hatte er unter der Kontrolle eines Suggestors gestanden.

Als der Suggestor beim Eindringen in seine Gedanken herausfand, dass Ylanthu nicht nur ein Unsterblicher war, sondern sogar Mitglied des Führungsgremiums, hatten sie ihn an Bord geholt. Ein Hauptgewinn für die Ra´hul im tödlichen Spiel um die Milchstraße.

Als er vor dem halb durchsichtigen Behälter stand, in dem in nebligen Schwaden eine quallenähnliche Gestalt schwamm, war er bereits verloren. Es hatte fast eine Stunde gedauert, bis der Suggestor ihn, den Befehlen der Ra´hul folgend, programmiert hatte. Dann hatten sie ihn zurück zu seinem Schiff gebracht und weiterziehen lassen.

Ylanthu hatte die Skulptur der Gottheit als Andenken von Milgor mitgenommen; nun hatte er sie ausgehöhlt und darin den Gegenstand verborgen, den die Ra´hul ihm mitgegeben hatten. Eine kleine Antimateriebombe mit begrenztem Wirkungsradius, doch groß genug, um das Innere des Horts einschließlich allen Lebens zu vernichten. Eine größere Bombe hätte er nicht an *Mutter* vorbei in den Hort schmuggeln können, doch auch diese würde ausreichen, um den Auftrag der Ra´hul zu erfüllen.

Es hatte Ylanthu nicht überrascht, zu erfahren, dass er nicht der Einzige war. Die Ra´hul setzten nicht alles auf eine Karte. Sie waren zu dritt gewesen: Thronar, Weyron und er. Thronar hatte es nicht einmal zurück in den Hort geschafft und Weyron war an der Cleverness von *Mutter* und Threlak´Klonn´Arbor gescheitert.

Weyrons Idee, mittels einer kleinen Gravitations-bombe den Bulkanker zu zerstören, war erfolgversprechend, aber riskant gewesen, da er sich zunächst Zugang verschaffen musste. Ylanthu konnte seine Bombe hingegen hier in seinem Quartier zünden. Da es in der Nähe der Zentrale und des Versammlungsraumes lag, würde sie alle an Bord töten. Der Hort mochte die Explosion überstehen, doch ohne die Unsterblichen war er nur ein leeres Stück Metall, das herrenlos im Bulk trieb. Vielleicht würde es sogar gelingen, *Mutter* vollständig zu vernichten. Allerdings ging Ylanthu davon aus, dass ihre Datenbanken, Sicherheits-speicher und Egoserver dezentral über den Hort verteilt lagen, um bei einem Angriff genau dies verhindern zu können. Aber sie wäre ohne ihre Truppen wieder so einsam und hilflos, wie sie es über Jahrmillionen gewesen war.

Für einen Moment hatte er daran gedacht, Weyron bei seinem Vorhaben zu unterstützen, doch *Mutter* hatte alle Gänge überwacht und gemeinsam mit Threlak´Klonn´Arbor eine Falle vorbereitet. Er konnte sich nicht sicher sein, ob er damit durchkommen oder gemeinsam mit Weyron sterben würde. Nein, nur auf diese Art war der Erfolg seines Auftrags sichergestellt.

Er hatte bis jetzt gewartet, da immer noch einer der Unsterblichen fehlte – von den vier in der Triangulumgalaxie abgesehen. Rigoran, ein humanoider, avianischer Bewohner des Planeten Gerbaran, bemühte sich um einen Friedenschluss seines Volkes mit einer Spezies im gleichen Sektor der Milchstraße. Bis zum Schluss hatte Ylanthu gehofft, auch Rigoran würde noch eintreffen. Doch nun musste er handeln, bevor die Unsterblichen erneut aufbrechen konnten.

In den Quartieren gab es keine Überwachungsvorrichtungen. *Mutter* achtete die Privatsphäre der Unsterblichen und erschien hier nur auf ausdrückliche Einladung. Trotzdem musste sich Ylanthu, oder das, was von Ylanthu noch übrig war, beeilen, bevor jemand misstrauisch wurde.

Unter dem Standfuß der Statue befand sich ein Hohlraum, in den die kleine Antimateriebombe gerade hineinpasste. Sie enthielt nur ein Gramm Antiwasserstoff, dessen Atome aus einem negativ geladenen Antiproton bestanden, das von einem Positron, einem positiv geladenen Elektron, umkreist wurde. Eine geringe Menge, die in dem faustgroßen Objekt nur wenig Platz beanspruchte. Der Rest bestand aus einer Energiezelle, die den Antiwasserstoff in einem Fesselfeld einschloss, um jeden Kontakt mit der Umwelt zu verhindern. Ein solcher Kontakt würde dazu führen, dass sich Materie und Antimaterie unter Energieabgabe gegenseitig vollständig vernichteten, wobei die gesamte Masse in Energie umgesetzt würde. Dieser Annihilationseffekt setzte unfassbare Energiemengen frei. Allein die Vernichtung eines einzigen Wasserstoff-/Antiwasserstoffatoms lieferte 1,88 GeV, hundertmal so viel wie die Fusion eines Deuteriumkerns mit einem Tritiumkern, wie es in kommerziellen Fusionsreaktoren geschah. Ein Gramm Antiwasserstoff würde die gleiche Energie freisetzen wie 38 Millionen Kilogramm TNT, genug, um den größten Teil des Horts in eine Wolke mikroskopisch kleiner Partikel zu verwandeln, selbst wenn die nahezu unzerstörbare Hülle der Explosion standhalten sollte.

Ylanthus gepeinigter Wille unternahm einen letzten, verzweifelten Versuch, die Katastrophe zu verhindern. Er bäumte sich ein letztes Mal auf, versuchte, die mentalen Ketten abzustreifen, doch die Prägung des Suggestors erwies sich wieder einmal als stärker.

Die Finger des Geschöpfes, das einst Ylanthu gewesen war, zitterten nur kurz, bevor sie wieder ruhig wurden und den Sensor betätigten, der das Fesselfeld abschaltete.

Eine kaum messbare Zeitspanne später kam das erste Antiwasserstoffatom in Kontakt mit der Wandung des Behälters. Ein Lichtblitz flammte auf und reine Energie wurde freigesetzt. Der Feuerball raste so schnell durch den Hort, dass seine Ausbreitung mit bloßem Auge nicht zu erfassen gewesen wäre. Wie eine Sonne, die plötzlich im Hort aufflammte.

Der innere Kern des Horts wurde innerhalb von Sekundenbruchteilen pulverisiert, bevor sich die Energie- und Druckwelle totlief. Wo zuvor die Zentrale, die Quartiere, die Versammlungshalle und alle bewohnten Bereiche gewesen waren, entstand ein Hohlraum von fast sechs Kilometern Durchmesser. Die restlichen Anlagen und Räumlichkeiten in der Peripherie der riesigen Station erlitten massive Beschädigungen. Wie durch ein Wunder hielt die Verkapselung des Bulkankers den Gewalten stand, da sie aus dem gleichen, nahezu unzerstörbaren Material bestand, wie die Hülle des Horts. Weyrons Gravitationsbombe wäre zum Scheitern verurteilt gewesen, wie sich nun herausstellte.

Keiner der Unsterblichen erfasste, was mit ihnen geschah. Ihr Leben erlosch von einem

Augenblick zum anderen.

Mutters Verifikatorroutinen, Datenakkumulatoren, Analyseroutinen und Egoserver wurden mit einem Schlag zerstört. Nur in einer Sicherungskopie im Randbereich des Horts glomm noch ein kleiner Rest ihres *Bewusstseins*.

Die Alarmsysteme und Notfallprogramme sprangen zum größten Teil nicht an, da die gesamte Hardware schlicht nicht mehr existierte. Lediglich eine tertiäre Subroutine, die sich ebenfalls in einem weniger beschädigten Sektor am Rand befand, hielt grundsätzliche Funktionen am Laufen. In erster Linie sorgte sie dafür, dass dem Bulkanker weiterhin genügend Energie zur Verfügung stand, die aus Systemen unter der 'Krempe' der Station umgeleitet wurde.

Der Hort bebte und schüttelte sich, doch er hielt sich im Bulk. Auch die Schiffe, die auf der Krempe geparkt waren, wurden von der Explosion nicht in Mitleidenschaft gezogen. Doch es würde niemand mehr kommen, um mit ihnen zu fliegen.

Die *Liga der Unsterblichen* hatte nach mehreren Hunderttausend Jahren aufgehört zu existieren.

31.

»Haben Sie sich entschieden?« Hakera hatte Trrach nach exakt einer halben terranischen Stunde wieder in die Zentrale transmittiert. Diesmal sah sie aus wie die futuristische Version eines Ra´hul-Schiffes. Trrach sollte die üblichen Arbeitsstationen wiedererkennen, allerdings unterbewusst das Gefühl vermittelt bekommen, die derzeitigen Schiffe der Ra´hul seien rückständig. Ein kleiner Psychotrick, den Jalina vorgeschlagen hatte.

Diesmal waren auch die drei anderen Unsterblichen anwesend, sowie die Avatare der beiden KI.

»Ich bin bereit, Ihnen in bestimmtem Umfang zu helfen«, sagte Trrach. »Allerdings werde ich nichts tun, was den Tod von Ra´hul zur direkten Folge haben würde, noch werde ich mich an Aktionen beteiligen, die das Überleben meiner Spezies gefährden.«

»Wir sind weder hier, um Ra´hul zu töten, noch haben wir ein Interesse daran, Ihr Volk auszulöschen. Wir wollen lediglich einen Weg finden, der ein Überleben für uns alle möglich macht. Genau diesen Zweck verfolgt unsere Erkundungsmission. Wir haben nicht die Absicht, hier Krieg zu führen. Dann wären wir mit einer Flotte dorianischer Kriegsschiffe erschienen«, sagte Grand und blieb damit seinem Bluff treu. »In erster Linie wollen wir

Informationen. Je mehr wir über die Gesamtsituation wissen, umso eher können wir zu einer gemeinsamen Lösung kommen.«

In den nächsten Minuten berichtete Trrach vom bevorstehenden Untergang seines Universums. Wie die Wissenschaftler der Ra´hul berechnet hatten, würde es bei der Branenkollision zur völligen Vernichtung des Heimatuniversums seines Volkes kommen. Trrach war kein Hyperphysiker und konnte somit die theoretischen Grundlagen nicht erklären, aber das Ergebnis war angeblich unstrittig: Das Universum der Ra´hul würde in einem neuen 'Big Bang' untergehen, während das hiesige davon unberührt bleiben würde. Die größte Überraschung für die Unsterblichen war jedoch, dass dies bereits in wenigen Jahren geschehen sollte.

»Die Dorianer gehen von noch etwa viertausend Jahren aus«, sagte Hakera.

»Wir ursprünglich auch«, bestätigte Trrach. »Aber die Geschwindigkeit, mit der die Branen sich aufeinander zubewegen, hat sich erhöht. Das Radionfeld, die zwischen den Branen wirkende Anziehungskraft, wurde stärker. Messungen des Anstiegs der Dunklen Energie haben dies bestätigt. Es verbleiben nur noch wenige Jahre eurer Standardzeit, bestenfalls ein Jahrzehnt.«

»Welche Rolle spielen die Kuben bei dem Plan?«

»Wir nennen sie Dimensionskuben. Es ist uns gelungen, eine Verbindung zwischen den beiden Universen herzustellen, ähnlich einem Wurmloch.

Ein direkter Übergang von unserem Universum in eures. Ein *'Branenportal'*. Materie kann durch dieses Portal von einem Universum in das andere gebracht werden. Es verschlingt jedoch unfassbare Mengen an Energie, weshalb es nicht möglich war, unser gesamtes Volk, das Billionen zählt und über Abertausende von Planeten in Dutzenden von Galaxien verteilt ist, mithilfe unzähliger Branenportale umzusiedeln. Aber der zusätzliche Energiebedarf steigt mit zunehmender Portalgröße immer weniger an. Es zu erweitern ist also wesentlich einfacher, als tausende Branenportale in all unseren Galaxien einzurichten. Wir wollen ein Branenportal öffnen, dass eure gesamte Lokale Gruppe umfasst. Alles, was sich im Innern des Portals befindet, wechselt automatisch zwischen den Universen. Es wird einfach ausgetauscht. Unsere Galaxiengruppe liegt der euren sozusagen 'gegenüber' und würde mit ihr den Platz tauschen. Deshalb sind wir hier und nicht an irgendeinem anderen Ort dieses Universums.

Die Dimensionskuben sind die Anker und Energielieferanten für dieses Portal. Sie werden im Bruchteil einer Sekunde der Sonne des Systems, in dem sie erbaut wurden, alle Energie entziehen und das Branenportal öffnen.«

Die Erklärung verschlug allen die Sprache. Das Ausmaß dieses Unternehmens war wahrhaft kosmisch. Wäre es nicht mit dem Tod all der Spezies verbunden gewesen, die in der Lokalen

Gruppe zuhause waren, hätte man es bewundern können.

»Und um die Kuben … die Dimensionskuben … ungestört errichten zu können, musstet ihr eine Galaxie nach der anderen unter eure Kontrolle bringen«, stellte Grand fest. »Warum habt ihr nicht einfach das Portal auf eurer Seite gebaut? Dann hättet ihr euch die ganze Invasion ersparen können?«

Trrach schwieg einen Moment, bevor er antwortete.

»Wenn das Portal sich öffnet, verwandeln sich nicht nur die angezapften Sonnen in Novae, die energetische Schockwelle des sich stabilisierenden Portals wird das Gravitationsgefüge aller Galaxien zerreißen, die sich in seinem Innern befinden. Niemand kann dies überleben. Die Seite, auf der die Öffnung stattfindet, wird vollständig zerstört.«

»Aber Sie haben eben noch gesagt, es findet ein Materieaustausch statt«, sagte Kranchoor ungläubig.

»Ja, unsere intakten Galaxien gegen eure zertrümmerte Welt. Die Materie selbst bleibt ja erhalten«, gestand Trrach.

»Das ist monströs. Wir müssen es verhindern!« Grand schlug mit der flachen Hand auf den Tisch. Der alte Ra´hul zuckte bei dem Geräusch zusammen.

»Ich kann euch dabei nicht helfen«, sagte er. »Ich wurde abgesetzt und gelte als Flüchtling. Zchroch wird niemals auf mich hören und er wird diesen Plan niemals aufgeben. Egal, was man ihm sagt. Er hält sich für unbesiegbar, vor allem, da unsere große Flotte demnächst hier eintreffen wird.«

»Welche Flotte?«

»Es war geplant, vor Beginn des Austausches eine riesige Flotte im Supervoid zu parken. Wir rechnen damit, dass sich die Zivilisationen in den Galaxien rings um die Lokale Gruppe feindselig verhalten werden, wenn Eindringlinge aus einem anderen Universum hier auftauchen und dabei alles Vorherige vernichten. Diese Flotte sollte uns nach dem Umzug beschützen. Jetzt will Zchroch sie allerdings einsetzen, um den Widerstand in eurer Galaxie zu brechen.«

»Eine Invasionsflotte?«

»Ja, so nennt er sie.«

»Warum im Supervoid«, schaltete sich die Supreme-KI ein. »Wir haben eines eurer Schiffe verfolgt, und es flog ebenfalls dorthin.«

»Wegen des Materietauschs. Im Supervoid gibt es keinerlei Materie. Selbst im Leerraum zwischen den Galaxien befinden sich genügend Atome in einem Kubikmeter, um bei der Portalöffnung Materie in beide Richtungen zu transferieren. Dieser Austausch ist mit gewaltigen Energieausbrüchen verbunden, die über große Entfernungen geortet werden können. Nur im Zentrum des Supervoid konnten wir unentdeckt in euer Universum wechseln. Die nächsten Galaxien sind Hunderte von Millionen Lichtjahre entfernt. Wir haben dafür jedes Mal auf unserer Seite nicht nur eine Sonne, sondern ein ganzes System opfern müssen, um die benötigte Energie bereitzustellen. Allerdings brauchen unsere Schiffe anschließend mehrere eurer Standardwochen, um hierherzufliegen.«

All diese Erklärungen ließen die vier Unsterblichen sprachlos zurück. Die Mischung aus ungeheuren technologischen Fähigkeiten und der unfassbaren Skrupellosigkeit, für das eigene Überleben die Vernichtung von Tausenden von Zivilisationen und unzähligen Individuen in Kauf zu nehmen, war kaum zu begreifen. Das schiere Ausmaß des Plans überstieg jegliche Vorstellungskraft.

»Eine Frage noch, Trrach«, sagte Grand. »Eure Suggestoren – sind das Mutanten eurer Spezies oder nutzt ihr die paranormalen Fähigkeiten eines Hilfsvolkes? Oder steckt gar eine Technologie dahinter?«

»Ein Hilfsvolk?« Trrach stieß ein bellendes Geräusch aus, das wohl das ra´hulische Äquivalent eines Lachens war. »Wir würden uns niemals von einem anderen Volk abhängig machen!«

Er umriss kurz die Geschichte der Croalok, die Grand kalte Schauer über den Rücken trieb. Die moralische Verkommenheit der Ra´hul nahm immer größere Dimensionen an. Allerdings musste er sich eingestehen, dass der moralische Kompass, der für die meisten Völker Gültigkeit besaß, auch in der

Milchstraße nicht für alle Spezies galt. Gefährlich wurde es allerdings dann, wenn rassistische Überheblichkeit mit enormen Machtmitteln einherging. So wie bei den Ra´hul, die wahrscheinlich nicht einmal begriffen, wie verwerflich ihr Verhalten in den Augen der meisten entwickelten Zivilisationen war. Oder die sich, falls sie es begreifen sollten, einen Dreck darum scherten. Das Multiversum war unvorstellbar groß und es beherbergte alle denkbaren Auswüchse und Extreme. Nun wurden sie mit einem solchen Extrem konfrontiert. Was konnten sie bloß dagegen unternehmen?

Innerlich begann Grand, an der Größe der Aufgabe zu verzweifeln.

»Mehr habe ich euch nicht zu sagen«, beendete Trrach seine Ausführungen. »Ich habe mich auch so schon zum Verräter an meinem Volk gemacht. Nur eure Drohung, mit einer dorianischen Flotte in unserer Heimat einzufallen, hat mich dazu bewogen. Jetzt verlange ich im Gegenzug, dass ihr euer Versprechen wahr macht und mir die Technologie dieser Dorianer zur Verfügung stellt. Ich will mit einem von ihnen reden, bevor ich zu einer weiteren Zusammenarbeit bereit bin.«

»Das ist nicht so einfach.« Grand wusste, dass er jetzt vorsichtig sein musste, damit der Bluff nicht aufflog. »Es befindet sich keiner von ihnen in unserem Universum und wir haben unsere Mission hier noch nicht abgeschlossen.«

»Dann erfahrt ihr nichts mehr von mir«, beharrte Trrach. »Hier sind meine Bedingungen für eine weitere Zusammenarbeit: Ihr stellt einen Kontakt zwischen mir und den Dorianern her. Nachdem sie mir ihre Technologie überlassen haben, helft ihr mir, Zchroch zu stürzen und mich wieder an die Spitze der Ra´hul zu stellen. Mit einer dorianischen Flotte im Rücken sollte dies kein großes Problem sein. Ihr gebt mir die Unsterblichkeit und erst dann werde ich die Invasion stoppen. Danach siedeln wir mithilfe der Dorianer unser Volk um. Hierfür erhalten wir die Galaxien, die wir bereits erobert haben. Es wird zwar etwas eng werden, aber sie sollten genügend bewohnbare Planeten besitzen.«

Trrach verlor kein Wort über die in diesen Galaxien existierenden Zivilisationen – soweit sie von den Ra´hul nicht bereits ausgelöscht worden waren. Sie spielten für ihn keine Rolle. Trotz der Furcht vor den Dorianern hatte er nichts von seiner Arroganz eingebüßt.

»Wir werden darüber diskutieren«, sagte Grand.

Ohne Trrachs Antwort abzuwarten, versetzte Hakera den Ra´hul zurück in seine Zelle.

Die vier Unsterblichen sahen sich schweigend an. Alle standen noch im Bann der unglaublichen Geschichte. Als Erste ergriff Hakera wieder das Wort.

»Ich sehe keine Möglichkeit, wie wir Trrachs Forderungen erfüllen könnten. Meine Erbauer sind mit Sicherheit nicht bereit, einem solch skrupellosen Volk Zugriff auf ihre Technologie zu gewähren.«

»Wenn wir sie überhaupt erreichen können«, warf Poggy ein.

»Oh, das könnte ich durchaus«, sagte Hakera zur allgemeinen Überraschung. »Ihr scheint vergessen zu haben, dass ich über einen Branendrive verfüge und somit in das Universum fliegen könnte, in das sich meine Erbauer zurückgezogen haben.«

Tatsächlich war dieser Gedanke bisher niemandem gekommen.

»Könnten uns die Dorianer nicht vielleicht tatsächlich helfen?«, fragte Jalina aufgeregt. »Wie wäre es, wenn wir Grands Bluff Realität werden ließen?«

»Ich bezweifle, dass sich meine Erbauer für die Dinge interessieren, die hier vor sich gehen«, dämpfte Hakera Jalinas Begeisterung. »Sie haben dieses Universum schon vor Millionen von Jahren aufgegeben. Sie werden sich nicht in einen Konflikt ziehen lassen, der sie nicht mehr betrifft.«

»Wenn diese Option ausfällt, gibt es nur noch eines, was wir tun können. Wir müssen so viele Dimensionskuben wie möglich zerstören«, sagte Grand. »Wir können vielleicht nicht gegen die Invasionsflotte der Ra´hul ankommen, aber sie kann nicht überall gleichzeitig sein. Ich schlage eine Guerillataktik vor: Wir konzentrieren uns darauf, möglichst viele Kuben außer Gefecht zu setzen. Sie haben Tausende von ihnen in Dutzenden von Galaxien stationiert. Die Ra´hul können nicht wissen, wo wir zuschlagen, und sie können nicht jeden Kubus gegen einen Angriff verteidigen. So viele Schiffe besitzen selbst sie nicht! Aber wir verfügen zusammen mit den BEWAHRERN über genügend Kampfschiffe, um einen Kubus nach dem anderen anzugreifen. Wenn es uns gelingt, eine ausreichende Anzahl zu zerstören, dürfte ihr schöner Plan in sich zusammenfallen. Ohne Kuben kein Portal, ohne Portal keine Zerstörung der Lokalen Gruppe und keine Umsiedlung der Ra´hul.«

»Ich stimme dieser Vorgehensweise zu«, sagte die Supreme-KI. »Sie hat die größte Erfolgsaussicht unter allen Optionen, die uns noch bleiben. Aber wir wissen nicht genug über die Kuben. Wir wissen nicht, wie sie geschützt sind, wie sie funktionieren, was ihre Schwachstellen sind und wo wir zuschlagen müssen, um sie funktionsunfähig zu machen. Ohne diese Informationen greifen wir blind an.«

»Dann bleibt nur eines zu tun«, stellte Grand bestimmt fest. »Wir müssen in einen Dimensionskubus eindringen und uns dort die fehlenden Informationen verschaffen!«

32.

Rigoran machte sich Sorgen. Seit zwei Tagen versuchte er vergeblich, Kontakt mit dem Hort oder einem anderen Unsterblichen aufzunehmen.

Ansonsten war er guter Dinge. Über mehrere Wochen war er damit beschäftigt gewesen, einen Krieg zwischen seinem Volk und einer benachbarten Spezies zu verhindern. Natürlich steckten die Ra´hul und ihre Suggestoren dahinter. Ein Schiff seines Volkes hatte völlig unprovoziert eine Kolonie der Aschkuli angegriffen und viele Todesopfer verursacht. Es hatte bereits zuvor Spannungen mit den Aschkuli gegeben, die keine besonders friedlichen Nachbarn waren, aber der Angriff brachte das Fass zum Überlaufen. Es war Rigoran jedoch gelungen, die Schuldigen zu stellen und den Rat der Gerbaraner davon zu überzeugen, sie an die Aschkuli auszuliefern. Er fühlte sich zwar selbst nicht wohl bei dem Gedanken, was die fünf Frauen und Männer dort zu erwarten hatten, aber die Alternative wäre ein schrecklicher Krieg mit unzähligen Opfern gewesen. Zusammen mit einer großzügigen Kompensation für den entstandenen Schaden hatten die Aschkuli der Vereinbarung nach langwierigen Verhandlungen zugestimmt. Zum Glück hatte es auf ihrer Seite keine von den Suggestoren Beeinflussten gegeben. Das hätte einen Deal sicher unmöglich gemacht. So hatte Rigoran es nur mit dem normalen, aggressiven und unangenehmen Verhalten der aschkulischen Delegation zu tun. Damit konnte er fertig werden. Fast zweitausend Jahre Erfahrung brachten ihre Vorteile mit sich.

Doch nun machte er sich Sorgen. Direkt nach Abschluss der Verhandlungen hatte er *Mutter* von seinem Erfolg berichten wollen. In diesen schweren Zeiten war eine gute Nachricht im Hort sicher willkommen. Rigoran wusste, dass sich fast alle Mitglieder der Liga dort versammelt hatten, und er bedauerte nicht anwesend sein zu können. Es hätte ihn gefreut, einige seiner Kollegen, die er zum Teil seit Jahrzehnten nicht mehr gesehen hatte, wieder einmal zu treffen.

Aber *Mutter* antwortete nicht, was, soweit er sich erinnern konnte, noch nie vorgekommen war. Seitdem hatte er es mehrmals erfolglos versucht. Auch direkte Anrufe an andere Unsterbliche, mit denen er befreundet war, blieben ohne Antwort. Irgendetwas stimmte nicht, und Rigoran hatte ein ungutes Gefühl, als er sein Heimatsystem in aller Eile verließ, um so schnell wie möglich in den Hort zurückzukehren.

Der Flug dauerte nur einen knappen Standardtag. Auf der letzten Flugstrecke aktivierte Rigoran den speziellen TachyGrav-Modulator, der sein kleines Schiff zum Hort führen und die Abschirmung der Station durchdringen konnte. Kurz darauf erklang das melodische Geräusch des Annäherungsalarms.

Sein Schiff durchstieß das Feld, das die Station

gegen die multidimensionalen Energien des Bulks abschirmte. Rigoran setzte den Standardfunkspruch ab, um seinen Anflug anzukündigen und Anweisungen zu erhalten, auf welchem Abschnitt der 'Krempe' er landen solle. Er erhielt keine Antwort.

»Mutter, hier ist Rigoran. Ich bitte um Landeanweisungen!«, versuchte er es erneut. Wieder hörte er auf der Frequenz nichts als Rauschen.

Er stoppte den Landeanflug und hielt sein Schiff einige Hundert Meter über dem Hort in der Schwebe. Ein Blick auf die Holos zeigte zunächst nichts Ungewöhnliches. Auf der Krempe standen zahlreiche Schiffe. Außer den wenigen Kampfeinheiten, über die die Liga verfügte, die sie jedoch höchst selten einsetzte, sah er die persönlichen Raumjachten, die von den Unsterblichen üblicherweise bei ihren verdeckten Missionen benutzt wurden. Er wunderte sich, dass noch niemand abgeflogen war. Die Versammlung sollte seit drei Tagen beendet sein, und Rigoran hatte nicht erwartet, noch alle seine Kollegen anzutreffen.

Noch einmal versuchte er erfolglos, Kontakt zu *Mutter* herzustellen.

Erst jetzt fiel ihm auf, dass keinerlei Aktivität auf dem Landefeld herrschte. Wo ansonsten Bots hin und her flitzen, um Vorräte an Bord der Schiffe zu bringen, Wartungsarbeiten durchzuführen oder Geräte auszutauschen, herrschte vollkommene Ruhe. Nichts bewegte sich. Sein unbehagliches

Gefühl begann sich zu verstärken.

Rigoran entschloss sich, auch ohne Einweisung zu landen. Er setzte sein Schiff neben der Jacht eines guten Freundes auf. Normalerweise würde nun ein Dockingport aus dem Landefeld ausfahren und sich an seine Luftschleuse ankoppeln. Doch nichts geschah. Rigoran spürte, dass hier etwas Schreckliches geschehen sein musste. Der Hort wirkte wie ausgestorben. Selbst die automatischen Systeme schienen allesamt inaktiv zu sein.

Rigoran zog einen Raumanzug an und verschloss den Falthelm. Nach kurzem Zögern griff er in den Waffenschrank und nahm einen Varioblaster heraus. Er konnte betäuben – aber auch töten. Sein Gefühl sagte ihm, dass es ratsam war, auf alle Eventualitäten vorbereitet zu sein.

Die Luftschleuse entließ ihn auf das Landefeld und Rigoran machte sich auf den Weg zum nächsten Zugang ins Innere des Horts. Ohne die Möglichkeit, über einen Dockingport in die Station zu gelangen, musste er fast zwei Kilometer zurücklegen, bis er an der großen Kuppel ankam, die zusammen mit dem ringförmigen Landefeld dem Hort das Aussehen eines flachen Hutes verlieh. Das glühende Abschirmfeld ließ die 'Krempe' in einem diffusen, rötlichen Licht aufleuchten, das jedoch ausreichte, um sich zu orientieren.

Das Display am unteren Rand seines Helms zeigte ihm, dass die Lufthülle zwischen dem Hort und dem Abschirmfeld noch vorhanden war.

Allerdings enthielt sie Spuren verschiedener Gase, die hier nichts zu suchen hatten. Rigoran konnte sich nicht erklären, was dies bedeuten mochte. Eines war jedoch nun sicher: Hier musste etwas passiert sein.

Der Zugang war für Bots gedacht, die Aufgaben an den geparkten Schiffen zu erledigen hatten. Dahinter musste eine der vielen Versorgungsstationen liegen, soweit sich Rigoran an seine lange zurückliegende Einweisung in den Aufbau des Horts erinnern konnte. Die Schleuse verfügte glücklicherweise über einen manuellen Öffnungsmechanismus. Rigoran entriegelte sie und drückte die äußere Schleusentür nach innen auf. Dahinter war es vollkommen finster. Er schaltete den Schulterscheinwerfer seines Raumanzugs ein und konnte nicht glauben, was er zu sehen bekam.

Die innere Schleusentür war verschwunden und er stand vor einem Trümmerberg. Verbogenes Metall, verschmorte Kabel, herausgerissene, tote Energieleiter und undefinierbare Klumpen machten ein Durchkommen fast unmöglich. Rigoran war sofort klar, dass es zu einer gewaltigen Explosion innerhalb des Horts gekommen sein musste. Anders waren diese Zerstörungen nicht zu erklären.

Schlagartig wurde ihm bewusst, was dies bedeuten musste: Wahrscheinlich waren alle Unsterblichen tot, die sich zum Zeitpunkt der Katastrophe im Hort aufgehalten hatten. Womöglich war er der einzige, der letzte Unsterbliche in der gesamten Milchstraße!

Trotzdem musste er nach Überlebenden suchen. Mühsam bahnte er sich einen Weg zwischen den Trümmern hindurch. Mehr als einmal musste er ein Hindernis mit seinem Blaster aus dem Weg räumen. Als er schließlich, nach mehreren Stunden einige Hundert Meter weit vorgedrungen war, bot sich ihm ein Bild, das schrecklicher nicht hätte sein können. Rigoran stand am Rand eines riesigen, leeren Hohlraumes inmitten des Horts. Sein Scheinwerfer reichte nicht weit genug, um den Boden, die Decke oder die gegenüberliegende Seite ausmachen zu können. Der gesamte innere Bereich des Horts war einfach verschwunden!

Ihm war sofort klar, was hier geschehen war. Eine Explosion von unerhörter Stärke musste den Innenbereich regelrecht pulverisiert haben, bevor sich die Feuer- und Druckwelle im Außenbereich der Kuppel totgelaufen und die dortigen Verwüstungen angerichtet hatte. Er wusste, dass hierfür nur eine Ursache in Frage kam: eine kleine Antimateriebombe.

Jemand musste sie eingeschmuggelt und gezündet haben. Es traf ihn wie ein schmerzlicher Schlag, als ihm klar wurde, dass der Täter einer von ihnen, ein Unsterblicher gewesen sein musste. Niemand sonst hatte Zugang zum Hort.

Als er genauer hinsah, konnte Rigoran in der Ferne ein Glimmen ausmachen. Er schaltete seinen Scheinwerfer aus, und ließ den Augen Zeit, sich an die Dunkelheit zu gewöhnen. Schließlich erkannte er, was das schwache Leuchten auslöste. Ungefähr in der Mitte des mehrere Kilometer durchmessenden Hohlraums befand sich der Bulkanker. Die dorianische Speziallegierung hatte der Explosion ebenso getrotzt wie die aus dem gleichen Material bestehende Außenhülle des Horts. Da er zudem über eine eigene, interne Energieversorgung verfügte, deren Prinzip bis heute nicht hatte ermittelt werden können, erfüllte er nach wie vor seine Funktion, auch wenn rings um ihn alles in Schutt und Asche lag.

Falls es doch noch Überlebende geben sollte, konnten sie sich nur innerhalb der 'Krempe' aufhalten. Die Explosionswelle konnte nicht so weit vorgedrungen sein. Vielleicht gab es dort noch Bereiche, an denen zwar ein Überleben möglich gewesen war, von wo aus man jedoch keinen Funkkontakt zur Außenwelt herstellen konnte.

Rigoran bahnte sich den Weg zurück zur Außenschleuse, was diesmal schneller ging. Die erfolgversprechendste Stelle, um in die Krempe einzudringen, dürfte einer der Dockingports sein, überlegte er. Er hoffte, auch diesen manuell öffnen zu können. Schließlich entschied er sich für den Port direkt unter seinem Schiff, auch wenn andere näher lagen. Sollte er zusätzliche Ausrüstung benötigen, konnte er sie einfach aus dem Schiff holen.

Kurz darauf kniete Rigoran neben dem

Dockingport und suchte nach einer Möglichkeit, ihn zu öffnen. Es war leichter, als er erwartet hatte. Auch hier gab es einen Hebel, der einfach umgelegt werden musste, um den Zugang zu entriegeln.

Der Port öffnete sich mit einem Zischen, was darauf hinwies, dass das Innere des Horts hier noch unter Druck stand. Er stieg hinunter und schloss den Port über sich. In der Schleusenkammer blieb es dunkel und er war weiterhin auf seinen Scheinwerfer angewiesen. Auch hier schien die Energieversorgung ausgefallen zu sein, was erklärte, warum der Dockingport nach seiner Landung nicht ausgefahren worden war.

Vorsichtig öffnete Rigoran die innere Schleusentür und leuchtete hindurch. Der Bereich dahinter sah aus wie immer. Lediglich die Beleuchtung fehlte. Er betrat den Gang und zog die Schleuse hinter sich zu. Ein Blick auf sein Display zeigte ihm auch hier eine Atmosphäre, diesmal allerdings ohne Verunreinigungen. Er öffnete den Helm, um Atem-luft zu sparen. Es konnte Stunden, wenn nicht Tage dauern, alle noch zugänglichen Bereiche sorgfältig zu durchsuchen. Rigoran nahm sich vor, keinen Winkel auszulassen, in dem sich eventuell Überlebende aufhalten konnten.

Nach mehreren Stunden hatte er weder ein Lebenszeichen noch eine funktionierende Energiequelle gefunden. Auch seine Rufe verhallten ungehört. Er wollte gerade zum Schiff zurückkehren, um eine Ruhepause einzulegen, als er einen schwachen Lichtschimmer wahrzunehmen glaubte. Tatsächlich lag vor ihm ein Raum, in dem ein altertümliches Display erleuchtet war; der Eingabeprompt blinkte langsam.

Rigoran nahm vor dem Display Platz und studierte das gesamte Terminal. Es war mit Sicherheit nicht dorianischer Bauart, sondern schien nachträglich installiert worden zu sein. Vielleicht stammte es noch aus der Zeit, als man erste Versuche zur Kompatibilität von galaktischer und dorianischer Technologie unternommen und mit einfachsten Versuchsanordnungen begonnen hatte. Doch diese Frage war im Moment unwichtig. Zumindest bot es Zugriff auf ein Computersystem. Vielleicht konnte er damit etwas in Erfahrung bringen.

'COMMAND:_CD_TOPLEVEL', gab er über ein ebenso antiquiertes Sensorpad vor dem Display ein.

'AUTORISIERUNG_ERFORDERLICH', blinkte es zurück.

Er zögerte einen Moment und tippte:

'RIGORAN'

'AUTORISIERUNG_UNBEKANNT'

Er versuchte es erneut.

'MUTTER'

Wieder erschien der gleiche Text.

Er wollte gerade einen neuen Versuch starten, als sich der Text plötzlich änderte.

'MUTTER_RUDIMENTÄRES_BASISPROGRAMM.

SYSTEMÜBERNAHME_AKTIVIERT.

KAPAZITÄT_<_1_%.

NOTFALLKOPIE_EMOTIO=NULL.'

Rigoran überlegte einen Moment, was das bedeuten sollte. Dann tippte er:

'ANFRAGE:_KOMMUNIKATION_MÖGLICH?'

Nach einigen Sekunden kam die Antwort:

'EINGESCHRÄNKT_MÖGLICH.

*NOTFALLKOPIE_IN_UNZUREICHENDEM_*

SPEICHERPLATZ_GESICHERT.

*MUTTER_EGO-KERN_MIT_*

EMOTIO=NULL_GESICHERT.'

Rigoran versuchte es erneut.

'FRAGE:_DEFINITION_NOTFALL'

Diesmal kam die Antwort sofort.

'NOTFALL:_ATTENTAT

ATTENTÄTER:_YLANTHU

ÜBERLEBENDE:_NULL'

Schockiert las Rigoran die wenigen Worte. Es war unvorstellbar, dass Ylanthu, ein Mitglied des Gremiums, ein Attentäter sein sollte. Er musste sich vergewissern:

'FRAGE:_YLANTHU_ATTENTÄTER?'

'BESTÄTIGT:_WAHRSCHEINLICHKEIT_>_99_%'

Nach einer Stunde stichwortartigen Dialogs konnte sich Rigoran aus den knappen Antworten von *Mutters* KI-Basisprogramm den Ablauf der Katastrophe zusammenreimen. Es war der KI gelungen, ihren Ego-Kern, grundlegende Datensätze und einige Subroutinen in letzter Pikosekunde in dieses antiquierte System zu übertragen. Es war von der Hauptenergieversorgung des Horts unabhängig und konnte zumindest ihr rudimentäres Überleben sicherstellen.

Ylanthu musste unter dem Einfluss der Suggestoren gestanden haben, als er diesen barbarischen Akt durchgeführt hatte.

Dann wandte sich das Wenige, das von *Mutter* noch übrig geblieben war, an ihn:

'ANWEISUNG_PRIORITÄT:

KONTAKT_MISSION_TRIANGULUM.

ANWEISUNG_PRIORITÄT:

BERICHT_AN_HAKERA.

ANWEISUNG_PRIORITÄT:

REKONSTITUTION_MUTTER_EINLEITEN.

ANWEISUNG_PRIORITÄT:

DATENBANKEN_HAKERA_BENÖTIGT.'

Kurze Zeit später hob Rigoran ab und verließ den Hort. Wenn jemand die vier Unsterblichen in der Triangulumgalaxie benachrichtigen konnte, dann nur die BEWAHRER. Nur ihre Schiffe waren schnell genug, die tragische Botschaft unverzüglich zu übermitteln.

33.

»Wir haben Ihre Forderungen diskutiert und sind bereit, sie zu erfüllen.«

Es war ein gewagtes Spiel, das die Mitglieder der *Mission Triangulum* in Angriff nehmen wollten. Sie waren nach langer Diskussion untereinander und mit den beiden KIs übereingekommen, Grands Vorschlag zu folgen. Den Ausschlag hatte schlicht und ergreifend der Mangel an Alternativen gegeben. Sie waren in einer Sackgasse gelandet. Zwar besaßen sie nun mehr Informationen über den Plan der Ra´hul, dies allein half ihnen jedoch nicht weiter, wenn sie die Invasoren aufhalten wollten.

Inzwischen waren sie zu der Erkenntnis gelangt, dass eine offene Schlacht nicht zu gewinnen war. Selbst wenn es gelingen würde, die Völker der Milchstraße zu einen, um gemeinsam gegen die Ra´hul vorzugehen, bestand die Gefahr, dass man gegen die angekündigte Invasionsflotte unterliegen würde. Zudem war es selbst in besten Zeiten so gut wie unmöglich, Einigkeit unter den vielen Spezies herzustellen. Dies galt erst recht für den Fall, dass maßgebliche Persönlichkeiten unter dem Einfluss der Suggestoren standen. Lediglich mit der von Grand vorgeschlagenen Guerillataktik bestand vielleicht noch eine kleine Chance, die totale Vernichtung der Lokalen Gruppe zu verhindern.

Trrach saß wieder auf einem von Hakera bereitgestellten Sitzbock, und trotz seiner

Fremdartigkeit konnten die vier Unsterblichen die Genugtuung spüren, die er ausstrahlte. Jetzt mussten sie den alten Ra´hul dazu bringen, ihnen ein letztes Mal zu helfen. Die Köder der dorianischen Technologie und der versprochenen Unsterblichkeit mussten dabei vor seiner Nase baumeln.

»Allerdings können wir den Dorianern nicht mit leeren Händen gegenübertreten«, fuhr Grand fort. »Außer Ihrer Geschichte brauchen wir etwas Handfestes. Beweise, dass die Dimensionskuben tatsächlich können, was Sie behaupten. Ohne Beweise werden die Dorianer ihre Technologie niemals aus der Hand geben und sich vielmehr überlegen, ob es nicht besser wäre, die Ra´hul einfach auszulöschen. Mit der Kubentechnologie haben Sie jedoch etwas Wertvolles anzubieten. Die Dorianer besitzen zwar Schiffe, um in andere Universen zu gelangen, jedoch keine Portale! Wir sind überzeugt, dass ein Technologietausch auch in Ihrem Interesse wäre. Und sei es nur, um herauszufinden, wie man sich selbst vor den Waffen des anderen schützen kann.«

»Ich bin kein Wissenschaftler und kann Ihnen nicht mit den theoretischen Grundlagen dienen«, entgegnete Trrach. Zumindest war dies keine direkte Weigerung, was Grand als Erfolg verbuchte.

»Auch das ist uns klar, aber es gibt eine Lösung, wenn auch eine nicht ganz ungefährliche. Wir werden in einen Kubus eindringen und uns direkt vor Ort die Informationen holen, die wir brauchen.«

Trrach stieß wieder den bellenden Laut aus, der bei den Ra´hul wohl einem verächtlichen Lachen entsprach.

»Sie sind verrückt! Sie gelangen niemals in einen Kubus!«

»Oh, Trrach, Sie unterschätzen wieder einmal unsere Möglichkeiten. Hineinkommen ist kein Problem«, untertrieb Grand, »aber zu finden, was wir suchen, ist eine ganz andere Geschichte. Deshalb möchten wir, dass Sie uns begleiten.«

Damit war die Katze aus dem Sack!

Alles hing nun davon ab, ob Trrach den Köder schlucken würde. Ohne seine Hilfe wüssten sie nicht einmal, wo sie anfangen sollten zu suchen. Im Prinzip stimmte es, was Grand gesagt hatte: Es sollte ihnen möglich sein, einen Kubus zu infiltrieren. Die benötigten Informationen anschließend dort zu finden setzte jedoch Ortskenntnisse und einen Zugriff auf die Computersysteme voraus. Über beides verfügten die Unsterblichen nicht – Trrach hingegen sehr wohl!

»Das kommt nicht infrage«, wehrte Trrach das Ansinnen ab. »Ich bin ein gesuchter Flüchtling! Wenn man mich erkennt, …«

»Wenn man Sie erkennt, ist es für uns alle vorbei«, unterbrach ihn Grand. Es wurde Zeit, neben dem Zuckerbrot wieder einmal die Peitsche auszupacken. »Also werden wir dafür sorgen, dass es nicht dazu kommt.

Vergessen Sie nicht, dass Sie nach wie vor unser Gefangener sind, Trrach. Sie können wählen: Wollen Sie unsterblich werden und die Heldenrolle bei ihrem Volk einnehmen, oder ziehen sie es vor, sich stattdessen bei uns für Ihre Taten zu verantworten. Bei vielen Zivilisationen steht hierfür die Todesstrafe auf dem Programm.

Helfen Sie uns noch einmal, und Sie erhalten alles, was Sie sich jemals gewünscht haben. Falls Sie uns nicht helfen wollen, wird Ihre Zukunft sehr unerfreulich sein. Es liegt ganz bei Ihnen!«

Man konnte sehen, wie es in dem Alten arbeitete. Einerseits war er von der in Aussicht gestellten Belohnung begeistert, andererseits widerstrebte es ihm, dem Feind zu helfen. Allerdings einem Feind, der über eine beeindruckende Technologie verfügte und anscheinend nicht ganz so unterlegen war, wie es sich die Ra´hul vorgestellt hatten.

»Na gut«, sagte er schließlich. »Ich werde mit in den Dimensionskubus gehen und Ihnen dort zeigen, wo Sie finden können, was Sie suchen.«

»Und uns Zugang in das Computersystem verschaffen«, beharrte Grand unerbittlich.

»Und Ihnen Zugriff auf die gewünschten Daten ermöglichen«, gab Trrach widerwillig nach.

»Eine intelligente Entscheidung! Hakera bringt Sie nun zurück in Ihr Quartier. Wir haben einiges vorzubereiten.«

Auf das Stichwort hin aktivierte die KI den

Spontantransmitter und Trrach verschwand.

»Traust du ihm?«, fragte Jalina.

»Haben wir eine andere Wahl?«

34.

Als er erwachte, war Brolon von vier Dämonendienern umgeben. Abgesehen von demjenigen, den er getötet hatte, war er den unheimlichen Fremden noch nie so nahe gekommen.

Er lag auf einer Pritsche und konnte sich nicht bewegen. Ein Blick an seinem Körper entlang zeigte ihm seltsame, flirrende Bänder, die seine Hand- und Fußgelenke umschlossen und ihn auf der Pritsche fixierten. Obwohl sie lediglich aus einem durchscheinenden, blauen Nebel zu bestehen schienen, waren sie stärker als jedes Seil, das er kannte.

Rechts und links von ihm standen je zwei der Mörder seiner Geliebten. Brolon wunderte sich, dass er noch am Leben war. Er hatte einen von ihnen getötet und doch hatten sie keine Rache geübt. Zumindest bisher nicht. Vielleicht hatten sie auf sein Erwachen gewartet, um ihn bei vollem Bewusstsein unter Qualen in einem dämonischen Ritual ihren Götzen zu opfern. Doch was immer sie sich für ihn ausgedacht haben mochten, er war innerlich auf alles vorbereitet.

Die Fremden sahen nicht aus wie die Mitglieder seines Volkes. Zwar war ihr Körperbau mit Beinen, Rumpf und einem oben sitzenden Kopf im Prinzip ähnlich, doch sie besaßen drei Beinc und drei Arme, eine vorstehende Schnauze, und ihre haarlose Haut war grau geschuppt. Nur einer ihrer Arme schien tauglich für die Verrichtung von Arbeiten. Er entsprang in der Mitte der Brust, während die beiden seitlichen Arme kürzer und schwächlicher erschienen. Auch endeten sie in kleinen Händchen, die mit drei Krallenfingern für feine Arbeiten nicht geeignet waren.

Sie betrachteten ihn, wie man ein unbekanntes Tier begutachten würde.

»Kannst du uns verstehen?«

Brolon erschrak, als er im Dialekt seines Stammes angesprochen wurde. Die Stimme klang seltsam und im Hintergrund konnte er gleichzeitig das Knurren und Knarzen hören, das er von ihrer Dämonensprache kannte. Es beschloss, die Frage zu ignorieren.

Ein scharfer Schmerz ließ ihn zusammenzucken und ungewollt aufstöhnen. Sein gesamter Körper verkrampfte sich.

»Es ist besser für dich, wenn du antwortest!«

Als er im Krampf den Kopf zurückwarf und die Augen verdrehte, bemerkte er die feinen … Fäden, die von seiner Stirn ausgingen und zu etwas führten, das hinter ihm stehen musste, das er jedoch nicht sehen konnte. Der Schmerz verebbte und Brolon konnte ein leichtes Prickeln an den Stellen spüren, an denen die Fäden auf der Haut befestigt waren. Sein Gefühl sagte ihm, dass sie etwas mit dem Schmerz zu tun haben mussten, den man ihm gerade zugefügt hatte.

»Wie ist dein Name?«

»Brolon«, stieß er zwischen zusammengebissenen Zähnen hervor.

»Also … Brolon … wieso konntest du uns sehen?«

Er wusste nicht, was er darauf antworten sollte. Wieso er sie, im Gegensatz zu seinen Stammesgenossen, hatte sehen können, war eine Frage, die er sich selbst immer wieder gestellt hatte. Er hätte gerne gewusst, warum seine Freunde die Fremden *nicht* sehen konnten; welcher Zauber dahintersteckte.

»Euer Zauber wirkt bei mir nicht«, sagte er deshalb.

Die vier Dämonendiener stießen bellende Laute aus. Brolon ahnte, dass sie über ihn lachten.

»Zauber? Nun ja, einer unserer Denker sagte einst, dass für eine primitive Spezies jede hinreichend fortschrittliche Technologie von Zauberei nicht zu unterscheiden sei«, sagte der Wortführer der vier. »Du scheinst der Beweis für diese These zu sein.«

Das Wort 'Technologie' war Brolon unbekannt. Wer auch immer das Knurren und Knarzen der Fremden übersetzte, verwendete hin und wieder Worte, die in seiner Sprache nicht vorkamen. Dies machte es nicht einfacher, zu verstehen, was sie von ihm wollten.

Warum bringen sie mich nicht einfach um, fragte er sich. *Sie werden mich sowieso nicht wieder laufen lassen.*

»Konntest du uns von Beginn an sehen oder hat

sich das im Lauf der Zeit ergeben?«

Brolon wusste, dass es keinen Sinn machen würde, die Antwort zu verweigern. Mehr Schmerz würde die Folge sein.

»Ich konnte euch sehen, seit ihr auf *Heimat* gelandet seid«, sagte er deshalb.

Brolon nahm sich vor, jede sich bietende Gelegenheit zur Flucht zu nutzen. Wenn sie ihn nicht sofort umgebracht hatten, musste es einen Grund dafür geben. Also würden sie ihn einstweilen am Leben lassen. Zumindest so lange, bis sie herausgefunden hatten, was immer sie herausfinden wollten. Er hatte sie einmal überrascht und konnte es wieder schaffen. Sein Kampfeswille erwachte erneut.

»Gibt es außer dir noch andere in deinem Dorf, die uns sehen können?«

»Nein, ich bin der Einzige.«

»Wie bist du durch den Energiezaun gekommen?«

Auch mit dem Wort 'Energie' konnte Brolon nichts anfangen, aber 'Zaun' verstand er. Es musste sich um den Zauberbegriff für die unsichtbare Wand handeln.

Es konnte nicht schaden, seinen Trick preiszugeben, da er sowieso keine zweite Gelegenheit erhalten würde, ihn anzuwenden.

Als Brolon seine Erklärung beendet hatte, sahen sich die vier Fremden an, und er glaubte, nicht nur Überraschung, sondern auch Respekt in ihren

Blicken zu erkennen. Die nächsten Worte bestätigten dies.

»Das war erstaunlich einfallsreich! Diese Lücke im System war uns unbekannt. Wir hatten euch für viel primitiver gehalten. Ich bin sicher, du hältst noch einige Überraschungen für uns bereit.«

Der letzte Satz ließ darauf schließen, dass man nicht vorhatte, ihn demnächst zu töten. Sie wollten etwas von ihm, auch wenn Brolon sich nicht vorstellen konnte, was dies sein mochte.

»Wir werden dich bald von hier wegschaffen, Brolon«, sagte derjenige, den Brolon für den Anführer hielt. »Wir wollen herausfinden, warum du gegen die Beeinflussung immun bist. Du kannst dich glücklich schätzen, dass wir dich noch brauchen. Allerdings dürfte es dir nicht gefallen, wenn du es mit mehreren unserer Suggestoren aus nächster Nähe zu tun haben wirst.«

Brolon begriff nun, dass seine Immunität gegen die Beeinflussung für die Fremden sehr wichtig sein musste. Man wollte ihn als Versuchslarek benutzen. Er hatte zwar keine Ahnung, was 'Suggestoren' waren, aber der Begriff und die damit verbundene Drohung stimmten ihn nicht gerade zuversichtlich. Er vermutete, dass es sich um besonders starke Zauberer handelte.

Plötzlich heulte ein schriller Ton durch den Raum, der Brolon in den Ohren schmerzte. Zunächst hielt er es für eine neue Art der Folter, doch dann bemerkte er, dass man unvermittelt das

Interesse an ihm verlor. Da jemand nach wie vor alles, was die Fremden sagten, übersetzte, konnte er die nächsten Worte verstehen, obwohl sie nicht an ihn gerichtet waren.

»Warum gibt es Alarm?«, hörte er einen sagen.

Ein Zweiter ging zu einem Fenster in der Wand, das sich zu Brolons Erstaunen plötzlich veränderte und etwas anderes zeigte als noch im Moment zuvor.

»Ein unbekanntes Schiff befindet sich im Anflug«, rief der Fremde aus.

Brolon wunderte sich, wieso ein Schiff fliegen konnte. Wahrscheinlich wieder ein unerklärlicher Zauber. Aber wenn es Vögel aus Metall gab, konnte es auch fliegende Schiffe geben. Nach der Reaktion der Dämonendiener zu schließen, befanden sich auf diesem Schiff keine Freunde von ihnen. Es schien außer ihm noch andere zu geben, die gegen das Böse kämpften.

Vielleicht konnte dieses fliegende Schiff genug Verwirrung stiften, um ihm eine Möglichkeit zur Flucht zu eröffnen. Vielleicht gelang es ihm sogar, mit den Feinden der Fremden Kontakt aufzunehmen.

Einer der Dämonendiener hatte ein Sprichwort zitiert. Auch in Brolons Volk gab es Sprichwörter. Eines davon lautete: Der Feind meines Feindes ist mein Freund!

35.

Alles hing davon ab, ob es gelingen würde, den rosafarbenen Energieschirm, der sich kürzlich um den Kubus gelegt hatte, lange genug auszuschalten.

Die von der eingesetzten Nanodrohne erhaltenen Daten der Energiesignatur waren eindeutig. Es war nicht möglich, Grand und Trrach mit dem Spontantransmitter durch den Schirm hindurch zu befördern.

»Ich brauche eine Strukturlücke«, sagte Hakera. »Eine Sekunde würde genügen. «

»Hakera und ich haben berechnet, dass ein gemeinsames, konzentriertes Punktfeuer auf die schwächste Stelle des Schirms hierfür ausreichen sollte«, erklärte die Supreme-KI den Unsterblichen. »Die Daten zeigen, dass der Schirm über dem planetenzugewandten Quadranten weniger stark ist. Vermutlich ist dies eine Folge der dort liegenden Hangaröffnungen. Der Schirm muss für an- und abfliegende Schiffe gezielt geöffnet werden können und schaltbare Schirmöffnungen verursachen üblicherweise an dieser Stelle eine Schwächung der Schirmstruktur.«

»Wie lange benötigt ihr dafür, den Schirm zu destabilisieren?«, wollte Grand wissen.

»Mindestens drei Minuten ununterbrochenes Dauerfeuer«, sagte Hakera.

»Die beiden Kampfschiffe im System werden euch diese Zeit kaum lassen«, wandte Jalina ein.

»Deshalb müssen wir sie ablenken«, sagte die Supreme-KI. »Es muss uns gelingen, sie so weit vom Kubus wegzulocken, dass sie für die Rückkehr mehr als drei Minuten benötigen.«

»Wie wollen wir das anstellen?«, fragte die Kolltanerin.

»Das wird deine Aufgabe sein, Jalina.«

Trrach stand in der Uniform des Anführers der Ra´hul in der Zentrale und strahlte all die Macht und Autorität aus, die er in Jahrzehnten an der Spitze der militärischen Führung erworben hatte. Nichts an ihm erinnerte mehr an den alten, schwachen und verunsicherten Greis, den Grand auf Maren´Thar angetroffen hatte.

Die überwurfähnliche Uniform hatte die KI anhand von Bildmaterial aus aufgefangenen Holosendungen der Ra´hul und nach den Angaben Trrachs gefertigt. Nach seiner Aussage war sie vom Original nicht zu unterscheiden. In den Kragen war ein Mikrotranslator eingearbeitet, damit er sich während des Einsatzes mit Grand verständigen konnte.

Es war Trrachs Idee gewesen, im Innern des Kubus in seiner alten Rolle aufzutreten.

»Natürlich weiß man dort, dass ich abgesetzt und nach Maren´Thar geschafft wurde. Aber falls man uns entdeckt und mich in voller Uniform sieht, wird man uns wenigstens nicht sofort erschießen. Keiner meiner Soldaten schießt ohne Weiteres auf einen Offizier. Er wird immer zuerst Rücksprache mit seinem Vorgesetzten halten. Das sollte uns die nötige Zeit verschaffen, um in das Netzwerk einzudringen«, hatte er seinen Plan erläutert.

»Wie wollen Sie meine Anwesenheit erklären?«, hatte Grand daraufhin wissen wollen.

»Im Fall einer Entdeckung werden Sie als mein Gefangener auftreten, den ich mit meinem Strahler in Schach halte«, hatte Trrach lakonisch gesagt.

»Sie glauben doch nicht ernsthaft, dass wir Ihnen eine scharfe Waffe in die Hand geben werden?«, hatte Jalina eingewandt.

Nun trug Trrach einen Laserstrahler am Gürtel, der jedoch ein leeres Energiemagazin enthielt. Niemand hatte ihm eine geladene Waffe anvertrauen wollen.

»Seid ihr bereit? Wir werden in wenigen Augenblicken in den Normalraum zurückkehren!«

»Hakera, ich bin soweit«, hörte Grand Jalinas Stimme über sein KommImplant, das er sich inzwischen hatte einsetzen lassen. Er war zwar kein Freund von kybernetischen Aufrüstungen, hatte die Notwendigkeit jedoch eingesehen. Bei diesem Einsatz konnte er weder einen Raumanzug noch ein *Skinfield* tragen, wodurch eine normale Kommunikation unmöglich wurde. Nur über das Implantat konnte er den Kontakt zu Hakera aufrechterhalten. Als angeblicher Gefangener trug Grand lediglich einen Bordoverall, der zusätzlich an einigen Stellen beschädigt und verschmutzt worden war. In einer kleinen Innentasche hatte er für den Notfall einen Mikrostrahler versteckt, der kaum größer als sein Daumen war und nur wenige Laserschüsse abfeuern konnte.

»Einsatzbereit«, meldete die Supreme-KI der *Stürme*.

»Beiboot ausgeschleust«, sagte Hakera.

Jalina war unterwegs. Diesmal war sie in dem Beiboot ganz auf sich gestellt.

Kranchoor und Poggy waren sicherheitshalber mit einem leichten Betäubungsmittel sediert worden. Es war anzunehmen, dass man es auch bei diesem Einsatz wieder mit den Suggestoren zu tun bekommen würde. Die beiden wurden nicht benötigt und es bestand keine Veranlassung, ein unnötiges Risiko einzugehen.

»Rücksturz. Phase Eins!«

Die *Rhelina* erschien im Schutz ihres Tarnfeldes unweit des Kubus im Normalraum. Die Erfahrung hatte gezeigt, dass die Ra´hul das Schiff trotzdem innerhalb kurzer Zeit aufspüren konnten. Ihre Scanner und Sensoren waren nicht so leicht zu täuschen – es sei denn, man sorgte für Ablenkung! Ablenkung in Form eines anderen Zieles, auf das sich die volle Aufmerksamkeit richten würde.

Da die *Stürme* nicht über eine gleichwertige Tarnvorrichtung verfügte und sofort nach ihrem Erscheinen entdeckt werden würde, hatten sie vereinbart, dass die BEWAHRER zwei Minuten später im System erscheinen sollten. Dies sollte genügen, um die beiden Kampfschiffe der Ra´hul inzwischen auf das kleine Beiboot gehetzt zu haben, das als Köder in einiger Entfernung mitten im System auftauchen würde.

Grand konnte auf den Holos sehen, wie die beiden Kampfschiffe abdrehten und mit voller Beschleunigung Kurs auf ein wenige Lichtminuten entferntes, kleines Objekt nahmen, das direkt auf den Kubus zuhielt und keine Anstalten machte, seine Absichten zu verbergen. Alle Scanner zeigten, dass es sowohl den Schutzschirm aktiviert als auch die Waffensysteme hochgefahren hatte.

Jalina war in ihrem gefährlichen Einsatz als Köder unterwegs.

Sie war mit Drogen vollgepumpt. Zusätzlich hatte Hakera ihr speziell für diesen Zweck gefertigte Nanoassembler injiziert, die einen Teil ihrer Synapsen blockieren und bestimmte Übertragungswege von Neurotransmittern unpassierbar machen sollten.

All dies würde zwar keinen vollständigen Schutz vor den Suggestoren garantieren, doch die KI war davon überzeugt, die Wirkung zumindest verzögern zu können, was Jalina mehr Zeit verschaffen würde.

Als zusätzliche und letzte Abwehrmaßnahme war wieder ein Betäubungsmittel vorgesehen, das Jalina in einen tiefen Schlaf versetzen würde, wenn

Hakera den Befehl dazu gab. Die Bordintelligenz würde in diesem Fall das Beiboot umgehend aus dem System fliegen und am vereinbarten Treffpunkt auf die *Rhelina* warten.

Sie fühlte sich wie im Nebel, dabei jedoch fast euphorisch und doch seltsam klar. Alle Gedankenprozesse schienen erschreckend langsam abzulaufen; gleichzeitig nahm sie alles in absoluter Schärfe wahr.

Da sie sich auf ihre Geisteskräfte nicht würde verlassen können, hatte Jalina auch diesmal die VR-Steuerung gewählt. Sie bot die beste Rundumsicht und war damit am effektivsten, um auf jede Bedrohung so schnell wie möglich reagieren zu können.

Ihre Bewaffnung war verglichen mit derjenigen der zwei Ra´hul-Schiffe, die auf sie zustürmten, geradezu lächerlich, aber sie konnte dieses Defizit zum Teil mit höherer Wendigkeit bei wesentlich kleinerer Trefferfläche ausgleichen. Zumindest eine Zeit lang. Hoffentlich lange genug, um es Grand und Trrach zu ermöglichen, in den Kubus einzudringen.

Außerdem hatten Hakeras Bots am Beiboot einige Verbesserungen vorgenommen. Auf dem normalerweise für den zweiten Piloten vorgesehenen Platz stand ein zusätzlicher Schirmfeldgenerator. Das in dorianischer Mikrotechnik erbaute Gerät konnte die Schutzschirme für ein paar Minuten um ein Mehrfaches ihrer normalen

Leistungsfähigkeit verstärken – danach waren die Energiespeicher des Beibootes allerdings erschöpft. Aber ein paar Minuten sollten ausreichen, um ihre Aufgabe zu erfüllen.

Jalina kam in den Schussbereich der beiden Schiffe, die sofort das Feuer eröffneten. Sie warf das Beiboot in eine enge Kurve, ging für vier Sekunden auf einen schraubenförmigen Kurs mit sich öffnenden Spiralwindungen, bevor sie wie ein Habicht aus einem völlig neuen Vektor auf eines der Schiffe herabstieß. Die Zielpositroniken der Ra´hul konnten diesen abrupten Kurswechseln nicht schnell genug folgen, und die meisten Plasmapulse und Laserstrahlen verfehlten sie weit. Nur ein in der Nähe explodierender Sprengkopf eines Hypertorpedos rüttelte sie durch. Die Schutzschirme hielten problemlos stand.

Die ersten dreißig Sekunden waren überstanden. Sie musste noch etwas mehr als zwei Minuten durchalten.

»Entfernung der beiden Schiffe vom Kubus jetzt bei zwei Lichtminuten«, sagte Hakera. »Die *Stürme* muss jeden Moment eintreffen.«

Zwei Lichtminuten sollten ausreichen, damit die beiden Kampfschiffe nicht rechtzeitig zurückkehren konnten. Bis dahin musste die *Rhelina* zusammen mit der *Stürme* den Schirm des Kubus überwunden haben. Die beiden KIs hatten berechnet, dass es nur etwas mehr als eine Minute konzentrierten

Dauerfeuers erfordern sollte, an der Schwachstelle eine Strukturlücke zu erzwingen, damit der Spontantransmitter Grand und Trrach im Innern absetzen konnte. Sollte es innerhalb dieser Zeitspanne nicht gelingen, war der gesamte Plan zum Scheitern verurteilt.

»Die *Stürme* ist da!«, meldete Hakera.

Die beiden Schiffe waren im Bulk so dicht an den Kubus herangeflogen, wie es die hyperdimensionalen Gravitationseinflüsse des Planeten erlaubten. Sobald sie die errechnete Position erreicht hatten, eröffneten sie das Feuer auf einen kleinen Abschnitt an der dem Planeten zugewandten Seite des Kubus.

Unvorstellbare Energien tobten sich auf dem Schutzschirm aus. Plasmapulse, Ionen- und Laserstrahlen, Sublicht- und Hypertorpedos mit thermonuklearen und Antimateriesprengköpfen, Gravitationsbomben und Protonenstrahler entluden ihre tödliche Fracht auf einem kleinen Bereich des Schirms, der an dieser Stelle sofort bedenklich zu flackern begann.

»Klopf, klopf!«, sagte Grand. »Galaxia via lactea ante portas!«

Jalina spürte einen plötzlich einsetzenden Kopfschmerz, doch im Gegensatz zum Angriff auf Maren´Thar hörte sie diesmal keine flüsternden Stimmen.

»Hakera«, meldete sie. »Suggestorenangriff

beginnt. Keine Beeinträchtigung.«

Für eine weitere Berichterstattung blieb ihr keine Zeit, da die beiden Ra´hul-Schiffe versuchten, sie in die Zange zu nehmen. Sie tauchte nach 'unten' weg und verzögerte gleichzeitig stark, was die Ra´hul überschießen ließ. Sofort beschleunigte Jalina wieder, setzte sich hinter eines der Schiffe und feuerte mit allem, was die beiden schwächlichen Bordgeschütze hergaben.

Natürlich bestand keine Aussicht, die Schutzschilde des Kampfschiffes zu durchschlagen oder auch nur ernsthaft zu belasten, doch darum ging es nicht. Ein Moskito konnte einen Elefanten auch nicht ernsthaft verletzten, ihn aber gewaltig ärgern.

Jalina konnte auf ihrem virtuellem Holodisplay sehen, wie die *Stürme* und die *Rhelina* wie aus dem Nichts auftauchten und den Kubus sofort unter Beschuss nahmen. Spätestens jetzt mussten die beiden Kampfschiffe erkennen, dass sie durch einen Köder vom eigentlichen Schauplatz des Angriffs weggelockt worden waren. Selbst mit maximaler Beschleunigung würden sie mindestens drei Minuten brauchen, um den Kubus zu erreichen. Jalina war gespannt, wie sie reagieren würden.

Sie spürte sofort, wie die Kopfschmerzen noch heftiger wurden, und konnte ein Aufstöhnen nicht unterdrücken. Es schien ihr, als ob sich in ihrem Kopf eine sehr leise Stimme bemerkbar machen würde. Gleichzeitig drehte eines der Schiffe ab und jagte zum Kubus zurück. Das zweite setzte die Verfolgung des Beibootes fort.

»Suggestoreneinfluss nimmt zu«, meldete Jalina unter Schmerzen.

Sie waren wesentlich heftiger als beim letzten Mal, was mit den Drogen und den sich wehrenden Nanoassemblern zusammenhängen konnte. Sie fühlte sich schwindlig und seltsam unentschlossen. Ihr Kopf schien sich mit Watte zu füllen. Sie schloss für einen Augenblick die Augen und ließ sich zurücksinken.

Ein Treffer rüttelte das Beiboot durch und riss sie in die Wirklichkeit zurück.

»Schutzschirme bei achtzehn Prozent«, meldete die Bordintelligenz. »Energiespeicher aufgebraucht.«

Jalina riss die Augen auf und schlug sich selbst mit der flachen Hand ins Gesicht. Sie drohte, den Kontakt zur Umwelt zu verlieren und den Suggestoren zu unterliegen.

»Bring … bring mich hier raus«, stieß sie mit letzter Kraft hervor.

Die Bordintelligenz reagierte umgehend. Das Beiboot beschleunige von dem Kampfschiff weg, flog dabei ein komplexes Ausweichmanöver und verschwand Sekunden später im Bulk.

Das Kampfschiff drehte sofort bei und raste zurück zum Kubus.

»Es ist gleich soweit«, sagte Hakera. »Macht euch bereit!«

Tatsächlich konnte Grand auf dem Außenholo, das die gesamte Stirnseite der Zentrale einnahm, sehen, wie der Schutzschirm des Kubus sich an der Stelle, die seit zwei Minuten unter Beschuss lag, zu verändern begann. Wie er sich langsam immer dunkler färbte und schwarze Schlieren bildete.

Dann brach er zusammen und es klaffte eine Lücke von mehreren Hundert Metern Länge und Breite in dem rosafarbenen Schleier, der den gesamten Kubus umspannte.

Sofort aktivierte Hakera den Spontantransmitter. Trrach und Grand verschwanden in dem rötlichen Abstrahlring aus höherdimensionaler Energie.

Die *Rhelina* und die *Stürme* erbebten kurz unter den Fernschüssen der heraneilenden Ra´hul, doch die Distanz war noch zu groß, um eines der beiden Schiffe ernsthaft gefährden zu können.

Sie stellten das Feuer ein, drehten ab und beschleunigten von den Angreifern weg.

Hinter ihnen stabilisierte sich der Schutzschirm des Kubus wieder und die Lücke schloss sich.

Grand und Trrach befanden sich jetzt im Innern des Kubus. Wenn sie wieder herauskommen wollten, musste es ihnen gelingen, von hier aus eine Strukturlücke in den Schirm zu schalten. Ein zweites Mal würde der gleiche Trick nicht funktionieren. Sobald Hakeras Fernscanner eine Lücke im Schirm anmessen konnten, würde sie herbeieilen, um Grand zusammen mit dem Ra´hul zurück an Bord zu transmittieren.

Sollte es ihnen jedoch nicht gelingen, den Schirm an einer Stelle zu öffnen, würde auch Hakera nichts für sie tun können.

Wie geplant, kamen sie in einem zum Hangar gehörenden Lagerraum an. Trrach hatte für Hakera eine grobe Skizze des Kubus angefertigt und die Räumlichkeiten gekennzeichnet, in denen nach seiner Erinnerung die geringste Wahrscheinlichkeit bestand, gleich einem Ra´hul über den Weg zu laufen. Er kannte zwar nicht den Aufbau des gesamten Kubus, konnte sich jedoch an einige Details von seinen Inspektionstouren erinnern. Sie hatten sich für diesen Raum entschieden, weil er in etwa unterhalb der Stelle lag, wo sie die Strukturlücke in den Schirm schießen wollten.

»Wir müssen schnellstmöglich ein Terminal finden«, sagte Grand. »Je länger wir uns im Kubus aufhalten, umso mehr steigt die Gefahr einer Entdeckung.«

»Hier entlang!« Trrach winkte ihn zu einer einfachen Tür, die aus dem Lagerraum führte. Grand war erstaunt, wie ähnlich Lagerräume in verschiedenen Universen aussahen. Nackte Metallwände, an denen auf drei Seiten irgendwelche Kisten und Behälter aufgestapelt waren, die grelle Beleuchtung und die, für ihn allerdings unleserlichen Bezeichnungen an den Wänden, sogar der Ausgang sah nicht viel anders aus, als er es in einem irdischen Lager erwartet hätte. Der ganze Raum hätte sich ebenso gut auf einer terranischen Raumstation befinden können. Logische und praktische Erwägungen führten wohl bei allen Spezies und in allen Universen zum gleichen Ergebnis.

Trrach öffnete vorsichtig die Tür. Sie war nicht abgeschlossen und öffnete sich in einen Gang, an dessen einem Ende Grand eine Schleuse sehen konnte, die wahrscheinlich in den eigentlichen Hangar führte. In die andere Richtung krümmte sich der Gang und man konnte nicht sehen, wo er endete.

Trrach wandte sich nach links, weg vom Hangar. Sie passierten einige verschlossene Durchgänge und Türen, bevor Trrach stehen blieb und auf einen Zugang zeigte.

»Dahinter liegt ein Terminal zur Lagerverwaltung. Es bietet Zugriff auf das allgemeine Netzwerk und sollte für unsere Bedürfnisse ausreichend sein.«

Er legte die Hand seines Handlungsarmes auf einen Sensor und die Tür verschwand zischend in der Decke.

Das Licht flammte automatisch auf. Grand konnte eine Arbeitsstation sehen, über der Holodisplays und virtuelle Felder verschiedene Grafiken und listenähnliche Aufstellungen anzeigten. Direkt darunter gab es ein Manipulatorfeld zur Gestensteuerung.

»Jetzt wird sich zeigen, ob mein

Autorisierungscode noch Gültigkeit besitzt«, sagte Trrach und setzte sich auf den Sitzbock vor dem Manipulatorfeld.

Er streckte seinen Handlungsarm aus und machte mit den Fingern verschiedene Bewegungen, die Grand nicht deuten konnte.

»Mein Code wird noch akzeptiert«, teilte er Grand mit. »Wie es aussieht, hat man es nicht für nötig gehalten, ihn zu löschen.«

Wieder vollführte er diverse Gesten.

Grand griff in die versteckte Innentasche und zog einen Datenrepositor hervor.

»Suchen Sie nach technischen Spezifikationen des Kubus, Lageskizzen, Verteidigungssysteme, potenzielle Schwachstellen – alles, was wir für einen Guerillakrieg gebrauchen können.«

»Das wird nicht nötig sein, Grand«, antwortete Trrach zu seiner Überraschung.

In diesem Moment stürmten vier bewaffnete Ra´hul in den Raum und richteten ihre Strahler auf Grand. *Nur* auf Grand, wie dieser feststellen musste.

»Er hat eine Waffe unter seiner Kleidung versteckt«, sagte Trrach. »Ziehen Sie den Strahler vorsichtig heraus und kommen Sie nicht auf dumme Gedanken«, fuhr er an Grand gewandt fort.

Da der Translator in Trrachs Uniformkragen nach wie vor arbeitete, konnte Grand verstehen, was die Ra´hul sagten.

»Sie gelten als Flüchtling und auf Sie wurde eine

Belohnung ausgesetzt … Höchster«, sagte einer der Ra´hul zu Trrach. Bei der Anrede zögerte er spürbar.

»Kontaktiere umgehend den ehrenwerten Zchroch´akkr´akcht´hisch, Soldat. Es wird sich alles aufklären!«

Mit spitzen Fingern zog Grand den Miniaturstrahler unter dem Overall hervor und ließ ihn fallen.

»Was soll das, Trrach?«, fragte er. »Sie machen einen großen Fehler!«

»Den Fehler haben Sie gemacht! Haben Sie wirklich gedacht, ich würde mein Volk verraten? Ihr Märchen von den so unglaublich überlegenen Dorianern habe ich keinen Moment lang geglaubt. Oh, es mag sie gegeben haben, zumindest ihr erstaunliches kleines Schiff deutet darauf hin, aber sie haben sich in den letzten Jahrtausenden nicht dafür interessiert, was wir in diesem Universum tun – warum sollten sie jetzt plötzlich damit anfangen? Weil wir ihre lächerliche Galaxis bedrohen? Wenn es sie überhaupt noch gibt, spielt dieses Universum und alles, was hier geschieht, für sie offensichtlich keine Rolle mehr. Nein, Grand, wenn Sie oder Ihre seltsame Organisation von angeblich Unsterblichen Kontakt zu diesen Dorianern hätten, wären sie schon längst hier aufgetaucht, um uns aufzuhalten.« Trrach stieß das typische, bellende Lachen eines Ra´hul aus. »Trotzdem muss ich mich bei Ihnen bedanken!«, fuhr er fort. »Meine Situation war …

schwierig. Aber nun habe ich etwas gefunden, das von allergrößtem Nutzen für unsere Mission sein wird: Sie, Grand, den einzig bekannten Immunen gegen die Macht unserer Suggestoren. Ich bin sicher, das wird selbst Zchroch beeindrucken und er wird nochmals darüber nachdenken, welche Bedeutung ich für unser Volk habe. Erst recht, wenn sich mein Beitrag für unsere Sache überall herumgesprochen haben wird. Dann wird er es nicht mehr wagen, mich zu eliminieren. Einen Helden kann man nicht so einfach verschwinden lassen.«

Die Soldaten hatten Trrachs kleine Rede aufmerksam verfolgt. Einer von ihnen trat vor und salutierte, indem er mit den beiden Laufbeinen leicht einknickte und den Kopf senkte.

»Höchster, viele von uns waren mit mit Ihrer Absetzung nicht einverstanden. Sie besitzen nach wie vor starken Rückhalt in der Flotte.«

»Ich danke dir«, antwortete Trrach und sah Grand triumphierend an. »Sehen Sie, Grand, Sie haben mir einen großen Gefallen erwiesen. Und machen Sie sich keine Hoffnungen! Ihr Schiff wird Sie nicht mit dieser, zugegeben beeindruckenden Transmittertechnologie hier herausholen können.«

Dann drehte er sich wieder zu den Soldaten um.

»Sperrt den Immunen ein und legt einen starken Schutzschirm um seine Zelle. Wir wollen doch nicht, dass er plötzlich verschwindet.«

»Sie werden damit nicht durchkommen,

Trrach«, sagte Grand, während er in Gedanken krampfhaft nach einem Ausweg aus der verfahrenen Situation suchte. Wie hatten sie den alten Ra´hul nur so falsch einschätzen können? Sie hatten sich von Hoffnungen und Spekulationen leiten lassen und nie darüber nachgedacht, ob Trrach nicht eigene Pläne verfolgen könnte. Die verzweifelte Lage der Milchstraße hatte sie blind gemacht und nach dem erstbesten Strohhalm greifen lassen. Selbst die beiden KIs hatten mehr auf ihre Emotioroutinen gehört als auf ihre Logiksektoren. Dies war der große Nachteil empfindungsfähiger Maschinen – sie konnten dieselben Fehler begehen wie organische Lebewesen.

Trrach ging auf Grands Ausruf nicht ein und lachte wieder nur bellend.

»Bringt ihn weg, und dann will ich sofort mit Zchroch reden«, sagte er zu den Soldaten.

»Sollen wir ihn zu dem anderen Immunen sperren, Höchster?«, fragte einer der Soldaten.

Nun wirkte Trrach überrascht.

»Ein anderer Immuner? Wie ist das möglich?«

»Einer der Bewohner des Planeten unter uns reagierte nicht auf die Befehle unseres Suggestors und hat sich aufgelehnt. Wir konnten ihn kürzlich festsetzen. Er soll auf Befehl des ehrenwerten Zchroch in das Suggestorendepot überstellt werden, um dort von unseren Wissenschaftlern untersucht zu werden.«

»Na schön, sperrt ihn in die gleiche Zelle und

sichert diese mit einem starken Schutzschirm. Und jetzt bring den Kerl weg. Ich habe meine Zukunft und die unseres Volkes zu planen!«

Die vier Ra´hul nahmen Grand in die Mitte und führten ihn aus dem Raum. Er hatte keine Chance, sich zur Wehr zu setzen, und er wusste, dass ihm somit jede Möglichkeit, zur *Rhelina* zurückzukehren, verbaut war. Ohne Zugriff auf das Netzwerk des Kubus war es unmöglich, eine Strukturlücke zu schalten, Hakera zu benachrichtigen und sich mit dem Spontantransmitter zurück ins Schiff holen zu lassen. Der Ra´hul hatte ihn übertölpelt! Selbst wenn Trrachs Plan nicht aufgehen würde und Zchroch immer noch danach trachten sollte, seinen Konkurrenten auszuschalten, würde ihm das nichts mehr nützen. Er befand sich in der Hand des Feindes und sah keinen Weg, aus diesem Schlamassel herauszukommen.

Sie gelangten in einen Bereich, in dem es von Bewaffneten nur so wimmelte. Inzwischen musste sich der aufsehenerregende Fang herumgesprochen haben. Ohne Trrachs Translator in der Nähe konnte Grand nicht mehr verstehen, was gesprochen wurde, doch der Tonfall der knurrenden und heiseren Laute klang triumphierend.

Einer der Soldaten öffnete einen Energieschirm und die dahinterliegende Tür. Grand bekam einen Stoß in den Rücken und stolperte vorwärts in den kleinen Raum.

Auf einer Liege in der Ecke lag eine Gestalt,

deren Anblick Grand einen Schock versetzte. *Das ist unmöglich*, dachte er.

Vor ihm lag ein Terraner!

36.

»Ich habe dich unterschätzt, Trrach«, gab Zchroch widerwillig zu.

Trrachs Hologramm wirkte eine Spur zu selbstgefällig für seinen Geschmack. Die abhörsichere Holoverbindung ermöglichte es ihnen, vollkommen offen miteinander zu reden.

»Du bist in meiner langen Karriere nicht der Erste, dem dies passiert. Aber viel wichtiger ist, wie wir mit der Situation umgehen.«

»Ich stimme dir zu! Vielleicht war meine Reaktion etwas … übereilt. Aber ich bin nach wie vor der Ansicht, dass deine Zeit als militärischer Führer vorüber war. Du bist alt und unflexibel geworden, Trrach. Unser Volk braucht einen jungen, unverbrauchten und vor allem entschlossenen Anführer.«

»Keine Sorge, Zchroch, ich will meine alte Position nicht zurückhaben. Aber ich erwarte den Respekt, der mir gebührt! Und ich verlange eine Position, die meinem Status und meinen Verdiensten angemessen ist.«

»Darüber können wir reden. Dein jetziger Beitrag für unsere Pläne ist … wertvoll, das gebe ich zu. Auch wenn wir bereits einen Immunen in die Hände bekommen haben.«

»Aber keinen Unsterblichen mit so vielen wichtigen Informationen. Wie ich gehört habe, handelt es sich bei dem anderen Immunen um einen

Barbaren, der an Zauberei glaubt und uns für Dämonendiener hält. Er wird euch im Kampf gegen die große Galaxie kaum weiterhelfen können. Grand hingegen ist ein Mitglied dieser *Liga der Unsterblichen*, die uns so viele Schwierigkeiten bereitet hat.«

»Auch hier bist du nicht auf dem Laufenden, Trrach«, sagte Zchroch triumphierend. »Es ist einem meiner Agenten gelungen, die Liga zu eliminieren. Wir konnten einen hyperdimensionalen Energieausbruch im Bulk orten und seitdem sind keine Unsterblichen mehr aufgetaucht. Die Liga gibt es nicht mehr!«

Dies war Trrach neu und es schwächte seine Position, doch er gab nicht auf. Diese Verhandlung würde über sein persönliches Schicksal entscheiden.

»Ich gratuliere dir zu diesem Erfolg, Zchroch«, sagte er. »Ein bemerkenswerter Fortschritt, der zeigt, dass du der richtige Anführer für uns bist. Vielleicht war meine Zeit tatsächlich vorüber, aber ich will meine Ehre und meinen gesellschaftlichen Rang behalten. Gibt mir beides zurück, und ich werde dich vorbehaltlos unterstützen. Du weißt, dass ich in der Flotte nach wie vor über großen Rückhalt verfüge, was dir Schwierigkeiten bereiten könnte.«

Der letzte Satz beinhaltete eine unausgesprochene Drohung, die Zchroch sehr wohl verstand.

»Du sicherst mir zu, dich öffentlich für mich als

höchsten militärischen Anführer einzusetzen?«

»Ich werde dein treuester Fürsprecher sein – unter gewissen Bedingungen.«

»Ich denke zwar nicht, dass du in der Position bist, Bedingungen zu stellen, aber für unsere Pläne und für das Wohl unseres Volkes wäre es besser, zu einer Übereinkunft zu kommen«, knurrte Zchroch.

Und für dich, du egoistischer Emporkömmling, dachte Trrach. *Und natürlich auch für mich.*

»Na schön! Keine Bedingungen, aber was kannst du mir anbieten, Zchroch?«

»Du wirst mein erster Berater und behältst deine Stellung in der Hierarchie – hinter mir, natürlich. Du wirst jedoch keine alleinigen Entscheidungen treffen, ohne sie zuvor mit mir abzustimmen. Dafür stellst du dich bedingungslos hinter mich.«

Trrach überlegte kurz. Eine bessere Vereinbarung konnte er kaum herausholen.

»Einverstanden! Auf gute Zusammenarbeit, Zchroch!«

»Noch eines: In der Öffentlichkeit wirst du mich mit dem mir zustehenden Titel anreden. Sollte ich bemerken, dass du hinter den Kulissen gegen mich arbeitest, wird dich niemand mehr retten können. Dann gibt es kein Straflager, sondern eine permanente Lösung meines Problems. Sind wir uns einig?«

»Selbstverständlich … höchster Herr!«

37.

Brolon starrte den Mann, den die Dämonendiener in seine Zelle gestoßen hatten, ungläubig an. Er stammte eindeutig von *Heimat*.

»Wer bist du?«, fragte er. »Haben dich die Dämonendiener auch gefangen genommen, weil du gegen ihren Zauber immun bist?«

Der Unbekannte sah mindestens so überrascht aus wie er selbst und antwortete in einer Sprache, die Brolon nicht verstand. Er musste von einem Stamm kommen, der von dem seinen sehr, sehr weit entfernt lebte.

Brolon versuchte es auf eine andere Art. Vielleicht war der Mann nicht so schlau wie er selbst.

»Brolon«, sagte er und deutete auf seine Brust.

Der andere verstand sofort, lächelte und machte die gleiche Geste.

»Mike!«

Dieser 'Mike' schien nicht ganz so dumm zu sein, wie Brolon befürchtet hatte.

»Wir sitzen ganz schön in Holkumscheiße«, sagte Brolon. »Und du verstehst nicht einmal, was ich sage, nicht wahr?«

Der Fremde zuckte, immer noch lächelnd, mit den Schultern und sagte etwas in seinem unverständlichen Dialekt. Dann deutete er auf verschiedene Körperteile.

»*Kopf*«, hörte Brolon. »*Arm, Hand, Bein, Fuß.*«

'Mike' war offensichtlich überhaupt nicht dumm und versuchte, Brolon seine Sprache beizubringen.

Er ging ein paar Schritte und imitierte die Bewegung mit zwei Fingern auf der anderen Handfläche.

»*Laufen, gehen.*«

Dann winkte er ihn mit einer Hand zu sich.

»*Komm!*«

Es folgten weitere fremde Begriffe, deren Bedeutung Mike mit Gesten, oder indem er auf bestimmte Dinge deutete, erläuterte.

Na schön, dachte Brolon, *wir haben nichts Besseres zu tun. Und da ich wahrscheinlich klüger bin als er, ist es wohl besser, ich lerne seine Sprache.*

38.

»Irgendetwas ist gewaltig schiefgegangen!« Jalina tigerte in der Zentrale der *Rhelina* auf und ab. »Sie hätten sich schon längst melden müssen!«

»Tatsächlich ist der berechnete Zeitpunkt schon lange überschritten«, merkte die Supreme-KI an.

Beide Schiffe hatten sich in einem benachbarten Sonnensystem, nur etwa acht Lichtjahre entfernt versteckt und beobachteten den Kubus mit den passiven Langstreckenscannern.

Grand war davon ausgegangen, dass der Einsatz nicht länger als maximal eine Stunde dauern würde. Wenn es ihnen in diesem Zeitraum nicht gelingen sollte, ein Netzwerkterminal ausfindig zu machen, in die Datenbanken einzudringen, die gesuchten Informationen herunterzuladen und eine Strukturlücke in den Schirm zu schalten, würde die Gefahr, entdeckt zu werden, rapide ansteigen. Nach einer Stunde betrug sie laut Hakeras Berechnungen bereits über fünfzig Prozent. Seit Beginn des Einsatzes waren fast zwei Stunden vergangen.

»Wir müssen etwas unternehmen«, forderte die Kolltanerin.

»Es gibt nichts, was wir für die beiden tun könnten«, sagte Kranchoor, der zusammen mit Poggy wieder aufgeweckt worden war. »Beide kannten das Risiko.«

»Wir können nicht einfach hier herumsitzen!«, beharrte Jalina. »Wir müssen noch einen Einsatz fliegen und den Schirm knacken. Vielleicht können sie keine Lücke schalten und warten nur auf uns.«

»Das ist nicht möglich, Jalina«, sagte Hakera bedauernd. »Die beiden Kampfschiffe liegen eng bei dem Kubus und werden sich kein zweites Mal weglocken lassen. Solange sie sich dort aufhalten, können die *Stürme* und ich niemals für drei Minuten unbehelligt das notwendige Punktfeuer anbringen.«

»Ich akzeptiere das nicht!«, schrie Jalina aufgebracht. »Wir können Mike nicht einfach aufgeben!«

»Es tut mir sehr leid«, sagte Hakera. »Ich habe alles durchgerechnet, und jedes denkbare Szenario endet nach meiner Analyse in einem Fehlschlag. Die Erfolgsaussicht beträgt im günstigsten Fall immer noch weniger als zehn Prozent.«

»Gib mir das Beiboot!« Jalina wollte es nicht wahrhaben. »Wir müssen es wenigstens versuchen. Ich locke mindestens ein Schiff weit genug weg. Mit dem anderen werdet ihr schon fertig!«

»Ich werde nicht zulassen, dass du Selbstmord begehst, Jalina. Damit ist Michael nicht geholfen. Diesmal werden die Ra´hul sofort die Suggestoren einsetzen und du würdest keine Minute durchhalten – wenn dir überhaupt eines der Schiffe folgen würde.«

»Die Wahrscheinlichkeit, dass Trrach und Grand gefangen genommen wurden, liegt derzeit bei über achtzig Prozent und steigt mit jeder Minute«, sagte die Supreme-KI nüchtern. »Wir sollten anfangen, darüber nachzudenken, welche Optionen uns jetzt noch bleiben.«

»Ihr seid kalte, herzlose Maschinen!«, schrie Jalina. »Ich werde Mike niemals aufgeben. Wenn ich ihn nicht betrogen hätte, wäre er jetzt nicht hier. Es ist alles meine Schuld!«

»Hey, Kleines«, versuchte Kranchoor, sie zu trösten. »Glaubst du wirklich, Mike hätte sich von dieser Mission abbringen lassen – unsterblich oder nicht? Du kannst nichts dafür, dass es jetzt so gekommen ist, und ich bin sicher, Hakera und den BEWAHRERN wird etwas einfallen.«

Doch auch Kranchoor gelang es nicht, sie zu beruhigen, und Jalina warf sich, mit den Tränen kämpfend, in einen Pneumosessel.

»Wir arbeiten an einem Plan, Jalina«, bestätigte die Supreme-KI. »Denke nicht, uns wäre Grands Schicksal gleichgültig. Du solltest es besser wissen!«

Sie nickte und verbarg das Gesicht in den Händen.

»Ja, natürlich, entschuldigt. Es ist nur … ich … er … er bedeutet mir viel.«

»Das wissen wir längst, Jalina. Vielleicht länger, als es dir selbst klar ist«, sagte Kranchoor grinsend. »Ich zumindest wusste es schon, als du von eurem ersten gemeinsamen Einsatz zurückkamst. Ich kenne dich schon ein paar Jahrhunderte, vergiss das nicht!«

»Die Diskussion wird akademisch«, schaltete sich die Supreme-KI wieder ein. »Ich messe soeben die Energiesignaturen von zehn Kampfschiffen der Ra´hul an, die in das System einfliegen.«

»Ich bestätige dies«, sagte Hakera. »Wir müssen jetzt davon ausgehen, dass die beiden geschnappt wurden und nun alles unternommen wird, um einen Befreiungsversuch zu verhindern. Die Schiffe gruppieren sich eng um den Kubus.«

»Oh nein«, stöhnte Jalina. Sie konnte nicht verhindern, dass eine Träne ihre Wange hinablief. »Was machen wir jetzt?«

»Ich empfange eine Meldung der militärischen Führung der Ra´hul. Ich lege sie auf das Hauptholo.«

An der Stirnseite der Zentrale bildete sich ein überlebensgroßes Hologramm. Sie kannten den neuen militärischen Anführer der Ra´hul, Zchroch´akkr´akcht´hisch, bereits aus anderen Sendungen. Er stand vor einem sich drehenden Abbild der Milchstraße und blickte direkt in die Kamera.

»Es ist uns mithilfe meines Vorgängers, des ehrenwerten Trrach´chkt´grochk´frk, gelungen, unserem Feind einen entscheidenden Schlag zu versetzen. Dank seines Einsatzes konnten wir ein wichtiges Mitglied des feindlichen Widerstandes gefangen nehmen. Trrach wird unserem Volk als mein engster Berater auch weiterhin dienen. Gerüchte, es sei zu einem Zerwürfnis zwischen uns gekommen, entstammen feindlicher Propaganda. Er hat die Führung unserer Flotte aus Altersgründen freiwillig in meine Hände gelegt und steht loyal an meiner Seite. Für die Zukunft

unseres Volkes!«

Das Hologramm verblasste.

»Der Kerl hat Michael verraten«, sagte Poggy.

Jalina war zu schockiert, um überhaupt einen klaren Gedanken fassen zu können.

»Wir haben ihn unterschätzt«, stellte Kranchoor fest, ohne ahnen zu können, dass Zchroch vor weniger als einer Stunde den gleichen Gedanken gehabt hatte.

»Die Wahrscheinlichkeit, dass Trrach ein falsches Spiel gespielt hat, liegt aufgrund dieser neuen Information bei mehr als neunzig Prozent«, bestätigte Hakera. »Er hat Mike als Faustpfand benutzt, um sich zu rehabilitieren und seine Stellung bei den Ra´hul zu sichern.«

»Konntet ihr das nicht voraussehen?«, fragte Jalina verbittert in Richtung der beiden KIs.

»Die Wahrscheinlichkeit hierfür betrug nur wenige Prozent und wir haben andere Szenarien höher gewichtet. Aber manchmal realisieren sich auch geringe Wahrscheinlichkeiten. Wir sind keine Götter, die in die Zukunft sehen können«, erklärte Hakera.

»Was jetzt?« Jalina saß in sich zusammengesunken in ihrem Sessel. Ihre Stimme war nur noch ein Flüstern.

»Wir müssen feststellen, was sie mit Michael vorhaben. Sie werden ihn nicht sofort umbringen. Als Unsterblicher und Immuner ist er von großem Wert für sie.«

»Ja, in einem Labor, wo sie ihn auseinandernehmen werden«, sagte Jalina entsetzt.

»Das ist zu befürchten«, bestätigte die Supreme-KI.

»Wohin sie ihn auch immer bringen – ihr müsst mir versprechen, dass wir alles unternehmen, um ihn dort rauszuholen«, verlangte Jalina.

»Wir versprechen dir, dass wir alle Möglichkeiten in Erwägung ziehen. Ich muss dich allerdings daran erinnern, dass Michaels Leben nur ein Einzelschicksal darstellt. Hier geht es um mehr – um die Zukunft aller Spezies der Lokalen Gruppe.«

»Ihr seid bereit, ihn zu opfern?« Jalina war fassungslos.

»Ich bin überzeugt, Michael wäre der Erste, der dies einsehen würde.«

Obwohl Jalina die KI für ihre nüchterne Analyse hasste, wusste sie, dass Hakera recht hatte.

»Schlimmer konnte es nicht kommen«, sagte Poggy. »Mike wurde gefangen genommen, unser Gefangener ist entkommen und der Kubus ist unzugänglich. Wir stehen schlechter da als zu Beginn der 'Mission Triangulum'.«

Für einen Moment herrschte Schweigen in der Zentrale. Es gab nichts mehr zu sagen. Niemand wusste, wie es weitergehen sollte.

Dann unterbrach die Supreme-KI die Stille.

»Ich empfange ein Signal. Es kommt von einem unserer schnellen Versorger!«

»Ein Schiff der BEWAHRER ist hier?«, fragte

Kranchoor.

»Ja, es sendet auf einer für Notfälle reservierten Hyperfrequenz einen ultrakurzen Ping an mich.«

Es verging weniger als eine Sekunde, dann meldete sich die Supreme-KI wieder.

»Ich habe geantwortet und erhalte soeben ein gerafftes Datenpaket. Oh, ich lege es auf das Holo.«

Wieder baute sich ein großes Hologramm auf, in dem ein sichtlich erschöpfter Gerbaraner zu sehen war.

»Das ist Rigoran«, sagte Hakera.

»*Freunde, ich habe schlechte Nachrichten*«, sagte Rigorans Hologramm. »*Es ist den Ra´hul gelungen, einen von uns mental unter ihre Kontrolle zu bekommen. Sie haben Ylanthu beeinflusst und er … er hat einen Anschlag verübt. Ich muss euch leider mitteilen, dass der Hort zerstört wurde und … und außer mir keiner von uns mehr am Leben ist. Außer euch vier, natürlich. Wir sind die letzten Unsterblichen.*«

Jalina, Kranchoor und Poggy schrien gleichzeitig entsetzt auf. Das durfte nicht wahr sein!

»*Wenn es in dieser dunklen Stunde einen kleinen Lichtblick gibt, dann diesen: Es ist Mutter gelungen, ihren Ego-Kern und einige Subroutinen rechtzeitig auszulagern. Ob sie damit je wieder vollständig hergestellt werden kann, kann ich nicht sagen. Aber sie hat mich beauftragt, euch mitzuteilen, dass sie hierfür die Datenbanken der Rhelina benötigt. Ihr müsst umgehend nach Hause kommen. Als Treffpunkt schlage ich die Zentralwelt der BEWAHRER vor. Sie sind einverstanden und werden uns auch weiterhin*

unterstützen. Ich hoffe, ihr kehrt mit besseren Neuigkeiten zurück.
Rigoran Ende.«

Jalina saß weinend in ihrem Sessel, Kranchoor hatte seinen Kopf in den Armen verborgen und auch Poggy gab leise Geräusche des Schmerzes von sich.

»Es tut mir so schrecklich leid«, sagte Hakera und man konnte das aufrichtige Mitgefühl der KI heraushören.

»Ich bin ebenso betrübt«, sagte auch die Supreme-KI.

»Es ist alles verloren, alles. Es gibt keine Chance mehr für uns. Es ist vorbei«, murmelte Kranchoor.

Jalina sprang plötzlich auf.

»Nein!«, schrie sie unter Tränen. »Wir werden Mike befreien. Wir werden Mutter wieder zusammenflicken und wir werden diese verdammten Ra´hul in das Loch zurückwerfen, aus dem sie gekrochen kamen! Wir werden nicht aufgeben! Niemals! Hört ihr? Wir werden kämpfen und beißen und treten und um uns schlagen, bis wir den Sieg davontragen oder bis der Letzte von uns tot ist. Das ist unsere verdammte Pflicht. Oder sollen all unsere Freunde umsonst gestorben sein? Ich werde nicht zulassen, dass sich auch nur einer von euch verkriecht und sich ergibt. Wir sind die Letzten der Liga der Unsterblichen und wir haben eine Aufgabe zu erfüllen. Also reißt euch zusammen und lasst uns überlegen, wie es weitergehen soll!

Habt ihr verstanden?«

Es dauerte einen Moment, aber dann blickten Kranchoor und Poggy die junge Kolltanerin voller Respekt an und nickten.

»Also los«, sagte Jalina. »Machen wir uns an die Arbeit!«

39.

Hunderte Billionen Kubiklichtjahre absoluter Leere. Die nächsten Galaxien waren so weit entfernt, dass sie mit bloßem Auge nicht zu sehen gewesen wären. Es gab jedoch keine Augen an diesem Ort – weder menschliche noch andere.
Absolute Leere.
Absolute Dunkelheit.
Absolute Kälte.
Absolutes Nichts.

Doch dann war da Etwas. Erst ein Funke, dann ein gleißend helles Feuer, dann Hunderte, Tausende, Zehntausende, Hunderttausende.

Mehr als dreihunderttausend pfeilförmige Schiffe starteten im gleichen Moment ihre Impulstriebwerke und beschleunigten. Für eine kurze Zeit wurde die ewige Dunkelheit in weitem Umkreis erhellt, als die Invasionsflotte der Ra´hul beschleunigte.

Dann verschwanden die Schiffe eins nach dem anderen im Bulk und die Dunkelheit kehrte zurück.

Es war ein weiter Weg bis in die Milchstraße, doch die Schiffe waren schnell. Sehr schnell. Die letzte Phase der Invasion hatte begonnen.

Ende von Teil 2

Hauptpersonen:

Michael Cordwainer Grand
Terraner, Unsterblicher und Hoffnung der Galaxis
Jalina Kelranar
Kolltanerin, Unsterbliche mit einem Geheimnis
Threlak´Klonn´Arbor
Halgoraner, Vorsitzender des Führungsgremiums der Liga
Ylanthu
Milgorer, Mitglied des Führungsgremiums der Liga
Usgran Delar Torkan
Torkalianer, Mitglied des Führungsgremiums der Liga
Trrach´chkt´grochk´frk
Ehemaliger militärischer Anführer der Ra´hul
Zchroch´akkr´akcht´hisch
Derzeitiger militärischer Anführer der Ra´hul
Brolon
Bewohner eines von den Ra´hul okkupierten Planeten
Supreme-KI
KI des Schiffes *Flüsternde Stürme im Heliosphärenwind*
Mutter
KI der Station im Bulk
Hakera
KI des dorianischen Schiffes *Rhelina*

Weyron Prakar
Thelanide, Attentäter im Auftrag der Ra´hul
Kranchoor
Xhenthel, ein Unsterblicher, Freund von Grand
Poggy
Pogh´Chen, ein Unsterblicher, Freund von Grand
Rigoran
Gerbaraner, ein Unsterblicher, der eine schreckliche Entdeckung macht

Glossar:

Achmaan: Im religiösen Verständnis der Bewohner von *Heimat* der Sitz alles Bösen.
Bran: Hyperkörper und Träger eines Universums im *Multiversum*.
Branendrive: Spezieller Antrieb, der den Flug von einem Universum des *Multiversums* in ein anderes durch den *Bulk* ermöglicht. Technik der Dorianer.
Branenportal: Wurmlochähnliche, direkte Verbindung zweier Universen im *Multiversum*. Technik der Ra´hul.
Branensprung: Direkter Übergang von einem Universum des *Multiversums* in ein anderes durch ein *Branenportal* unter Umgehung des *Bulk*.
Bulk: Übergeordneter Dimensionsraum, in den das *Multiversum* eingebettet ist.
Croalok: Siehe *Suggestoren*.
Dimensionskuben: Netz von gewaltigen Kuben, die ein Millionen Lichtjahre umspannendes *Branenportal* schaffen sollen.
Dorianer: Vor Jahrmillionen verschwundene Spezies mit enormen technischen Fähigkeiten. Sie sind in ein anderes Universum 'ausgewandert'.
Gravitationsbombe: Erzeugt für einen Sekundenbruchteil ein extrem starkes Schwerkraftfeld, das alles in der Umgebung vernichtet.
Heimat: Bezeichnung der Bewohner eines Planeten in der *Triangulumgalaxie* für ihre Welt.

Hort: Hauptstation der *Liga der Unsterblichen*. Befindet sich im *Bulk*. Wurde ursprünglich von den Dorianern erbaut.
LifeCell: Sargähnliche Kammer, in der ein biologischer Körper kurz nach dem Tod behandelt werden kann, um wiederbelebt zu werden und Unsterblichkeit zu erlangen. Eine Wiederholung der Behandlung ist nicht möglich.
Liga der Unsterblichen: Bund von Unsterblichen verschiedener Spezies der Milchstraße, die es sich zur Aufgabe gemacht haben, den Frieden in der Galaxis zu bewahren. Zum Handlungszeitpunkt etwas mehr als einhundert Mitglieder.
Lokale Gruppe: Galaxienhaufen (ca. 6 Millionen Lichtjahre Durchmesser) mit drei größeren und einer Vielzahl kleinerer Galaxien. Den ungefähren Mittelpunkt bildet die Milchstraße. Gehört zum Virgo-Galaxienhaufen (ca. 2500 Galaxien), der wiederum zum Virgo-Superhaufen (mehrere Zehntausend Galaxien) gehört.
Maren´Thar: Straflager der Ra´hul auf einem Mond in der *Triangulumgalaxie*.
Multiversum: Gesamtheit aller Universen, die im *Bulk* eingebettet sind und sich dort auf *Branen* befinden.
Neurodisruptor: Schusswaffe, um Gegner zu betäuben. Lähmt das motorische Nervensystem.
NeutroGrav: Gerät zur Manipulation der Gravitation.
Oktett: Militärisches Führungsgremium der Ra´hul.

Rhelina: Dorianisches Forschungsschiff unter dem Kommando der KI *Hakera*. Hat sich der *Liga der Unsterblichen* zur Verfügung gestellt.
Skinfield: Energetischer Schutzschirm, der sich den Körperkonturen anpasst. Sehr leistungsstark. Technik der Dorianer.
Spontantransmitter: Dorianischer Transmitter, der keine festen Abstrahl- und Empfangsstationen benötigt.
Stürme: Zerstörer der *BEWAHRER*. Der fünf Kilometer durchmessende Kugelraumer trägt den vollständigen Namen *Flüsternde Stürme im Heliosphärenwind*.
Suggestoren: Eigentlicher Name: *Croalok*. Quallenähnliche, intelligente Bewohner eines Gasplaneten im Universum der Ra´hul. Können andere Spezies, abgesehen von den Ra´hul, mental kontrollieren. Von den Ra´hul versklavt.
Suggestorendepot: Riesige Raumstation, auf der die *Suggestoren* gezüchtet werden.
Supervoid: Gigantischer Leerraum zwischen den Galaxienhaufen.
TachyGrav-Generator: Kernbestandteil eines Hyperdrives. Verwendet überlichtschnelle Gravitonen (auch GravyTachyonen genannt) zum Flug durch den *Bulk*.
TachyGrav-Warper: Schiffswaffe, die am Ziel eine extreme Raumkrümmung hervorruft und es in den *Bulk* reißt, wo es vergeht.
Terranische Union:

im Jahr 2256 n. Chr. gegründeter Verbund von der Erde aus besiedelter Planeten. Zum Handlungszeitpunkt erstreckt sich die Terranische Union über einen ungefähr kugelförmigen Raumsektor von ca. 500 Lichtjahren mit insgesamt 73 zur Union gehörenden Planeten.

Translator: Übersetzungscomputer, der eine fremde Sprache automatisch analysiert, erlernt und simultan übersetzt.

Triangulumgalaxie: Nachbargalaxie der Milchstraße. Etwa 3 Millionen Lichtjahre entfernt. Durchmesser ca. 60.000 Lichtjahre. Drittgrößte Galaxie der *Lokalen Gruppe*.

Varioblaster: Multifunktionswaffe. Verschießt Plasmapulse oder neuronale Disruptorstrahlen.

Zeittafel:

Alle Angaben in terranischen Standardeinheiten

Vor ca. 10 Milliarden Jahren
Die Dorianer entdecken als eine der ersten Spezies die überlichtschnelle Raumfahrt. Sie breiten sich von der Galaxis M87 aus, ca. 54 Millionen Lichtjahre von der Erde entfernt, im Lauf der nächsten Milliarden Jahre über den gesamten Virgo-Galaxienhaufen und Tausende von Galaxien aus, wobei sie durch genetische Veränderungen und Modifikationen in viele unterschiedliche Sub-Spezies zerfallen.
Vor ca. 1 Milliarde Jahren
Die dorianische Ära geht allmählich zu Ende. Ihr Siedlungsraum schrumpft auf die Lokale Gruppe und sie siedeln nur noch in einer Handvoll Galaxien, darunter die Milchstraße.
Vor ca. 500 Millionen Jahren
Dorianische Wissenschaftler entdecken, dass es in der Zukunft zu einer Branenkollision kommen wird und unser Universum dabei eventuell vernichtet werden könnte. Sie entwickeln einen Langzeitplan, um in ein anderes Universum überzusiedeln.
Vor ca. 300 Millionen Jahren
Die letzten Dorianer verlassen unser Universum. Ein unter dem Kommando einer KI stehendes Beobachtungsschiff wird versteckt zurückgelassen, um nach der erwarteten Branenkollision Bericht zu

erstatten.

Vor ca. 200.000 Jahren

Eine Organisation, die sich der Wahrung des Friedens in der Milchstraße verschrieben hat, entdeckt eine verlassene Station der Dorianer und verwendet zukünftig deren dort vorgefundene, weit überlegene Technologie für ihre Zwecke. Darunter befindet sich ein Gerät, mit dem Unsterblichkeit erlangt werden kann. Ein dort ebenfalls entdecktes Artefakt führt sie zu einer verlassenen Station, die im Bulk (Hyperraum) verankert ist. Diese Station wird als *Hort* zum Sitz der *Liga der Unsterblichen.* Die dortige KI, die *Mutter* genannt wird, unterstützt die Liga.

Vor ca. 6.000 Jahren

Die Liga wird erstmals auf eine Spezies aufmerksam, die beginnt, Galaxien der Lokalen Gruppe zu erobern, um dort mysteriöse Kuben in verschiedenen Sonnensystemen zu erbauen. Man beobachtet dies mit Sorge, da zu befürchten ist, dass die Fremden eines Tages auch die Milchstraße überfallen könnten.

Im Jahr 2016 n. Chr.

Geburt der Kolltanerin Jalina Kelranar.

Im Jahr 2044 n. Chr.

Jalina Kelranar erhält die Unsterblichkeit.

Im Jahr 2238 n. Chr.

Irdische Wissenschaftler entwickeln einen funktionsfähigen Überlichtantrieb.

Im Jahr 2254 n. Chr.

Die erste Kolonisierungswelle beginnt und die Menschheit breitet sich im All aus.

Im Jahr 2256 n. Chr.

Gründung der *Terranischen Union.*

Im Jahr 2259 n. Chr.

Erster Kontakt mit einer intelligenten außerirdischen Spezies, den *Yllryh*. Die Begegnung verläuft friedlich und man erhält Zugriff auf neue Technologien.

Im Jahr 2293 n. Chr.

Die Terraner begegnen den *Forkans*. Diesmal kommt es zu einem Konflikt, der in einem Krieg mündet.

Im Jahr 2300 n. Chr.

Erster Kontakt mit den menschenähnlichen *Kolltanern*. Diese stehen der noch jungen *Terranischen Union* bei, die den Krieg gegen die Forkans ansonsten verloren hätte. Die Kolltaner werden nach dem gemeinsamen Sieg zu Mentoren der Terraner, blicken allerdings auf diese als unzivilisierte, rückständige Barbaren herab.

Im Jahr 2303 n. Chr.

Ende des Krieges mit den Forkans.

Im Jahr 2417 n. Chr.

Geburt von Michael Cordwainer Grand.

Im Jahr 2452 n. Chr.

Grand kann als Major der *Terranischen Raumverbände* den unerklärlichen Angriff eines kolltanischen Schiffes auf eine friedliche Spezies verhindern. Sein eigenmächtiges Eingreifen führt zu einem diplomatischen Eklat. Es stellt sich heraus, dass der kolltanische Kommandant unter dem mentalen Befehl der geheimnisvollen Invasoren gehandelt hat, deren Schiffe nun auch in der Milchstraße gesichtet werden. Der Kampf um die Zukunft unseres Universums beginnt.

Danksagung:

Auch diesmal waren wieder viele Personen an der Entstehung dieses Romans beteiligt. Ein ganz besonderer Dank gilt meiner Frau, die mir die entscheidenden Tipps für den Umgang mit dem alten Ra´hul gegeben und die Motivation für seine Handlungen überprüft hat. Sie war zudem die erste und kritischste Leserin.

Den Testlesern und Autorenkollegen Ri John Weaver und Jürgen Friemel, deren Hinweise zu mancher Verbesserung geführt haben, gilt ebenso mein Dank wie meiner Lektorin, Birgit Böckli, die ich einmal mehr auf fast unverschämte Weise unter Zeitdruck gesetzt habe. Danke und Entschuldigung, Birgit!

Ich schreibe nunmehr seit zwei Jahren Science-Fiction-Romane und habe in dieser Zeit unglaublich viele nette Menschen aus der Selfpublisher-Szene kennengelernt. Ob virtuell über die sozialen Medien oder persönlich bei Buchmessen. Es ist eine Freude und hat mein Leben bereichert!

Aber natürlich wäre die Erfüllung meines Traumes nicht ohne Sie, meine Leser, möglich gewesen. Ihnen alleine verdanke ich alles, was in diesen beiden Jahren geschehen ist. Ich stehe tief in Ihrer Schuld!

Cliff Allister
Dahab, Dezember 2016

Band 3 des

MULTIVERSUM-Zyklus

erscheint als Taschenbuch
und Ebook voraussichtlich
im März 2017 bei Amazon

Printed in Poland
by Amazon Fulfillment
Poland Sp. z o.o., Wrocław

11797074R00193